늑대와 향신료

Spring Log VII

하세쿠라 이스나 지음
아야쿠라 쥬우 일러스트

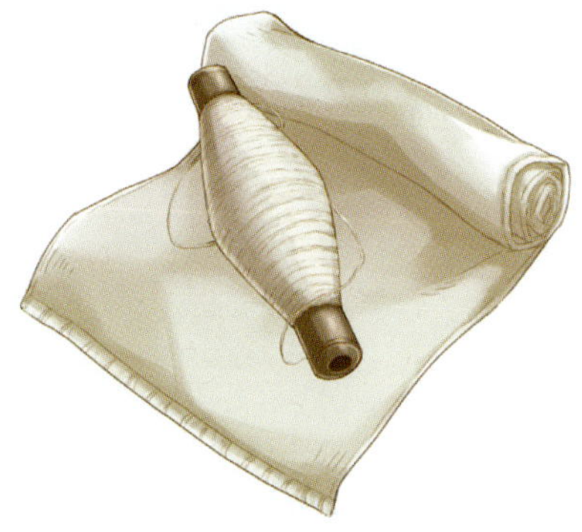

온천장 '늑대와 향신료'의 주인
로렌스
온천장 '늑대와 향신료'의
여주인
현랑 호로
"그래프트 로렌스라고 합니다."

"그대가 소문의
그 상인인가?"
토네부르크 영주
마티어스 에길 토네부르크

"그나저나 참 어처구니가 없어."
그것은 고기부터 냅다 물어뜯는
호로를 가리키는 말인 줄 알았는데,
에이브는 로렌스 쪽을
쳐다보고 있었다.

신도 두려워하지 않는 여상인

에이브 볼란

"재회를 축하하며."
에이브의 선창에
건배가 이어졌다.

로엔 상업조합 간부

루드 키먼

그때 느닷없이 나타난 사람이
어마어마하게 먼 산속 깊은 곳에 있어야 할
지인이라면,
아무리 베테랑 상인인 키먼이라도
동요하는 수밖에 없다.

"급한 볼일이 있어서요."
밤도 깊어, 성실한 상인이라면
내일을 대비하여
여관으로 돌아갈까 생각하는 시간.

CONTENTS

늑대와 향신료 ⓍⓍⅣ

Spring Log VII

eXtreme novel

WORLD MAP
케손
데자레프
서렌튼
말란
라우즈번
라포넬
이크
윈필왕국
아티프
도란평원
로에프산
요이츠
살로니아
토네부르크
뉴허라
타우시그
카라카르
케르베
로에베강
스베르넬
레스코
톨킨
레노스
롬강
테레오
프로아니아
엔베르크
N
W
E
S
크멜슨
람트라
트
레
니
포로손
뤼빈하이겐
파치오
요렌츠
아켄트
슬라우드강
파슬로에
아켄트 방면

제 1 막

여행에서는 무슨 일이 일어날지 모른다.

다음 마을에서 다시 만나자며 헤어졌던 동료가 고작 며칠 사이에 병에 걸려 죽는 일도 있고, 확실하게 돈을 벌 수 있으리라 믿고 상품을 사들였는데 진작 수요가 없어져서 파산하는 쓰라림을 겪을 때도 있다. 어쩌면 물자를 보충하려고 들른 마을에서 북쪽으로 돌아가고 싶다며 훌쩍훌쩍 우는 늑대 소녀를 주울 수도 있다.

그러니 여행을 떠나 버린 후 도통 편지를 보내지 않는 외동딸을 걱정한다 한들 누가 질책할 수 있으랴. 산속 깊은 곳의 온천 마을에서 하계로 내려가기에는 충분한 이유일 것이다.

그렇게 뮤리와 콜의 흔적을 따라가는 여행에 나선 로렌스와 호로 또한 어김없이 다양한 사건과 조우했다. 다람쥐의 화신을 만나기도 하고, 옛 여행 동료와 재회하기도 하고, 심지어 영주가 될지도 모르는 좋은 기회를 맞닥뜨리기도 했다.

영주 이야기에는 사실 마음이 꽤 흔들렸지만 결국 로렌스는 말린 고기와 술만 있으면 충분한 자칭 현랑 님과의 태평한 여행을 선택하여, 살로니아라 불리던 마을에서 배를 타고 나와 바다를 향해 나아가는 중이었다.

뱃노래와 함께 술을 홀짝거리며 강을 타고 흘러간다.

거기서 꽤 시끌벅적한 항구도시에 들러 천방지축 소녀와 그 오라버니뻘 되는 청년의 정보를 모아야겠다고 생각… 했는데.

"으윽… 뭐라고?"

부스스한 머리카락 사이로 퉁퉁 부은 눈이 로렌스를 쳐다보았다.

잘 때는 신경 쓰이지 않았지만 잠에서 깨어 밖에 나와 우물물로 세수를 하고 아침 식사를 조달한 뒤 아침 일찍 여행길 정보를 모아서 방으로 돌아와 보니, 실내에 가득한 독한 술 냄새에 저도 모르게 얼굴을 찌푸리게 된다.

"너무 많이 마셨네."

침대에 누워 끙끙 앓는 호로를 본체만체한 로렌스는 나무창을 열고서 한숨 돌렸다.

"눈…부셔…."

이것이 이끼 낀 숲의 요정이라면 지나치게 밝은 햇빛에서 살며시 보호해 주고 싶어지겠지만, 술집에서 악기를 연주하는 악사들의 부추김에 넘어가 한 손에 술잔을 들고 미친 듯 춤추던 자칭 현랑 님이라면 동정의 여지도 없다.

당신과의 여행은 지루할 때조차 즐겁다는 호로의 기특한 소리에 넘어간 순간, 이 모양이다. 엘사의 잔소리만큼은 아니지만 자신이 호로에게 너무 무른 건 사실인 모양이라고, 로렌스는 새삼 생각했다.

"나 참…. 살아 있다는 것조차 후회될 정도로 힘들어 보이는 너에겐 낭보인데 말이야. 강을 내려가는 배가 전부 멈췄대."

창으로 흘러드는 신선한 아침 공기로 방 안에 고여 있던 술 냄새가 씻겨 나가기를 의자에 앉아 기다리면서 로렌스는 가져온 빵을 한입 깨물었다.

"읏… 그, 냄새…."

갓 구운 빵 냄새를 맡았는데도, 평소였다면 침대에서 펄쩍 뛰어오르다시피 일어났을 호로가 얼굴을 찌푸린 채 끙끙 앓기만 했다. 이미 여러 번 본 그 광경 앞에서 로렌스는 진력이 났지만 침대에 토했다가는 청소도 힘들고 숙박비에 할증이 붙어 청구될지도 모른다. 한숨을 내쉬며 호로에게 바람이 닿지 않는 위치로 의자를 옮겼다.

"강 아래 항구도시에서 뭔가 골치 아픈 일이 일어난 모양이야. 발이 묶여 버렸어."

"……."

들리는지 안 들리는지, 평소 같았으면 늑대 귀만 봐도 알 수 있겠지만 꿈쩍도 하지 않는다.

로렌스는 한숨과 함께 빵을 삼키고 이야기를 이어 갔다.

"선택지는 두 가지야. 여기서 사태가 진정되기를 기다리느냐, 아니면 말을 받고 짐마차를 조달해서 육로로 가느냐."

혹시 대답이 들려올까 싶어 로렌스가 잠시 기다려 보았지만 반응이 없었다. 평소에는 매끄럽던 꼬리털조차 부스스해, 불운하게도 짐마차에 치인 들개가 연상되는 꼬락서니였다.

물론 호로의 경우는 자업자득이지만.

“육로로 간다면, 기왕이면 이대로 남하해서 케르베로 향하는 것도 괜찮겠지. 뮤리와 콜의 정보를 모으기도 쉬울 테고, 케르베는 이 근처에서 가장 번화한 항구도시라서 맛있는 음식도 많아.”

맛있는 음식이라는 단어에 꼬리털 끄트머리가 아주 조금 움직이는 모습을 보니, 이야기가 들리기는 하는 모양이었다.

하지만 그게 지금은 음식 이야기를 하지 말라는 의미인지, 아니면 몸을 회복하면 바로 먹고 싶다는 의미인지까지는 아무리 로렌스라도 알 수가 없었다.

“뭐, 급한 여행도 아니니 푹 자도록 해. 오후가 되면 강 아래에서 올라온 여행자들이 자세한 정보를 가져다줄 테니까.”

그러자 호로가 무어라 말한 것 같기도 했지만 잠든 숨소리가 들려온 것을 보면 잠꼬대였는지도 모르겠다.

로렌스는 쓴웃음을 짓고, 먹다 만 빵을 입에 물고서 일어나 한심한 왕비님에게 다시 이불을 잘 덮어 주었다.

강은 여러 영주의 토지를 통과하기 때문에 매번 관문을 지나야 한다.

대부분은 강가의 땅을 파서 지은 오두막에 위압적인 징세리

한두 명이 있는 장소지만 가끔은 육지의 상업로와 교차하는 번화한 장소일 때도 있다. 그런 곳에는 여행자들을 노린 술집과 여관이 늘어서 있어, 어엿한 숙박촌이 조성되어 있기도 하다.

로렌스와 호로가 체재하는 곳은 그렇게까지 고급스러운 여관은 아니었지만 술집을 겸한 여관이 세 곳 모여 있고, 옷을 꿰매거나 신발을 수선하는 직공도 곳곳에 있기에 여행자가 날개를 접고 쉬기에는 충분히 만족스러운 곳이었다.

관문에서 매번 세금을 뜯기는 것은 부아가 나는 일이었으나, 온통 여행자밖에 없는 곳이니 대낮부터 가게 앞에 죽치고 앉아 술을 마신다 해도 아무도 흰 눈 뜨고 쳐다보지 않는다.

벌꿀을 섞어 맛을 속인 조악한 포도주를 홀짝홀짝 마시며 로렌스는 오가는 사람들의 말에 귀를 기울이고 여행 정보를 수집했다.

그때 문득 머리 위로 그림자가 드리워지나 했더니, 맞은편 자리에 한 소녀가 거친 동작으로 걸터앉았다.

"혼자 우아하게도 앉아 있군그래."

로렌스 쪽을 쳐다보지도 않고 그렇게 투덜거린 것은, 겉보기로는 열 몇 살 정도의 소녀였다.

하지만 가게 주인을 향해 손을 드는 자세도 그럴싸했고, 숙취해소로 마시려는지 과일주가 술이 되기 전의 새콤달콤한 음료와 그것을 더 달게 만들기 위한 벌꿀을 추가로 시키는 등의 태도도 매우 익숙해 보였다. 겉으로는 젊어 보이지만 벌써 몇백 년은 살아온 늑대의 화신이다.

"이곳은 질 좋은 벌꿀이 모여드는 곳이라 참 좋단 말이지."

"대신 싸지도 않지만."

"멍청이."

호로는 그렇게 말하며 로렌스 앞에 있던 말린 고기를 흘끔 쳐다보았다. 방금 일어난 상태라서 말린 고기가 썩 구미가 동하지는 않는 모양인지 얼굴을 찌푸리기는 했으나, 결국 이걸로 만족해야겠다는 듯 손을 뻗어서는 자기 쪽으로 몽땅 끌어당겼다.

"보리죽 같은 거라도 좀 먹는 게 좋지 않겠어?"

"그건 알아서 주문해 줘. 따뜻한 걸로."

아마도 으깬 구즈베리로 여겨지는 새빨간 음료를 가게 주인에게서 받아 든 호로는 재빨리 잔에 입을 댔다. 벌꿀을 넣었는데도 제법 신지 눈을 꽉 감고는 한숨을 토한 후 말린 고기를 물어뜯었다.

어쨌든 기운을 차려서 다행이라고 생각하며, 로렌스는 가게 주인에게 빵조각이 들어간 수프를 주문했다.

"그래서? 나를 내팽개쳐 두고 혼자만 술을 마시다니, 대체 무슨 생각이지?"

"병이 난 것도 아닌데 손이라도 잡아 줬어야 했나?"

호로는 테이블 밑으로 로렌스의 다리를 걷어찼다. 그 정도야 평상시 장난 수준이라고 생각할 수도 있었지만, 로렌스가 고개를 갸웃한 이유는 뜻밖에도 호로가 꽤 본격적으로 토라진 눈치였기 때문이었다.

눈을 떴을 때 로렌스가 방에 없었고, 심지어 나무창을 열어 놓은 바람에 냄새도 거의 남아 있지 않았던 모양이다.

평소 표표해 보이는 이 늑대는 남들보다 훨씬 긴 시간을 살아가는 탓에, 알고 보면 모든 것이 물거품 같은 꿈이 아닐까… 하는 악몽에 사로잡힐 때가 있다. 그런 마음에 다급히 나무창으로 밖을 내다보았는데 로렌스가 우아하게 술이나 마시고 있는 모습이 보여 속이 부글부글 끓었던가 보다.

"그럼 아침에 했던 이야기는 하나도 안 들었다는 뜻이네."

로렌스가 어이없다는 듯 말하자 호로는 실눈을 뜨고 로렌스를 노려보았다.

"뭐가?"

"뭐냐니, 이미 점심때가 한참 지났는데도 느긋하게 여관에 눌러앉아 있는 이유 말이야."

호로는 무어라 대꾸하려 했으나 어차피 무슨 말을 해도 소용없다고 생각한 모양이었다.

결국 입을 삐죽거리며 새콤달콤한 벌꿀 과일즙만 마셨다.

"강을 내려가면 나오는 아래 도시에서 시정참사회가 큰 회의를 벌이고 있다나 봐."

로렌스는 앞에 남아 있던 얼마 안 되는 말린 고기를 뜯어 먹으며 차례차례 새로운 배가 나타나 강을 내려가는 모습을 지켜보았다. 하지만 관문 밖으로는 배가 한 대도 나가지 않는 탓에 선착장에는 배가 꽉 들어차 있다. 강을 내려가는 배를 이렇게 한데 모아 놓으니 상상했던 것보다 훨씬 많았다.

"의제가 세금이라고 해서, 다들 눈치만 보고 있는 거야."

아직 숙취의 그림자가 약간 남아 있는 호로였으나, 미간에 살짝 주름을 잡더니 금세 이렇게 대꾸했다.

"그렇다면 오히려 반대여야 할 것 같은데."

호로도 선착장을 흘끗 쳐다보았다. 마침 산더미처럼 짐을 실은 새로운 배가 다가오고 있었다. 이 이상은 배를 정박시킬 자리가 없어 보였으나 어차피 장인의 기술을 발휘해 아주 작은 틈새에 쏙 집어넣을 터.

"세금은 당신들의 천적이잖아? 더 올리기 전에 서둘러 강을 내려가야 하는 것 아닌가?"

"그랬다면 지금쯤 넌 어제 먹은 음식을 저 강의 물고기 밥으로 기운차게 쏟아 주고 있었겠지."

바다 배도 물론 흔들리지만 강 배도 나름 흔들린다. 축 늘어진 호로를 상상하니 그것도 나름대로 귀엽겠다는 생각에 웃던 로렌스는 퀭한 표정의 늑대를 보고는 헛기침을 했다.

"웬일인지 시 경계 성벽의 세금을 내리자는 회의를 하고 있는 모양이야.”

호로가 로렌스를 물어뜯지 않은 것은 마침 수프가 온 덕분인지도 모른다.

촉촉해진 빵조각을 나무 숟가락으로 떠서는, 맛있게 먹기 시작했다.

“그래서 회의 결과가 정해질 때까지 여행자부터 상인까지 몽땅 여기 발이 묶여 버린 거지.”

빵조각 외에도 커다란 잉어 살이 들어 있는지 뜨거워서 어쩔 줄 몰라 하던 호로는 과일즙으로 입안을 식힌 뒤 입술을 날름 핥으며 고개를 들었다.

“우리하고는 상관없는 얘기잖아. 짐이라고 할 만한 것도 없고. 여기도 나쁘진 않지만 느긋하게 지낼 거라면 더 큰 도시가 좋은데.”

“으음…. 하지만, 미끼 살포일 가능성도 있거든.”

“미끼?”

“소문으로 불러들여 놓고, 덥석.”

도시를 둘러싼 성벽은 외적으로부터 지역을 지키는 것 외에, 안에 들어온 자들이 도망치지 못하게 가두는 역할도 한다. 예컨대 군자금을 조달하고 싶은 도시에서는 그때 도시 안에 들어와 있는 외부 상인들에게 도시 밖으로 나가고 싶으면 눈이 튀어나올 정도로 엄청난 액수의 통행세를 내라고 협박하는 경우가 있다. 전쟁에 말려드는 것보다는 낫다는 생각에 행상인들은 떫은 얼굴로 고액의 세금을 지불할 수밖에 없다. 그런 목적으로 상인을 불러들이는 구실일 가능성도 없지는 않다.

호로가 지금 들고 있는 숟가락에 담겨 있는 것 역시, 그런 식으로 강바닥에 가라앉아 있던 덫에 걸려 결국 수프 건더기가 되고 만 물고기의 마지막 모습이다.

호로는 잠시 생각에 잠긴 듯 허공으로 시선을 향하더니 생선 토막을 입에 넣었다.

"흐음. 있을 법한 이야기로군."

"그러니까 뭐, 군자는 위험한 곳에 가까이 가지 말라는 말도 있으니 육로를 통해 남쪽으로 가는 게 어떨까 싶어서."

육로라는 단어에 호로가 얼굴을 찌푸렸다. 선박 여행을 한 번 경험한 상태에서 덜컹덜컹 흔들려 엉덩이가 아픈 짐마차 여행을 다시 하자는 이야기를 들으면 그런 표정이 나오는 것도 당연한 일이다.

"로에프 강까지 나가면 거기서 다시 배를 타고 케르베로 내려갈 수가 있어."

"케르베… 들어 본 적 있는 이름인데."

"뿔을 가루로 내어 먹으면 영원한 생명을 얻을 수 있다고들 하던 전설의 바다괴물, 일각고래가 잡혔던 곳이야."

호로는 턱을 살짝 치켜들고는 그리 유쾌하지 않은 표정으로 고개를 끄덕였다.

그것은 아마도 남들보다 오랜 세월을 살아가는 인간 아닌 자로서, 약으로 만들어 먹으면 영원한 생명을 선사해 주는 일각고래의 뿔이라는 말에 복잡한 감정을 느꼈기 때문인지도 몰랐다. 또는 로렌스와의 여행에서 마주친 이들 중 손에 꼽을 정도로 욕심이 많았던 상인들과의 싸움을 떠올렸거나.

"케르베라면 내 옛 보금자리였던 로엔 상업조합의 상관(商館)도 있고, 온천장 개업 때 신세를 졌던 사람들에게 인사를 다닐 수도 있어. 뮤리나 콜의 정보를 손에 넣을 수 있을지도 몰라."

외동딸 뮤리와 온천장에서 오라버니 노릇을 해 주었던 콜, 그 두 사람은 현재 세간에서 상당한 유명인이 되었다. 그래서 어디에 있는지 곧 행방을 알 수 있을 거라고 단순하게 생각했는데, 오히려 너무 유명한 바람에 도통 찾을 수가 없었다. 저 산에서 기적을 일으켰다는 둥, 어느 도시에서 역병을 깨끗이 해결했다는 둥, 믿어야 할지 말아야 할지 알 수 없는 소문이 넘쳐 나고 있다.

하지만 각지에 상관을 두고 있는 조합이라면 정확한 정보를 갖고 있으리라 기대할 수 있지 않을까.

"흐으음. 콜이를 주웠던 강과 그 너머의 항구도시였지? 그 강까지 가려면 또 한참 멀지 않았어?"

"직선으로 길이 나 있는 게 아니니까, 짐마차로 사흘… 아니,

행상 여행이 아니니까 여유롭게 잡아서 닷새, 아니, 엿새쯤은 될까…. 나도 이 근처 지리는 잘 몰라서."

벌써부터 해쓱해지는 호로를 보고 어이없어하기는 쉽지만, 로렌스 자신도 이미 온천장 주인 자리에 완전히 녹아들어 버렸기에 딱딱한 마부석에 앉으면 금방 허리가 아플 게 뻔했다. 길을 조사하고, 여기저기 들르고, 휴식을 취하고, 이러쿵저러쿵. 그러다 보면 결국 시간이 더 걸릴 터였다.

어쨌든 우아한 여행 계획이 무너질 전조가 드문드문 보였기에 호로는 마치 항의라도 하듯 후루룩 소리를 내며 수프를 먹었다.

"내가 당신을 업고 달려가도 상관없다면 불평은 안 하겠지만."

늑대로 돌아간 호로의 다리라면 아마 하룻밤 안에 주파할 수 있을 것이다.

"말은 어쩌고?"

"…말고기는 달콤하지만 독한 술에는 의외로 안 어울리지."

어디까지 본심인지 알 수 없는 농담에 이번에는 로렌스가 한숨을 내쉬며 술을 마셨다.

"내 입장에서는 상황을 좀 지켜보고 싶어."

"으음?"

"항구도시에 어떤 꿍꿍이가 있는지는 모르지만, 만일 정말로 세금을 내린다면 그곳을 경유해서 다양한 사치품들을 사들일 경우 이득이잖아? 최근 들어서는 귀족이 아닌 온천장 손님들도 남쪽 지방 고급품이 없다면서 불평이 많아."

다소 싸늘한 호로의 눈은, 돈벌이 이야기를 늘어놓는 얼간이를 쳐다보는 기색을 띠고 있었다.

"당신은 정말로 교훈을 얻을 줄 모르는 수컷이야. 그런 이야기는 토끼네 상회에 맡겨 두면 되잖아? 애당초 언제였던가, 모르는 곳에다 밀을 주문하는 바람에 싸구려를 떠안고 손해를 볼 뻔한 일이 있지 않았어?"

토끼의 화신이 지배인을 맡고 있는 데바우 상회는 온천장 '늑대와 향신료'를 경영하는 데 있어 매우 믿음직스러운 거래처다.

그리고 밀 사건으로 말하자면 고가의 밀에 싸구려 호밀가루가 섞여 있었을 때 호로와 뮤리가 냄새를 맡아 알아낸 덕분에 화를 면한 적이 있었다.

"크…. 하지만 내가 교훈을 얻을 줄 모르는 인간이라면, 오늘 아침 네가 왜 일어나지도 못했는지에 대한 이야기를 꺼내면 어떨까?"

호로는 뚱한 얼굴로 입을 꾹 다물었지만 테이블 밑으로 다리를 걷어차지는 않았다.

그래서 어지간한 호로도 이 정도 숙취를 겪을 만큼 과음했다는 사실을 반성하는 줄 알았던 로렌스는 문득 자신들의 테이블 옆에 인기척이 다가온 것을 느끼고 고개를 들었다.

그곳에서는 얇은 모자를 한 손에 움켜쥔 농부 차림의 남자가 망설임 섞인 미소를 짓고 있었다.

"그래프트 로렌스 님과 그 아내분, 맞으시죠?"

그리 우아해 보이지는 않는 차림새와 유난히도 정중한 말투가 통 어울리지 않았지만 무엇이 중요한지 잘 아는 인물이라는 점은 바로 알 수 있었다. 인사와 함께 내민 것이, 가볍게 옆구리에 낄 수 있을 정도로 자그마한 술통이었기 때문이다.

호로는 겨우 숙취에서 해방된 상태인데도 금세 눈을 빛내며 술통을 받아 들고는 매우 기뻐했다.

"흐음, 흐음… 으음~ 이거 질 좋은 벌꿀주로군! 흠, 용건이 있다면 무엇이든 말해 봐."

말은 그렇게 했지만 당연히 용건을 들을 사람은 호로가 아니라 로렌스다.

로렌스는 호로를 보고 한숨을 내쉬고는 농부 차림을 한 남자를 돌아보았다.

농부 '차림'을 했다고 생각한 이유는 겉으로 보기엔 농부 같지만 그 태도가 유난히 세련된 느낌이었기 때문인데, 인사할 때 선물로 벌꿀주를 가져온 행동에서도 이런 일에 익숙하다는 인상이 느껴졌다.

하지만 지금까지의 장사를 되짚어 보아도, 로렌스는 이 인물의 얼굴이 도저히 떠오르지 않았다.

"실례지만 어디서 뵌 적이 있던가요?"

"처음 뵙습니다. 하지만 두 분의 활약상은 살로니아에서 들었습니다."

로렌스는 고개를 끄덕였다.

살로니아에서 다소 의욕적으로 문제 해결에 나섰다가 도시의 유명인이 된 건 사실이었다.

술과 식사가 풍족하게 제공되어 즐거운 나날을 보낸 것까지는 좋았지만 이목을 끌면 생각지도 못한 여파가 발생한다.

"여행 중이시라는 사실은 압니다만, 부디 제 이야기를 좀 들어주셨으면 합니다."

정중한 말투와 오른쪽 무릎까지 꿇고 애원하는 그 모습을 보니, 아무래도 이 농부 차림의 남자는 그 차림새와 달리 고귀한 인물과 교류를 가진 경험이 있으리라는 추측을 할 수 있었다.

하지만 촌장이라기에는 너무 젊고, 무엇보다 어딘가 모르게 평범한 마을 사람답지 않은 분위기를 내뿜는다. 로렌스가 과거 행상에서 얻은 지식을 끌어내 남자의 소지품을 새삼 관찰해 보니 우선 눈에 띄는 것이 투박한 손도끼, 그리고 자그마한 활과 화살이었다. 거기에 남자가 호로를 위해 빈틈없이 준비해 온 선물이 고급 벌꿀주라는 사실을 합치면 금세 답이 나온다.

"삼림감독관께서 제게 무슨 용건이실까요?"

남자가 놀라서 눈을 휘둥그렇게 뜨더니, 놀라움 다음으로 뚜렷하게 기쁜 표정을 지었다.

"역시 살로니아에서 수많은 문제를 해결하신 로렌스 님이시군요! 부디 그 힘을 저희에게 빌려주십시오!"

안타깝게도 지금은 부부끼리 느긋하게 여행하는 중이라서, 라고 대답하고 싶지만 이미 호로가 신이 난 얼굴로 벌꿀주를 끌어안아 버렸다. 자기가 문제 해결을 하는 게 아니니 참 편하겠지, 하고 생각하던 로렌스는 문득 그게 아닌 것 같다고 생각을 고쳤다.

호로는 남자의 몸에서 풍기는 숲속 나무와 흙의 냄새로 숲에서 일하는 인간이라는 사실을 이미 알아차렸으리라. 로렌스가 돈벌이가 되는 이야기에 정신을 빼앗기듯, 호로는 숲을 지극히 사랑하는 늑대이기에 도움을 청하러 온 숲속 주민의 이야기를 로렌스가 들어 주게끔 유도한 것이 아닐까. 물론 거기에 추가로 벌꿀주도 얻을 수 있다면 두말할 이유가 없다.

그렇다면 이 남자를 내쫓을 경우 로렌스도 분명 호로의 옆자리 침대에서 쫓겨나 바닥에서 혼자 쓸쓸하게 잠드는 결말을 맞이할 것이다.

"…저라도 괜찮으시다면 이야기를 들어 드리겠습니다."

지친 표정의 로렌스 앞에서 남자는 매우 기뻐했고, 호로 또한 만족스럽게 고개를 끄덕였다.

남자는 이곳의 관문에서 남쪽으로 내려가면 나오는 '토네부르크'라는 영지의 영주에게 대대로 고용된 삼림감독관, 마이어 린드라고 스스로를 소개했다. 호로는 그 직무의 호칭에 묘하게 감명을 받고는 말 그대로 숲의 수호자를 상상했는지, 숲을 지키는 자라면 다 좋은 녀석이라고 생각한 모양이었다.

하지만 삼림감독관은 단순한 숲의 수호자가 아니다. 숲을 감독한다는 점은 틀림이 없지만, 그들이 감시하는 것은 한정된 숲의 자원이지 숲 그 자체가 아니기 때문이다. 뇨히라 근처는 숲이 너무 깊어서 그들이 나설 일이 별로 없지만 남쪽으로 내려가면 내려갈수록 숲은 귀중해지고, 그에 비례하여 삼림감독관이라는 역할도 중요해진다. 특히 보리 산지로서 넓게 개간된 이 부근 같은 토지일 경우 상당한 중책일 터였다.

그런 삼림감독관 마이어가 지키는 토네부르크의 숲은 이 근처치고는 꽤나 기복이 심한 지형이라 깊고 시커먼 숲이 그대로 남아 있는 듯했다.

하지만 마이어의 말에 의하면 그 숲을 개간하여 목재를 출하하며 심지어 길까지 낸다는 계획이 진행되고 있다는 것이다.

"마이어 씨는 그 계획을 저지하고 싶으신 겁니까?"

"네. 하지만 힘든 일이어서 로렌스 님의 힘을 꼭 빌리고 싶습니다."

숲에 사는 사람이라 하면 어딘가 모르게 염세적이고, 인간을 싫어하고, 백 년 묵은 이끼 같은 덥수룩한 수염 속에서 사슴 같은 눈을 빛내는 인물을 상상하기 쉽지만, 삼림감독관은 숲에서 일하는 문관이다.

고귀한 사람을 모시며 하루하루 대립하는 토지의 이해관계 속에서 균형을 맞추는 역할이므로 화술이 세련되고 어느 상회에서 지배인 노릇을 한다 해도 위화감이 없다.

그렇기 때문에 교섭을 성공시키기 위해 다소 아픈 곳을 일부러 찌르는 그 수단조차 실로 능란하다.

"저는 애당초 어떤 교섭을 지켜보기 위해 살로니아에 간 것입니다만…."

마이어가 말을 멈추고 로렌스를 의미심장한 눈빛으로 쳐다보았다.

"로렌스 님의 활약, 정말이지 감복했습니다. 하지만 로렌스 님이 저지하신 목재 상인들의 관세 감세 교섭이 예상치 못한 파문을 일으켰거든요."

'예상치 못한 파문'이라는 말에 로렌스는 불길한 예감이 들었다.

"물론 살로니아 교회의 요청에 의해 제가 최선을 다한 것은 사실이지만… 그 결과 마이어 씨나 토네부르크 영주님, 또는 영민 여러분께 무슨 민폐를 끼치게 되었다는 말씀이십니까?"

"아뇨, 민폐라뇨. 전혀 그렇지 않습니다."

엎드려 고개를 숙이는 마이어의 자세는 너무나 익숙해 보였지만 전혀 진심이 깃든 동작이 아니었다. 이리저리 몸을 비틀어 장애물을 슬슬 피하면서 착실하게 목적지를 향해 나아가는 칠성장어 같은 방식이었다.

옆에서 호로가 묘하게 기분 좋아 보이는 것도, 마이어의 연기와 거기에 슬슬 말려들기 시작한 자신의 모습이 재미있어서 그러는 모양이라고 로렌스는 씁쓸하게 생각했다.

"로렌스 님이 교회를 위해, 신을 위해 올바르게 행동하셨다는 사실은 명백합니다. 하지만 그 결과 목재의 관세는 크게 낮아지지 않았습니다. 그러자 이 강 하구에 위치한 항구도시 칼란은 로렌스 님의 활약에 의해, 저렴하게 목재를 구입할 길을 잃고 말았습니다."

"앗."

마이어의 이야기가 향하는 목적지가 어디인지 알아차린 로렌스는 작은 소리를 질렀다. 옆의 호로도 후드 속에서 늑대 귀를 움찔하고는 로렌스를 싸늘한 눈빛으로 쳐다보았다.

"살로니아에 유통되는 목재의 관세가 내려가면 항구도시 칼란은 그만큼 저렴하게 목재를 사들일 수 있었을 것입니다. 하지만 그 계획이 와르르 무너진 결과, 그들은 전부터 눈독을 들이던 저희 토네부르크령의 삼림을 개간하자며 영주님을 다그쳤습니다."

실제로 최근 목재 가격의 급등 때문에 삼림으로 둘러싸인 뇨히라에서도 회합을 열어 장작을 채취할 양을 결정하고 있다. 숲보다 평야나 초지가 압도적으로 많은 이 부근일 경우 그 희소성은 대체 어느 정도일까.

살로니아의 목재 관세를 둘러싼 이야기는 목재 상인들이 약간의 이득을 얻기 위해 저지른 일 정도가 아니라, 근처 지역 상인들까지 마른침을 삼키며 지켜보아야 할 사항이었던 모양이다.

로렌스의 눈앞에서 무릎을 꿇고 있는 삼림감독관은 살로니아의 관세 문제를 훼방 놓은 네놈 때문에 우리 토네부르크의 숲이 위기에 처했는데 이걸 어떻게 해결할 것이냐고, 로렌스에게 따지러 온 모양이었다.

그리고 비난의 시선은 마이어뿐만이 아니라 언제나 숲의 편인 호로 쪽에서도 날아왔다.

로렌스가 살로니아에서 쓸데없는 짓을 하지 않았다면 목재의 관세가 내려가서 하류에 있는 항구도시 칼란인지 뭔지 하는 곳에서 목재를 싸게 구입할 수 있었을 테고, 마이어가 일하는 토네부르크의 숲도 위기를 면할 수 있었을 테니 말이다.

로렌스는 형 집행을 조금이라도 늦추고 싶은 죄수가 된 기분으로 질문을 던졌다.

“여, 영지를 둘러싼 이야기, 이해했습니다. 하지만 마이어 씨가 방금 말씀하셨던, 숲 개간을 저지하는 것이 어렵다는 말씀은 무슨 뜻인가요?”

영주가 항구도시 칼란을 상대하기에 입지가 약하다는 뜻일까. 아니면 마치 옛 시대처럼 도시가 용병대장을 고용하여 힘으로라도 요구를 관철시키려 한다는 것일까.

또는 자신이 협력하면 어떻게든 사태를 수습할 수 있다는 말일까.

“영주님께서, 숲 개간에 찬성하셨습니다.”

호로의 입술이 살짝 삐죽거린 것은, 토지를 지켜야 할 영주가 숲 개간을 찬성하다니, 라는 말이 튀어나올 뻔했기 때문이리라. 하지만 한편 로렌스는 마이어가 얼마나 골치 아픈 이야기를 가져왔는지 눈치를 채고 턱을 살짝 당겼다.

“영주님이, 찬성을….”

“예.”

마이어는 로렌스를 마주 보며 힘주어 고개를 끄덕였다. 방금까지는 빈틈없는 여우 같더니, 지금은 마치 먹잇감의 위치를 파악한 매 같았다.

“그렇다면 저 같은 일개 행상… 아니.”

예전 습관으로 행상인이라고 말하려던 로렌스는 헛기침을 했다.

"저는 귀족조차 아닙니다. 항구도시와 영주님이 손을 잡으신 정치적인 이야기에 끼어들 수는… 아얏?!"

의아해 하는 마이어를 향해 로렌스는 애매한 웃음을 지으며 얼버무렸다.

테이블 아래에서 호로가 정강이를 걷어찬 것이다.

"물론 로렌스 님의 걱정은 충분히 이해합니다."

마이어는 금세 노선을 변경해, 크게 선회하여 먹잇감이 달아나지 못할 곳으로 몰아넣었다.

"하지만 이것은 로렌스 님이 지닌 상인으로서의 재능이 매우 뛰어나기 때문에 드리는 말씀입니다."

"……."

호로에게 얻어맞은 것 때문은 아니지만, 로렌스는 가벼운 한숨을 내쉬고 마이어에게 다음 이야기를 재촉했다.

"우선 영주님은 단순히 계산을 실수하셨으리라 생각합니다. 숲은 한 번 개간하면 쉬 돌아오지 않습니다. 그럼에도 불구하고 숲에서 단순히 나무를 베기만 하는 것이 아니라, 칼란 놈들의 감언이설에 넘어가 숯 굽는 움막과 대장간까지 숲 안에 짓겠다고 하시는 겁니다."

로렌스는 숨을 들이켰다. 마이어의 말 때문이 아니었다. 그 말을 들은 호로가 무표정인 채로 옷 속에서 꼬리를 파닥파닥 흔들기 시작했던 것이다.

“심지어 영주님은 제련된 철과 숯을 운반할 용도, 그리고 장사를 발전시킬 용도로 숲 안에 길을 내시려 합니다. 길이 나면 통행세를 잔뜩 뜯어낼 수 있을 것이라고 칼란 놈들이 꼬드기는 소리를 곧이곧대로 받아들이신 거죠.”

로렌스는 마이어의 말에 압도당하면서도 자세를 고쳐 앉았다. 아무래도 살로니아에서 저렴하게 사들일 예정이었던 목재 값을 대신 변상해 달라는 등의 단순한 이야기가 아닌 듯했기 때문이다.

“이대로라면 숲은 황폐해지고, 숲에 의지해 살아가는 영민들 또한 곤궁해질 것입니다. 하지만 영주님은 목재 판매와 숯 굽기, 그리고 대장간에서 들어올 이득과 개간해서 길을 냈을 때 통행인들에게서 받을 통행세에 눈이 멀어, 백성들이 피폐해지고 숲의 규모가 줄더라도 결국은 남는 장사일 것이라 생각하고 계신 모양입니다.”

마이어가 로렌스에게 말을 건 이유는 로렌스가 살로니아에서 쓸데없는 짓을 저지른 장본인이기 때문만은 아니었던 듯했다. 영주를 설득하려면 그 계산이 잘못되었다는 사실을 증명해야만 한다고 판단하고, 그렇다면 로렌스가 적임자라고 생각했기 때문이리라.

"듣자 하니 로렌스 님은 현재 유명한 온천마을의 온천장 주인이지만, 예전에는 세상을 널리 여행하는 이름 높은 상인이셨다더군요. 부디 그 장사의 재능을 살려 영주님의 주판이 잘못되었다는 사실을 알려 주시지 않겠습니까?"

칭찬은 거창하지만 물론 단순히 입에 발린 말이 아니다. 온천장 이야기를 꺼낸 것이 그 증거다.

빈틈없는 마이어는 살로니아에서 어느 정도 뒷조사를 한 후, 아마도 엘사를 만났으리라. 네가 어디 사는 누구인지 이미 알고 있다고 일부러 말한 것은 부드러운 협박인 셈이었다.

"자, 어떠신가요? 만일 숲을 지켜 주신다면 숲에서 나는 과일로 만드는 사계절의 과일주, 그리고 벌꿀주, 말린 버섯과 사슴과 토끼 훈제 고기를 약속하겠습니다. 뇨히라를 찾아오는 귀한 손님들의 입맛도 만족시킬 수 있는 뛰어난 상품이라는 사실을, 토네부르크 숲의 명예를 걸고 맹세하죠."

꽤나 맛있어 보이는 제안에 호로가 눈을 빛냈으나 로렌스의 귀에는 완전히 다른 이야기로 들렸다. 금화나 은화로 대가를 지불하기는 어렵지만 숲의 은혜를 살짝 횡령하는 정도라면 자신들의 재량으로도 가능하다는 뜻이며, 그것은 곧 드러내놓고 보수를 지불할 수는 없다는 사실을 의미했다.

신하의 몸으로 영주의 결정을 뒤집으려 든다는 것은, 보통은 교수형을 각오할 만한 일이니 말이다.

상식적으로 생각할 경우, 로렌스는 지금 당장 미소를 지으며 마이어의 제안을 받아들이는 척하고 재빨리 짐을 싸서 호로와 함께 도망치는 것이 정답이다. 온천에 무슨 심술이라도 부리려 들 경우 인간 아닌 자의 연줄을 있는 힘껏 이용해 보복하면 된다.

하지만 로렌스가 움직이지 않았던 데에도 물론 이유는 있다. 옆에 있는 먹보의 배 속에서 들려오는 꼬르륵 소리는 그렇다 치고, 실제로 숲을 개간할 경우 주민들이 더 이상 숲에 기대어 살아갈 수 없게 되리라는 사실은 틀림없기 때문이었다.

심지어 로렌스의 등 뒤에는 살로니아에서 저질렀던 일이 지금 이 사태의 큰 원흉이 되었다는 사실 말고도, 더욱 묵직한 무언가가 떡 버티고 있었다.

지금 이 순간이 아득히 먼 추억이 되었을 때, 즐거웠던 옛날을 더듬는 여행을 떠난 호로가 소문으로 들었던 토네부르크의 숲을 방문한 모습을 상상해 보면 된다.

고작 나무 몇 그루만이 남은 황폐한 땅과 사람들이 뿔뿔이 흩어지고 만 그 토지를 보며 홀로 우두커니 서 있는 호로.

그 모습을 상상하는 것보다 더 슬픈 일은, 로렌스에게 없다.

"음?"

로렌스가 옆으로 흘끔 시선을 돌리자 호로가 의아한 듯 마주 보았다.

이것은 일종의 분기점이었다.

호로가 완전히 시들어 버린 숲 앞에 쪼그려 앉아 말라붙은 흙을 손가락으로 어루만질지. 아니면 구해 낸 숲의 어린 나무에 새겨 놓았던 로렌스의 메시지를 발견하고 어처구니없다는 듯 웃을지.

로렌스는 그렇게 자기 자신을 일부러 궁지로 몰아넣었다.

왜냐하면 영주가 한 번 결정한 일을 뒤집으려 드는 것부터 상식적으로 피해야 할 일인데, 심지어 마이어의 부탁은 영주의 계산 착오를 수정해 달라는 말이었다. 즉 이것은 장사 이야기이기도 하므로 문제는 더한층 복잡해진다.

걱정거리와 거절할 이유가 고개를 쳐들어 올려다봐야 할 정도로 드높이 쌓여 있다.

하지만 그 반대편에는 호로가 앉아서 기대감 섞인 눈빛으로 로렌스를 살짝 올려다보고 있다.

이 건에 손을 댔을 때 겪을 위험과, 대지 않았을 때 겪을 위험.

수많은 일들을 머릿속 천칭에 달아 본 후 로렌스는 말했다.

"…일단, 둘이서 상의해 봐도 되겠습니까?"

반쯤 항복한 말투로 받아들였는지 마이어는 로렌스와 그 옆의 호로를 바라본 뒤, 애써 무표정한 얼굴로 고개를 숙였다.

“당신 때문에 숲이 위험에 처했잖아, 이 멍청이!”

침대에 걸터앉은 호로가 꼬리로 침대를 한 번, 두 번 내리쳤다.

하지만 세 번째는 침대에 휘두르지 않고 자기 무릎 위에 얹었다.

“라고, 화를 내고 싶은 심경이지만…. 당신은 지난번 도시에서 나를 위해 두 팔 걷어붙이고 애써 줬고, 나도 뭐, 별생각 없이 기뻐했으니 말이지.”

호로는 그렇게 말하며 테이블에 놓여 있던 하루하루의 기록을 남기는 일기장과 선물로 받은 술통을 돌아보았다.

내용물의 당도로 치면 호각이 아닐까 싶다.

“게다가 다행히도 구해야 할 것이 숲이야. 인간 마을에서의 실랑이라면 모를까, 숲을 구하기 위해서라면 차라리 내가 나선다는 방법도 있지.”

로렌스는 다소 놀랐다.

“그 표정은 뭐야? 숲 개간을 포기하게 만들면 되는 거잖아? 그쯤이야 내 송곳니에 걸리면 식은 죽 먹기지.”

어리석은 인간이 검은 숲에 발을 들이면 그곳에 잠들어 있던 숲의 정령이 송곳니를 드러낸다.

옛날이야기라면 그것으로 행복한 결말이 나겠지만 현실은 그렇지도 못하다.

특히 이렇게 주판알을 튕기는 이야기라면.

"숲을 지키고 싶은 네 마음은 물론 이해해. 하지만…."

"하지만, 뭐지?"

"마이어 씨가 그랬잖아. 내가 영주의 계산 실수를 바로잡아 줬으면 좋겠다고."

그게 어쨌다는 거지? 하는 표정의 호로에게 로렌스는 말했다.

"우리는 아직 마이어 씨의 주장만 들었을 뿐이야. 그 이야기와 달리, 숲을 지키는 게 꼭 옳은 길이 아닐 가능성도 있다는 뜻이지."

"……."

한순간 허를 찔린 듯했던 호로의 눈이 순식간에 가늘어졌다. 숲을 개간하는 데 정당한 이유 따위는 없다는 눈빛이었다.

로렌스는 한숨 섞인 말투로 설명했다.

"숲과 그 정령을 둘러싼 옛날이야기라면 적과 아군이 확실하겠지. 영주님이 사랑한 숲을 지켜 달라는 이야기라면 또 알아듣기 쉬워. 하지만 금화와 은화, 그리고 거기에 의지해서 살아가는 사람들의 생활 이야기라면 누굴 아군으로 삼아야 좋을지 다소 골치가 아파진다는 거지."

호로의 꼬리가 불쾌한 듯 우뚝 멈춰 섰다.

"그 멍청이가 거짓말을 했다는 거야?"

"네 귀를 의심하진 않아. 하지만 말하지 않은 부분까지는 알

수 없잖아?”

호로는 끄응, 하고 입을 다물었다.

“예컨대 보리를 심는 데 필요한 땅 말이야. 그 땅이 부족한데 마냥 숲을 지키려 들기만 하는 게 과연 정의일까? 숲을 개간함으로써 마을이 풍요로워지거나 굶주린 사람들이 끼니를 해결할 수도 있지 않겠어? 영주도 마을 사람들도 모두 그것을 원하는데 마이어 씨 혼자만 아끼고 사랑하는 숲을 잃기 싫다는 이유로 우리에게 도움을 청하러 왔을 가능성도 있잖아?”

영주가 영민들의 삶을 걱정하여 항구도시 칼란과의 삼림 개척 계획을 결심했는데, 마이어의 부탁을 받은 로렌스가 그것을 망쳐 놓게 될 가능성도 충분하다.

그러면 로렌스가 뇨히라의 온천장 주인이라는 사실을 쉽게 알아낼 수 있을 테니 일이 귀찮아질 것은 명백하다.

“물론 꼭 숲을 지키고 싶은 널 위해 발 벗고 나선다는 선택지도 있지만.”

호로는 로렌스를 보더니 불쾌한 듯 토라진 얼굴로 고개를 홱 돌렸다.

이 늑대는 인간 따위는 상대도 해 주지 않는 이교의 사악한 신이 아니다. 마을 사람과의 약속을 고지식하게 몇백 년이나 지켜, 파슬로에 마을의 보리 풍작을 성실하게 돌봐 주었을 정도다.

그러니 숲을 지키는 일이 오히려 수많은 사람들을 곤궁하게 만든다면 숲을 지켜 낸다 한들 호로의 표정이 밝지는 못할 것이다.

무수한 이해관계가 교차하는 장사의 세계에 몸담았던 로렌스의 눈앞에는 그런 여러 가지 선택지가 담긴 천칭이 줄줄이 늘어서 있었다.

"아니면⋯."

로렌스는 만일을 대비하여 물었다.

"마이어 씨가 혹시 인간 아닌 존재였어?"

그렇다면 로렌스는 테이블 위에 가득 놓인 천칭을 전부 쓸어버리고 작전을 세울 지도를 펼칠 수 있다. 호로를 평생의 반려로 삼기 위해 손을 내밀었을 때와 같은 마음으로, 인간 세상의 손익을 신경 쓰지 않고 숲을 지키기 위해 싸울 수 있다.

로렌스의 그런 각오가 느껴졌는지 호로는 꼬리털 끝을 기쁜 듯 파닥파닥 흔들었으나 아마 무의식적인 행동이었던가 보다.

꼬리털 끝의 움직임을 문득 느꼈는지 원망스러운 듯 노려본 뒤 호로는 한숨 섞인 목소리로 말했다.

"그 멍청이는 인간이야. 흙과 나무 냄새에 섞여 당신과 같은 금화와 은화의 냄새도 났어."

로렌스는 자신과 호로 사이의 결정적인 차이라 하면, 그것은 늑대 귀나 꼬리가 아니고 수명의 차이도 아니라고 생각한다.

그것은 금화와 은화를 대하는 태도이며 일종의 신앙이라고도 할 수 있는, 손익을 바라보는 태도다.

"그래. 그러니까 이건 장사 이야기야."

호로 입장에서는 숲이 개간되지 않도록 지켜 달라는 부탁에 두말없이 뛰어들고 싶겠지만, 이곳은 정령이 사는 깊은 산속이 아니라 인간이 지배하는 땅이다.

그리고 인간 세상의 구조는 꽤나 골치 아프다.

"당신은 거절할 생각이야?"

다소 원망스럽게 들리는 그 말투는, 진심으로 질책하는 것 같지는 않았으나 얌전히 물러날 생각도 아니라는 사실을 드러냈다. 평소였다면 로렌스가 골치 아픈 일에 참견하는 것을 나무라는 호로라도, 숲의 존속이 걸린 문제 앞에서는 그리 냉정하게 판단할 수 없는 모양이었다.

물론 로렌스도 살로니아에서 자신이 아무 생각 없이 저질렀던 행위가, 의도치 않았다고는 하나 토네부르크의 숲에 영향을 미친 것 같다는 데에서 책임을 느꼈고, 호로에게도 미안한 마음이 있다.

하지만 아무리 그래도 마이어의 부탁에는 로렌스를 자꾸만 망설이게 만드는 걱정거리가 있었다.

그러니 차라리 마이어가 인간 아닌 존재라고 호로가 거짓말을 해 주었다면 좋았을 텐데.

로렌스는 그런 생각을 하며 한숨을 내쉬었다. 호로는 과음을 하거나 음식을 몰래 집어먹는 등 하찮은 일에는 아무렇지도 않게 거짓말을 해 대지만, 중요한 문제에서는 결코 거짓말을 하지 않는 성격이었다. 그렇다면 자기 보신을 우선하려 드는 교활한 전직 행상인을 속일 수 있는 사람은, 이곳에 한 명밖에 없다.

세 치 혀로 상인 나부랭이 노릇을 하고 있는, 자기 자신밖에.

"뭐, 이 이야기 말인데."

로렌스가 심호흡과 함께 입을 열자 축 늘어졌던 호로의 귀 중 한쪽이 바짝 치켜 섰다.

"영주의 판단이 옳은지 어떤지는 몰라도, 거래 상대인 항구도시 칼란의 동향에는 확실히 묘한 데가 있어."

호로의 붉은 눈동자가 슬금슬금 로렌스 쪽을 올려다보았다.

"목재 상인들이 관세를 낮추지 못해서, 저렴한 목재를 조달하기 위해 토네부르크의 숲에 눈독을 들인 데까지는 이해가 돼. 내가 잘 아는 장사의 논리야. 하지만 그 항구도시 칼란에는, **자기들의 관세가 내려갈지도 모른다**는 소문이 분명 퍼졌을 텐데."

"으… 으음?"

낭보인지 아닌지 판단이 안 되는지 호로가 심각한 표정을 지었다.

"칼란에서는 귀중한 세금 수입을 내다 버리려 하고 있잖아? 그런데도 저렴한 목재를 찾아 토네부르크 쪽으로 손을 뻗었지.

꽤나 큰 규모의 계획까지 세워서. 이건 표면적으로 볼 때 연결이 잘 안 돼. 목재를 살 돈이 부족하다면 관세를 내릴 상황이 아닐 텐데."

호로는 살짝 턱을 당기고 로렌스를 쳐다보다 시선을 대각선 위로 향했다.

"…그건, 그렇지. 아니, 그 칼란인지 뭔지 하는 동네도 당신이 요란하게 날뛰었던 동네와 똑같다는 이야기인가?"

현랑답게 핵심을 찌른다.

살로니아에서의 목재 관세를 둘러싼 이야기가 하류에 위치한 칼란과 관계가 있듯, 칼란 또한 어딘가로 향하는 목재의 통과 지점에 불과할지 모르는 일이다. 즉 칼란을 지나가면 나오는 그곳에는, 살로니아뿐만 아니라 칼란의 관세까지 낮추어서 목재를 저렴하게 사들이려 하는 누군가가 있을지도 모른다.

"음, 하지만 묘한 이야기인데. 칼란에서 낮춘다는 관세인지 뭔지는 목재뿐인가?"

로렌스에게 호로의 어떤 부분을 좋아하는지 묻는다면, 가장 먼저 자신보다 현명하다는 점을 꼽을 것이다.

로렌스는 기쁨을 얼버무리기 위해 헛기침을 했다.

"얼핏 들은 이야기로는 꼭 목재만은 아니라고 해. 그러니까 뭔가 이상하다는 거야. 아마 도시 입장에서, 뭔가 커다란 이야기가 배후에 존재할 거야."

호로는 어깨를 살짝 으쓱하고는 책상다리를 하고 침대에 앉아 자신의 발가락을 움켜쥐었다.

"그렇다면… 그게, 뭐지?"

호로의 눈빛이 다소 비굴해졌다. 그렇지 않아도 로렌스가 내켜 하지 않는데 공연히 이야기가 더 복잡해질 기색을 띠기 시작했기 때문이었다. 그것은 바꿔 말하면 로렌스가 이 이야기를 거절할 이유도 된다.

로렌스의 본심은 사실 그쪽에 있었다.

하지만 무슨 일이든 사고방식만 바꿔도 얼마든지 달라질 수 있다.

"뭘까, 한번 생각해 봐."

"으, 음?"

"도시를 둘러싼 커다란 이야기가 배후에 존재할지도 모른다니까."

감 좋은 호로가 바로 알아듣지 못한 이유는 로렌스의 태도가 너무 무책임했기 때문인지도 모르겠다. 뭐니 뭐니 해도 이것은, 스스로 자신의 코앞에 당근을 매달고 달리는 말이나 다름없는 이야기이니 말이다.

"칼란이 어떤 큰 그림을 그리고 있고, 토네부르크는 불쌍하게도 소중한 숲을 빼앗기기 직전이야. 그리고 그런 커다란 이야기에는, 대체로 무엇이 숨어 있지?"

"으, 음."

"크게 돈을 벌 기회야. 그렇겠지?"

"앗."

행상인 시절 호로와 여행하면서 밤이면 밤마다 커다란 돈벌이 이야기에 눈을 반짝이다 호로에게서 차가운 시선을 받곤 했다. 지금은 완전히 잃어버린, 야심이란 것이 그때는 있었다.

그렇다면 그 야심을 왜 잃어버렸을까. 자신의 돈벌이보다 소중한 것을 손에 넣었기 때문에, 그리고 그것을 지키고 싶기 때문에.

그리고 로렌스가 가장 지키고 싶은 대상인 호로의 늑대 귀가 초조한 듯 좌우로 교차하며 움직여 댔다. 어딘가 모르게 미안한 듯, 하지만 기대가 되는 듯, 사랑에 빠진 상대라면 결코 내버려 둘 수 없는 표정으로 로렌스의 눈치를 흘끔흘끔 살피고 있었다.

여기서 무조건 빚을 만들어 두어야겠다고 결심한 로렌스는 이렇게 말했다.

"행상인 출신의 얼간이가 무심코 흥미를 느끼고 끌릴 만한, 커다란 돈벌이의 냄새가 나."

호로의 눈에 빛이 깃들고, 마치 강아지처럼 꼬리가 파닥거렸다.

저도 모르게 웃음이 피어나지 않도록 로렌스는 정신을 바짝 긴장시키며 말을 이었다.

"다시 한번 혹시나 해서 묻겠는데, 마이어 씨가 무슨 거짓말을 하는 것 같진 않았지?"

로렌스의 물음에 호로는 늑대 귀를 빳빳이 세우고 고개를 가로저었다.

"지어낸 이야기를 하는 기색은 없었어."

그 대답에 로렌스는 큰 한숨을 내쉬는 수밖에 없었다.

"결과가 재미없어도 원망하기 없기다."

숲을 개간하는 쪽이 주민들에게 보탬이 될지도 모르고, 영주에게서도 원한을 살 테고, 온천장을 지킬 수단을 강구할 필요가 생길지도 모른다. 게다가 칼란 측에서 뭔가 엄청나게 귀찮은 계획을 세우고 그 일환으로 토네부르크의 숲에 손을 뻗었다면 로렌스와 호로는 거기에 말려들었다가 은화 한 닢 못 벌 수도 있다.

그래도 로렌스보다 오랜 세월을 산 현랑은 바로 얼마 전, 이런 말을 했다.

'그것은 또 그것대로 당신과의 여행이 남긴 추억이 되겠지.'

그 어떤 일이라도 둘이 함께라면, 아무리 외롭고 재미가 없어도, 또 괴로운 일조차도 전부 지금 살아 있다는 증거가 되리라고.

성직자라면 너무나 퇴폐적인 사고방식이라고 말할 수도 있고, 그저 자리를 모면하기 위한 임기응변의 변명처럼 들리기도 했다.

그리고 실제로도 변명일 뿐이다.

세상은 비관적으로 살려 들면 얼마든지 그럴 수 있고, 호로는 그 비관적인 관점 때문에 로렌스와의 여행을 그만둘 뻔한 적도 있었다. 그것을 극복한 것은 로렌스였고 호로 또한 사실은 누군가의 손을 잡고 싶어 했다.

그리고 그 손을 잡은 결과가 지금의 즐거운 하루하루다.

“넌 정말 치사한 늑대야.”

결국 이렇게 될 것은 처음부터 정해져 있었는지도 모른다.

그냥 똑똑하게 살려 했다면 자신들은 서로의 손을 잡지 않았을 것이다.

“…게다가 한 번 물고 늘어지면 절대 놓아 주지 않는 늑대지.”

로렌스의 손을 잡은 호로의 미소에는 솔직한 감사의 마음이 담겨 있었다.

황금보다 귀중하고, 숙성된 포도주처럼 퇴폐적인 보수다.

로렌스는 어리석은 자신을 비웃으며 호로의 손을 잡아당겨 꼭 껴안았다.

그리고는 약간의 시간이 흐른 후, 마이어에게 의뢰를 받아들이겠다는 뜻을 전했다.

배에 탄 여행객들을 위해 강을 따라 말을 운반해 주는 말구

종은 하루 늦게 관문에 도착했다. 로렌스는 그들에게서 말을 넘겨받은 뒤, 당분간 관문에 눌러앉아 지내겠다는 상인을 찾아냈다. 그리고 교섭을 시도하여, 항구도시 칼란에서 짐마차를 넘겨준다는 계약서에 약간의 은화를 얹어 건넴으로써 그 상인이 사용하던 짐마차를 일시적으로 양도받을 수 있었다. 다소 오래 묵은 짐마차이기는 했지만 욕심을 부릴 수는 없었다.

"종이 한 장에 악수만으로 교환이 이루어지다니. 여전히 당신들의 방식은 기묘해."

고작 그것만으로 낯선 상대와, 정말로 있는지 없는지 확실하지도 않은 상품을 담보로 눈 깜짝할 사이 거래를 끝낸다. 신용을 바탕으로 한 상인들의 교섭은 호로 입장에서는 몇 번을 보아도 신기한 광경이리라.

하지만 말을 짐마차에 묶으며 로렌스는 쓴웃음을 지었다.

"그런 기묘한 거래 중에서도 가장 기묘한 것이 바로 입맞춤 하나로 맹세해 버리는 영원한 사랑이라고 생각하는데."

유황 가루가 든 짐 자루를 발끝으로 쿡쿡 찌르던 호로는 당연히 얼굴을 붉히지는 않았다. 흥, 하고 코웃음을 쳤을 뿐이다.

"원 참. 나도 참 대단한 감언이설에 넘어갔다니까."

"계약에 상응하는 상품을 열심히 납품하고 있는 중입지요."

말을 다 묶고 짐칸에 짐을 싣기 시작한 로렌스의 말에 호로는 대담하게 웃었다.

그러고는 짐칸에 펄쩍 뛰어 올라탔다.

"뭐, 나쁘지는 않아. 물론 이번 일도 포함해서."

짐칸 난간에 팔꿈치를 짚고 턱을 괸 호로가 의미심장한 미소를 지었다.

"그렇게 말씀해 주시니 일하는 보람이 있습니다요."

호로는 송곳니를 드러내고 웃은 뒤, 그제야 로렌스에게서 유황을 꽉 채운 자루를 받아 들어 짐마차에 함께 싣기 시작했다.

"준비는 잘 되어 가십니까?"

짐을 다 실었을 무렵, 말을 탄 마이어가 다가왔다.

"네. 길 안내 잘 부탁드립니다."

자신보다 먼저 마부석에 앉아 있던 호로를 옆으로 살짝 밀어내고, 로렌스는 고삐를 쥐었다.

마이어는 역시나 삼림감독관이어서인지 말을 능숙하게 다루며 출발했다.

매일 말을 타고 넓은 숲을 돌아보는 사람이라 해도, 입고 있는 옷이 농민들의 복장인 만큼 결국 그 내용물은 귀족의 신하다. 등에 짊어진 작은 활 역시 장식은 아니어서, 들토끼를 발견하자 말 등에 탄 채 보기 좋게 쏘아 꿰뚫어 버린다. 이런 기예는 전문 훈련을 쌓지 않으면 아무리 실력 좋은 사냥꾼이라 해도 해낼 수 없다. 굳이 따지자면 전투를 위한 기술이다. 분명 숲에 침입자가 들어온 것을 발견하면 사정없이 활을 쏠 테고, 검술 실력도 상당하리라.

또한 영주가 숲에서 사냥을 할 때 그 선도 역을 맡는 직업병인지, 로렌스의 짐마차와 발을 맞춰 여로를 걸어가 주지는 않았다.

로렌스와 호로를 완전히 귀족으로 취급하는지 재빨리 앞서가서는 길을 확인하고, 지나가다 들른 여관에서는 활로 잡은 토끼를 가져가서 식사 및 휴식과 교환할 수 있는지 여관 주인과 교섭해 주었다. 밤이 가까워지자 근처 마을의 작은 교회에 안내해 준 덕분에 온화한 노사제와 함께 편안한 저녁 시간을 보낼 수 있었다.

로렌스 혼자였다면 이렇게 잘 풀리지 않았으리라. 벼룩과 이가 득실거리는 싸구려 여인숙도 겨우 찾거나, 그게 싫으면 모닥불을 피우고 노숙을 하거나, 운이 좋으면 우연히 들른 마을에서 교섭을 통해 짚단 침대나 겨우 빌리는 것이 최선이었을 것이다.

호로가 육로 여행에 자꾸 난색을 표하는 이유가 여기에 산더미처럼 존재한다.

"여행의 동반자로 하나 갖고 싶네."

다음 날 아침 교회에서 출발하며 호로가 그런 말까지 할 정도였다.

뇨히라의 산에서 내려온 당초에 로렌스가 불 피우는 데에도 애를 먹었던 일을 놀리는 말이었겠지만 가족 내의 평화를 위해 로렌스는 못 들은 체했다.

그러저러하며 한동안 나아가다 보니 전방에서 마이어가 말에서 내리는 모습이 보였다. 주의를 재촉하는 그 앞을 바라보니 강에 낡아 빠진 다리가 걸려 있었다.

"이거 너무 오래된 다리군요…. 걸어서 강을 건널 만한 곳이 없을까요?"

다리 밑을 흐르는 강 자체는 강이라 부르기에 민망할 정도로 가느다란 줄기였으나 물이 생각보다 맑았다. 물가에는 수풀도 무성했고 드문드문 잡목림도 보인다. 그제야 겨우 알아차린 일인데, 지금까지 왔던 길을 돌아보니 어느샌가 평야가 사라지고 대신 기복 있는 지형과 숲이 늘어나 있었다.

"이 부근은 옛날부터 샘이 많아서 이곳저곳에 이런 작은 개울이 있습니다. 제 할아버지의 할아버지 대에는 큰 강이 흘렀다고 하더군요."

물론, 용사가 처치했다는 큰 뱀 이야기가 나오리라는 사실은 금세 알 수 있었다.

크게 의식하지 않았는데, 생각해 보니 살로니아 부근에 존재했던 강의 목적지는 이 근처 토지였으리라.

"하나같이 습지여서 어설프게 건너려 덤볐다가는 짐마차의 경우 진흙탕에 빠져 꼼짝도 못 할 수 있습니다."

로렌스는 고개를 끄덕이고 호로에게 눈짓했다.

호로도 어이가 없다는 표정으로 마부석에서 내려서는 관문에서 열심히 실었던 짐을 내렸다.

"신의 가호가 있기를."

호로가 싫은 표정을 지었지만 로렌스는 그것을 모른 척하고, 꽤 진심으로 신에게 기도하면서 빈 짐마차를 끌고 다리를 건너도록 말을 유도했다.

삐걱삐걱 불길한 소리를 내는 다리 때문에 식은땀을 흘렸지만, 토네부르크가 어떻게 이렇게 광대한 삼림을 유지할 수 있었는지 그 이유를 일부 알 수 있었다. 이 부근에 높은 산은 없지만 땅 자체가 평탄하지도 않고, 이렇게 연못인지 개울인지 모를 곳들이 여기저기 존재한다. 이러니 밭으로 개간하기도 힘들고, 배수가 잘 되지 않는 곳은 돌림병이 퍼지기 쉽기 때문에 사람이 사는 데 적합하지도 않다. 물론 전투에서 상대를 몰아세우기도 매우 어렵다.

토네부르크가 깊은 숲을 지금 시대까지 계속해서 지켜 온 이유 중에는, 그 누구도 활용하기 힘든 곳이라는 토지 사정도 한몫 거든 듯했다.

"간신히 무사히 건넜네요."

돌아올 때는 이 다리가 무너져서 강에 사는 작은 물고기나 새우들의 둥지가 되어 있다 해도 전혀 놀랍지 않을 것이다. 마이어가 앞서가며 길을 열심히 확인해 준 것도, 자신이 이만큼 배려해 주고 있다고 과시하려는 의도가 아니라 정말로 위험하기 때문이었다.

"자, 가시죠. 이제 얼마 안 남았습니다."

느긋한 여행과는 거리가 멀지만 호로의 기분이 그렇게까지 나쁘지 않아 보이는 이유는, 이즈음엔 로렌스의 코로도 느껴질 만큼 깊은 숲을 방불케 하는 짙은 물과 흙냄새가 풍겼기 때문이리라.

그로부터 얼마 지나지 않아, 더욱 빠르게 말을 달리던 마이어가 갈림길 앞에 서 있는 모습이 보였다. 한쪽 길은 계속해서 남쪽으로 이어지고, 다른 쪽 길은 짐승들이나 다니는 듯한 작은 오솔길이 서쪽으로 뻗어 있었다. 그 너머로 드디어 나무가 울창하게 우거진 검은 숲이 모습을 드러냈다.

토네부르크에는 숲을 둘러싼 마을이 여럿 있고, 그중에는 시장도 설 만큼 이 영지의 중심지 노릇을 하는 마을이 하나 있다고 한다. 영주의 저택은 그 마을들과 꽤나 거리를 두고 떨어져 숲 남쪽에 위치한 연못 기슭에 있다고 했다.

마이어가 안내한 길은 그 가장 큰 마을로 이어져 있었다.

하지만 그것은 겨우 길이라는 사실을 알아볼 수 있을 정도의 상태여서, 바깥 세계에서 상인이나 여행자가 빈번히 드나든다는 인상은 받을 수 없었다.

그래서 마이어의 뒤를 따라 걸어가던 도중, 로렌스는 그 실루엣을 금세 발견했다.

노인 한 명이 그루터기에 걸터앉아 있다가 일행을 보자마자 목이 빠지게 기다렸다는 듯 벌떡 일어난 것이다.

이제부터 찾아갈 마을의 촌장이라고, 마이어가 가르쳐 주었다.

"오오, 당신이시군요! 마을 시장에 오는 상인들이 소문으로 이야기하는 걸 들었습니다. 마치 마법을 부리듯 장사 문제를 해결하신다고!"

"마법이라뇨. 신의 가호입니다."

쉽게 미신을 믿는 마을 사람들에게서 마법사라고 오해받기라도 하면 뒷일이 귀찮아지겠지만, 촌장의 얼굴에는 마을이 붕괴할지 말지의 갈림길에 서 있다고 쓰여 있었다. 마이어의 소개도 듣는 둥 마는 둥 하던 촌장은 마치 기침이라도 터뜨리듯 이야기를 시작했다.

"숲을 개간하게 되면 저희는 생활을 유지할 수가 없습니다. 아니, 그 정도가 아니라 커다란 재앙이 이 근린 토지 일대에 쏟아질 것입니다!"

마치 성직자의 설교처럼 호들갑스러운 말투였다. 호로는 고분고분하게 고개를 끄덕였지만 로렌스의 똑같은 행동은 상인으로서의 가면이었다.

거창한 말투를 일일이 진지하게 받아들였다가는 상인 노릇을 할 수 없기 때문이지만, 촌장은 로렌스의 그런 태도를 민감하게 느낀 모양이었다.

"이것은 단순한 비유가 아닙니다, 상인님."

놀라서 쳐다보자 노인 특유의 축축한 눈이 로렌스를 빤히 응시하고 있었다.

"영주님은 아무것도 모르십니다. 숲을 개간하면 우리 돼지와 염소는 대체 어디서 살찌워야 할지, 그리고 그게 어떤 사태를 불러올지!"

마이어는 몸을 앞으로 기울이는 촌장을 달래는 대신, 로렌스 일행보다 다소 앞서 여전히 길을 확인하며 나아가고 있었다.

그 뒷모습을 흘끔 쳐다보며 로렌스가 물었다.

"돼지… 라고 하셨습니까?"

당연히 홀랑 벗겨지게 될 숲의 위기에 대해, 이교도를 방불케 할 정도로 숲에 품은 강렬한 애착을 근거로 이야기할 줄만 알았다. 그리고 현실적인 문제라 하면 숲을 개간할 때 노동력으로 징발될, 소위 부역의 괴로움을 들 줄 알았다.

하지만 노인의 입에서 튀어나온 것은 염소니 돼지니 하는, 예상치 못한 단어였다.

로렌스의 당황한 표정을 보고 만족했는지 촌장은 깊이 고개를 끄덕였다.

"도시 사람들은 '숲의 은혜'라는 말을 자주 쓰지만, 사실 숲에서 채취할 수 있는 벌꿀이나 나무열매 등은 사소한 수준에 불과하지요. 목재조차 가장 큰 은혜가 아닙니다. 숲에서 결코 잃어서는 안 되는 건, 이름 없는 잡초들입니다."

로렌스는 사교적인 웃음도 짓지 못하고 경솔하게 동의하지도 못한 채, 호로를 돌아보며 의견을 구했다. 하지만 그 누구보다 숲을 잘 아는 호로조차도 의아한 표정을 짓고 있었다.

"숲의 잡초는 저희가 치는 염소와 돼지의 먹이가 됩니다. 당신이 여행으로 생계를 유지하는 상인이라면, 소중한 짐을 나르는 그 말이 숲에서 자생하는 야생 보리를 먹고 자란다는 사실을 이미 아시겠지요."

말 사료로 주로 팔리는 것은 사람이 먹기에는 너무나 잡초에 가까운 메귀리 부류다. 그것은 당연히 로렌스도 알고 있다.

"그런 숲속 잡초를 잃으면 저희는 염소젖과 돼지고기만 잃는 게 아닙니다. 당신은 살로니아에서 오셨지요? 그렇다면 그 지방의 훌륭한 밀밭을 보셨을 겁니다."

또다시 엉뚱한 방향으로 이야기가 흘러가는 바람에 로렌스는 분한 마음으로 우물쭈물 대꾸했다.

"예, 뭐…. 그, 정말 훌륭했습니다…만?"

"그래요, 아주 훌륭하지요. 하지만 저희 영주님은 그 살로니아를 포함한 주위 지역의 밀밭이 대체 얼마만큼의 가축 분뇨로 풍요로움을 유지하고 있는지 모르시는 겁니다."

오랜 세월 힘겨운 농사일을 해 온 탓에 군더더기란 군더더기는 전부 깎여 나간 듯한 노인이었다. 그 촌장이 흔들림 없는 자신감을 갖고 하는 이야기이다 보니, 어지간해선 반론할 수 없는 설득력이 있었다.

로렌스도 장사 중에서 가장 밑바닥을 떠받친다 할 수 있는 행상을 하며 각지를 돌아다닌 몸이었기에, 세상의 세부적인 부분을 꼼꼼히 훑어보고 다녔다는 자신이 있었다.

하지만 이 촌장이 지금 하고 있는 것은 그런 행상인의 시야에조차 들어가지 않는, 더욱 근본적으로 대지를 떠받치는 이야기였다.

"가축을 키우는 데 풀이 얼마나 필요한지, 손이 흙으로 더럽혀진 적 없는 사람들은 상상도 못 할 겁니다. 휴경지와 목축지에서 나는 풀만으로는 부족해도 한참 부족해요. 그 부족한 양을 영지 밖에서 전부 채워 주고 있는 것이 토네부르크의 숲입니다. 우리가 얼마나 고생하면서 소위 가축 분뇨 교역을 하고 있는지 영주님이 아신다면, 세상에, 내 영지가 이렇게 커다란 교역지였다니, 하고 깜짝 놀라실 겁니다."

상인의 눈에 비치는 것은 시장에 진열된 상품으로 한정된다. 청어알로 돈을 버는 상인은 있어도 가축 분뇨를 취급하는 사람은 없고, 하물며 돼지나 염소 먹이 따위는 신경도 쓰지 않는다.

가축은 대지에 난 무언가를 제멋대로 뜯어먹는 존재이며 말과 달리 일부러 은화를 쓰면서까지 무언가를 사서 먹일 이유는 없기 때문이다.

로렌스가 말문이 막히자, 관문에서는 이런 이야기를 손톱만큼도 꺼내지 않았던 마이어가 로렌스를 빤히 쳐다보고 있었다. 아마 관문 주위는 상인이나 여행자들의 자유로운 분위기가 지배적이어서, 비료와 대지 등을 둘러싼 이야기 따위는 귀에 들어오지도 않으리라 생각했던 모양이다.

무슨 이야기를 하려면 그에 걸맞은 때와 장소가 필요하다.

그리고 그 효과는 충분히 드러났다.

빈틈없는 마이어가 적절한 때를 노려 입을 열었다.

"로렌스 님. 저는 물론 무허가 벌채로부터 숲을 지키는 역할을 맡고 있지만 평상시 주로 감시하는 것은 제멋대로 가축을 풀어 풀을 전부 먹어 치우게끔 하는 자의 존재입니다."

"가축 분뇨는 밭의 황금이지요. 보리씨를 뿌려서 알곡이 세 배로 맺힐지, 일곱 배로 맺힐지는 그야말로 분뇨를 비처럼 뿌릴 수 있을지 없을지에 달려 있습니다. 그리고 그것은 얼마나 많은 먹이를 먹이는지에 달렸어요."

보리씨를 뿌려서 수확을 세 배 정도밖에 거두지 못하는 밭은 드물지 않다. 그러면 자신들이 먹을 몫, 그리고 내년 파종용을 확보하고 나면 하나도 남지 않으므로 다소 흉년이 들면 금세 곤궁해진다. 시장에 보리가 가득 찬 자루를 늘어놓을 수 있는, 주변 지역에서 '보리 산지'라 불리는 땅이 되려면 다섯 배는 거두어야 한다. 그중에서 가장 비옥하기로 이름 높은 토지조차 일곱 배쯤 되면 신께 감사해야 할 정도의 대풍작이다.

행상인 시절 지식으로 알 수 있는 것은 그만큼 시장에 가까운 이야기까지다. 설마 가축 분뇨 비료가 그렇게 중요할 줄은 상상도 못 했고, 그 가축들을 먹여 살리는 것이 실은 숲속 잡초였다니.

행상인 시절 보리를 취급하며 이곳저곳을 드나들어 마을 일은 속속들이 알고 있다고 생각했는데, 역시 거의 모르는 것이나 다름없었다.

"영주님이 숲을 개간하면 저희는 단순히 부역에 끌려가 곤궁해지기만 하는 게 아닙니다. 숲에서 잡초가 사라지고, 근린 일대의 가축들이 굶주리고, 강물이 말라붙듯 보리밭이 시들면 모든 사람들이 길거리에 나앉게 됩니다."

보리밭에 몇백 년 살았던 호로는 처음부터 이 이야기를 이해하고, 로렌스가 이 문제를 해결하도록 유도했던 게 아닐까.

그렇게 생각한 로렌스가 다시 옆을 돌아보니 호로는 토라진 얼굴로 마부석에 앉아 있었다.

보리밭의 위기에 화가 난 줄 알았는데 호로가 자신과 눈을 마주치려 하지 않는 모습을 보고, 늦게나마 로렌스는 이해했다.

가축 분뇨를 이용하는 이 농법은 로렌스 같은 상인은 물론, 숲의 정령조차도 전혀 모르는 일이었던가 보다.

거기서 문득 생각난 것이, 몇백 년 동안 풍작을 관장하던 파슬로에의 보리밭에서 호로가 쓰임새를 잃고 쫓겨난 이유가 바로 인간의 지혜로 구축한 농법이라는 사실이었다. 지금도 촌장은 숲의 나무 종류와 잡초가 우거지는 방식의 관계, 가축의 방목 주기와 보리 수확의 관계에 대해 열심히 이야기하고 있지만 '신'의 시옷 자도 나오지 않는다.

풍작을 기원하며 빛이 닿지 않는 검은 숲에 공물을 바치던 시대는 이미 진작 끝난 것이다. 호로는 숲을 지키고 싶은 마음으로 가득했는데, 그런 자들이 설 곳은 더 이상 존재하지 않았다.

"상인님, 잘 들으십시오."

로렌스는 퍼뜩 정신을 차리고 시선을 호로에게서 촌장에게로 돌렸다.

"말하자면 토네부르크의 숲은 여기서 짐마차로 갈 수 있는 토지 일대의 보리 생산을, 근본에서부터 받쳐 주고 있다 해도 과언이 아닙니다. 하지만 영주님은 그런 대지의 도리를 잊고, 바다 놈들의 꾐에 넘어가시고 말았습니다."

촌장이 그렇게 내뱉자 마이어가 거들었다.

"바다의 항구도시는 육지 도시나 마을과 다른 방식으로 움직입니다. 그들에게 보리 따위는 도시를 통과하는 상품의 하나일 뿐입니다. 게다가 흉년이 들면 외국으로 배를 보내, 보리를 수입해 와서 비싸게 팔겠다는 생각마저 하고 있지요."

돈벌이가 될 만한 상품이라면 지조 없이 뭐든 짐마차에 싣고 이 도시 저 도시 건너다니던 로렌스 입장에서는 귀가 따가운 한 마디였다.

"하지만 영주님이 칼란 측의 말에 찬성한 이유도, 뭐… 일리가 있다고는, 생각합니다."

마이어가 그렇게 말했을 무렵에는 그냥 풀만 깎아서 낸 조악한 길에서 평소 사람들이 지나다니며 밟아 단단하게 만든 어지간한 길로 주변이 바뀌고, 숲 옆으로 펼쳐지는 자그마한 평야와 밭도 보이기 시작했다.

살로니아보다 수확이 빠른지 보리 수확은 꽤 오래전에 끝난 모양이다.

"항구도시 칼란의 목적은 목재뿐만이 아닙니다. 숲에 길을 내서 지도를 수정하려는 목적도 있는 듯하더군요."

"지도를?"

그렇게 되묻는 로렌스의 눈에 마을 중심부가 보였다.

수확된 보리와 그 밖의 채소, 그리고 숲에서 따 온 나무열매와 벌꿀 등이 놓여 있는 소규모 시장이 서는 광장에는, 그 규모에 비해 놀라울 정도로 많은 사람들이 북적거렸고 짐마차도 있었다.

작지만 활기가 넘치는, 로렌스에게도 익숙한 농촌 시장이었다.

"영주님은 숲과 맞바꾸어, 이 시장이 지도에서 사라지는 일을 막으려 하시는 모양입니다."

로렌스는 고개를 끄덕이려다 문득 이상한 점을 눈치챘다.

"하지만 숲을 개간하면 결국 사라지지 않을까요?"

깊은 숲 옆의 마을이지만 목재 벌채가 주된 산업으로 보이지는 않는다. 마을 경제를 떠받치는 것은 숲 덕분에 토질이 풍요로워진 밭이고, 또 가축이었다.

"영주님은 이 보리와 벌꿀 냄새를 철과 석탄으로 대신할 수 있을 것이라 생각하십니다."

"그 철을 두들기는 대장간에서는 근린 일대의 보리밭이 타는 냄새가 나겠지요."

관문 술집에서 마이어는 영주가 계산을 틀렸다고 말했다.

그렇다. 그 계산 착오는 단순히 토네부르크의 숲뿐만 아니라 널리 살로니아의 보리밭에까지도 영향을 미칠 것이다.

이것은 절대로 틀려서는 안 되는 계산이라는 사실이 로렌스도 이제 이해가 되었다.

늑대와 향신료

제 2 막

마을에서 외부인이 환영받는 일은 드물며, 심지어 영주가 결정한 계획을 망가뜨리기 위해 찾아왔을 경우 더더욱 신중하게 행동할 필요가 있다.

마이어와 함께 마중 나와 준 촌장조차 자신들을 필요악으로 보고 있다는 사실을 로렌스는 피부로 느꼈다. 장사에서 발생하는 문제를 마법처럼 해결해 준다는 평가도 아마 그런 마음에서 우러난 말이었으리라.

그래서 로렌스는 마을에 장사하러 온 행상인이 흔히 그러듯 교회 손님이라는 신분으로 체재하기로 했다.

사제는 호호할아버지라고 평하기에 딱 어울리는 인물로 로렌스와 호로를 소탈하게 환영해 주었으며 살로니아에서의 활약상도 당연한 듯 알고 있었다. 특히 송어 양식장을 만들어 낸 전설적인 재야의 성직자에 대해 열심히 물었고, 로렌스는 따뜻한 바다에서 찾아온 라덴 주교의 이야기를 해 주었다.

로렌스 입장에서는 사제에게서 마을과 숲 상황에 대해 자세히 듣고 싶었지만 이 노사제는 신앙심이 돈독하며 마을 사람들에게서 존경받는 반면, 마을과 영지의 경제에는 어두워 영주와 영민의 영혼에 평온이 깃들면 좋겠다는 말만 슬픈 얼굴로 할 뿐이었다. 여러 교회들의 엉성하기 짝이 없는 경영 상태를 돕기 위해 이리저리 뛰어다니던 엘사가 있었다면 여기도냐 하는 표정으로 눈동자를 데굴데굴 굴렸으리라.

그런 연유로 편안한 분위기이기는 했지만 그리 수확은 없었던 만찬이 끝난 후.

호로 또한 고기는 별로 없고 너무 점잖기만 한 식사가 부족했는지 여행자용 객실에 자리를 잡자마자 짐을 풀고 훈제 고기를 꺼냈다.

하지만 평상시의 잔뜩 들뜬 분위기는 보이지 않았고, 마이어가 준 벌꿀주도 말없이 홀짝거리기만 할 뿐이었다.

숲이 위기에 처했다는 사실은 다름이 없지만 마을 사람들이 걱정하는 것은 숲이라는 존재 그 자체가 아니고, 하물며 그곳에 사는 정령도 아닌 가축의 분뇨였다. 호로 입장에서는 자신이 화낼 일이 아니라는 사실을 알면서도 토라지기에 충분한 일이었다.

그러는 한편 로렌스는 이야기의 중대성을 차츰 느끼고, 별 수확이 없었던 만찬을 조금이라도 만회하기 위해 사제에게서 어떤 물건을 빌려 왔다.

"뭐야, 당신은 또 뭘 빌려 온 거야?"

로렌스가 책상에 펼친 것을 본 호로가 의아한 표정으로 물었다.

"지도야."

마이어는 항구도시 칼란이 지도를 수정하려 한다고 말했다. 게다가 토네부르크의 영주는 마을의 북적북적한 시장을 지키기 위해 숲을 개간하기로 결심했다고도 말했다.

장사의 요령은 상대방의 입장에서 매사를 생각하는 데 있다.

"교회는 아무래도 사람들이 많이 들르는 곳이니까, 교회에 있는 지도는 비교적 신용할 수 있거든."

"이건 대체 어디가 어디라는 거지?"

글자를 읽을 줄 아는 사람은 얼마 되지 않으며, 그것은 지도도 마찬가지다. 애당초 대다수의 인간들은 태어난 마을에서 평생 나갈 일이 없으니 지도 따위를 볼 필요도 없다. 그것은 한밤중의 숲에서도 방향을 잃지 않고, 목적지를 확인하고 싶으면 한달음에 산등성이를 타고 올라 먼 곳을 바라보기만 하면 되는 늑대 역시 마찬가지다.

그래도 호로가 어느 정도 지도를 볼 수 있는 것은 지금까지 로렌스와 함께 촛불에 의지하여 지도를 들여다본 경험이 여러 차례 있는 덕분이다.

"이쪽이 북쪽이고, 우리가 배를 타고 내려온 게 이 강이야. 거기서 남쪽으로 내려가서 여기가 지금 우리가 있는 곳."

지도 꼭대기에 살로니아에서 흘러나온 강이 좌우로 그려져 있고 그 오른쪽 끄트머리에 살로니아가 있다. 그리고 강을 따라간 끝, 지도로 말하자면 왼쪽 위 끄트머리에 있는 곳이 아마도 항구도시 칼란이리라. 지도 아래, 즉 숲의 남쪽 끝에 커다란 연못인지 호수인지가 있었고 그 주위에 영주의 저택으로 보이는 건물 그림이 있었으며, 거기서 더욱 남쪽으로 내려가니 숲을 둘러싸듯 동서로 뻗은 길로 지도가 끝났다.

그리고 남과 북 사이를 차지하는 것이 회색으로 칠해진, 압도적인 면적의 숲이었다.

로렌스와 호로가 있는 마을은 광대한 숲의 북동부 쪽에 붙어 있었다.

"마이어 씨 이야기로는, 이 숲을 가로질러 남쪽으로 나가는 길을 만들 수 있도록 숲을 개간한다고 했어."

훈제 고기 속에 연골이 있었는지 호로의 입속에서 빠득, 하는 불온한 소리가 들렸다.

촛불이 새빨간 눈동자를 비추고 송곳니를 빛냈다.

"멍청이로군."

그렇게 말하며 새로 꺼낸 훈제 고기를 힘차게 물어뜯는다.

"상인의 눈으로는 항구도시나 영주의 계산도 이해 못 할 것 없는데."

숲은 북동쪽에서 남서쪽으로 비스듬히 펼쳐져 있고, 이름으로 미루어 언덕으로 추측할 수 있는 장소도 곳곳에 있었다. 아마도 쉽게 걸어서 빠져나갈 수 있는 숲이 아닌지 일곱 개라는 마을 중 대부분이 숲 바깥에 있었고, 숲속에 있는 두 마을조차 살짝 안으로 들어간 정도이니 실제로는 전혀 사람 손을 타지 않은 숲이리라.

교회를 방문하는 사람들이 다음으로 향할 목적지로 가는 길을 기록해 놓은 이 지도에서도 모든 길은 숲을 크게 우회하며 그려져 있었다.

"항구도시 칼란이 여기. 그리고 지도에서 남쪽으로 내려가서 숲의 남쪽 끝에 있는 이게 아마 호수나 연못일 거야. 아무튼 여기서 작은 강이 더욱 남쪽으로 흐르고 있어. 그렇다면 만일 숲 한가운데를 가로질러 이 연못까지 가는 길을 낼 경우, 여기서 배를 이용해 쉽게 짐을 남북으로 운반할 수 있어. 편리한 상업로가 완성되겠지."

숲 북쪽에서 남쪽 연못으로 길이 연결되면 그곳에 나룻배 잔교가 만들어지고, 짐을 보관할 창고도 생기고, 상인과 여행자들이 묵을 여관이 버섯처럼 속속 솟아날 것이다. 주위에 깊은 숲이 있으니 건물 자재와 배를 만들 목재도 부족하지 않다. 숯 굽는 움막과 대장간도 만들면 좋겠다는 생각 역시, 상인이라면 제일 먼저 떠올릴 터였다.

남북의 땅이 이어지고 북측이 바다를 향해 난 항구도시로 이어진다면 철과 숯, 그리고 목재 수출에 이용할 유통로로서도 최적의 상태가 만들어진다. 순식간에 번화한 마을이 되리라 상상할 수 있었다.

"사람이 지나다니면 세금을 징수할 수 있어. 목재도 날개 돋친 듯 팔리겠지. 새로운 마을이 생기고, 인구도 늘어날 거야. 지도를 크게 수정할 수 있어."

호로의 꼬리가 불쾌한 듯 좌우로 흔들렸다.

"하지만 이 계획을 받아들이지 않을 경우 이 마을의 불이 꺼진다고 하였지. 그 이유가 뭔데?"

호로가 지도에서 손가락으로 가리킨 곳은 현재 자신들이 있는 마을이었다.

나무창으로 얼굴을 내밀고 밖을 보면 아름다운 손가락이 하늘에 떠 있을지도 모른다.

"그건 항구도시 칼란이 처한 입지 때문이야. 봐, 이 숲."

로렌스는 토네부르크의 숲을 가리켰다.

"이 숲과 이 지도를 둘러싼, 더욱 큰 지도를 한 번 상상해 봐. 항구도시 칼란이 내륙부와 상품 교역을 하려면 이 숲이 방해가 돼. 그들은 살로니아에서 흘러나온 강에 의지해야 하지만, 그것은 강을 낀 영지를 갖고 있는 영주들이 보아도 일목요연하겠지."

호로는 턱을 들었다가 내렸다.

"목덜미를 붙잡혀 있는 꼴이군."

항구로 배를 댄다 해도 내륙부의 마을이나 도시와 거래를 하지 못하면 창고에서 상품이 썩어 나가기를 기다리는 수밖에 없다. 내륙부로 수출하는 유일한 길은 강이며 로렌스가 그 강을 낀 영지의 영주라면 당연히 약점을 잡아 관문에서 세금을 두둑하게 뜯어낼 것이다.

그래서 칼란은 내륙으로 통하는 자유로운 길을 뚫고 싶어 한다.

호로는 입에 물고 있던 훈제 고기를 위아래로 흔들었다.

"그러니까, 토네부르크의 영주가 제안을 거절한다면 새로운 길이 숲 서쪽으로 크게 우회해서 날 것이라는 협박을 칼란 측으로부터 받았을 거야."

로렌스는 지도 왼쪽 끝을 손가락으로 쓸었다.

"숲 서쪽에 길을 내 버리면 이 마을을 경유해서 남쪽으로 가던 상인들의, 그렇지 않아도 가냘픈 흐름이 완전히 끊어질 거야. 적어도 칼란에서 온 상인들은 산더미 같은 세금을 뜯기면서까지 강을 거슬러 올라 숲 동쪽으로 길을 돌아갈 이유가 사라져. 그러면 '어차피 들러야 하니까'라는 이유로 하던 장사도 접어 버리고, 이 마을 사람들은 직접 등에 짐을 짊어지고 먼 곳으로 상품을 팔러 나가야만 하는 처지에 놓이는 거지. 길도 안 좋으니 더더욱."

호로는 훈제 고기를 입에 문 채로 질겅질겅 씹어 댔다. 자신들이 이곳에 올 때 건넜던 낡아 빠진 다리 생각을 하는 모양이었다.

"하지만 칼란 측에서도 이 광대한 숲을 우회하는 서쪽 길을 쉽게 만들 수 없는 이유가 틀림없이 있을 거야. 사실 그쪽 길을 후

딱 만들어 버리면 그만이니까."

지도가 끊어져 있으니 알 수 없지만 바다 쪽으로 더 가다 보면 기존에 만든 길이 나올 것이다. 그쪽과 거리가 너무 가까우면 그 길이 지나가는 땅의 영주들과 경쟁이 붙는다는 등의 이유가 있지 않을까.

칼란은 아마도 항구도시로서는 이제부터 발전할 후발주자인 모양이다. 하지만 주위에는 이미 고참 권력자들이 떡 버티고 있어, 칼란이 끼어들 여지는 거의 없다.

몸집은 점점 커지는데 옷이 너무 작아서 괴로워하는 어린애 같은 상황일 것이라 예상할 수 있었다.

"애당초 길을 새로 내는 것 자체가 어려운 일이고 말이야."

로렌스가 그렇게 말하며 호로의 손에 들린, 마이어가 준 벌꿀주를 쳐다보자 호로는 고분고분 술을 건넸다. 로렌스는 손을 뻗어 술을 한 모금 마신 뒤 이어지는 말과 함께 호로에게 돌려주었다.

"강이라면 세금을 징수하기 쉽지만 평범한 길은 그렇지 않지. 그래서 영주는 통상적으로 길 부설이나 유지에 드는 비용을 주변에 사는 사람들의 부역이라는 형태로 보충하는 수밖에 없어. 마을 사람들은 권력 앞에서 부역을 강요당해 한 주에 사나흘 정도 돈도 못 받고 노동을 해야 하지. 그러는 사이 당연히 밭은 방치되고, 생활이 힘들어져. 그래서 나는 그런 고난 때문에 마을

이 무너지게 생겼다고 호소하는 줄만 알았는데."

하지만 그 촌장은 시종일관 가축, 보리밭 비료로 쓸 분뇨, 그리고 그 가축을 먹여 살리는 숲의 연결고리 이야기만 했다.

"분위기를 볼 때 부역이 있기는 해도 그렇게 부담스럽지는 않은 듯해. 즉 영주는 상당히 선량한 사람이고 마을 사람들을 혹사시킬 생각은 없다는 뜻도 돼. 하지만 그러면 부족한 만큼을 다른 무언가로 채울 필요가 생겨."

호로는 술을 마시려다 그만두었다. 그 이지적인 눈빛은 지도에 쏟아지는 중이었다.

"길을 내자고 들면 숲속을 통과하는 길을 내는 게 몇 배 더 어려운 일이야. 하지만 이 지역에서는 길을 내면서 벌채할 때 목재를 손에 넣을 수 있지. 그 후의 대장간 건설 등, 다양한 이익까지 계산에 넣으면 길을 내는 비용을 그걸로 충당할 수 있어. 특히 칼란은 목재가 필요한 모양이니 토네부르크의 영주에게 이것저것 양보하더라도 충분히 수지가 맞을 거라 생각한 거지. 한편 영주 입장에서 볼 때는 숲을 우회하는 것보다 제안을 받아들이는 편이 이익으로 여겨졌을 테고. 설령 풍성한 숲의 은혜를 다소 잃게 되더라도."

"흐음."

"게다가 마이어 씨는 유능한 삼림감독관 같아 보이니까, 영주가 숲속을 통과할 최적의 길을 찾아내라고 명령하면 얼마든지 찾아낼 수 있었을 거야."

그렇게 영주와 칼란의 참사회는 피차 채산을 맞출 수 있을 거라 생각하고 손을 잡았다.

"이게 상인 세계의 이야기야."

로렌스는 말했다.

"늑대라면 어떻게 생각할까?"

질문을 받고 한숨을 내쉬듯 코를 울린 호로는 침대에 앉은 자세를 바꾸었다. 그러고는 힘줄이 불거진 훈제 고기를 고개를 흔들어 찢었다. 호로가 이렇게 늑대다운 행동을 할 때는 대체로 심기가 불편하다.

"그런 곳에 길을 내다니, 어리석음의 극치지."

로렌스는 지도를 보고, 호로를 보았다.

"그건 촌장님이 말한 것 같은 거야?"

숲의 은혜를 잃는다. 호로도 가축을 방목하여 보리밭 비료로 이용하는 농법은 몰랐어도, 숲의 식생에 대해서라면 그 누구보다 자세히 지켜봐 온 존재다.

"수많은 인간이 걸어 다니고, 그 길옆에서 숯을 굽고 철을 만든다는 이야기잖아? 그러면 그 길은 숲을 지나다니는 단순한 길이 아니게 돼. 커다란 숲의 한가운데를 갈라 두 토막으로 분단하여, 완전히 다른 두 개의 숲을 만드는 꼴이 되는 거지."

로렌스의 반응이 둔한 것을 알아차리고 호로는 한숨을 내쉬며 말을 이었다.

"예컨대 여우의 경우."

"여우?"

"당신들 상인은 짐을 운반하는 길을 중심으로 그 토지에 대해 생각하지. 이건 말하자면 고양이야. 고양이는 처마에서 처마로 이어지는 길을 자기 영역으로 삼아 생활하니까."

재미있어 보이는 이야기였기에 로렌스는 의자째로 호로를 향해 돌아앉았다.

"영주란 작자는 전형적인 개야. 여기서부터 여기까지는 자기 것, 이라고 종이 쪼가리에 색칠을 해서 표시하지."

"여우는?"

"여우는 그 양쪽을 모두 닮았지만 탐욕스러움으로 치면 따를 자가 없어. 어느 정도 넓이를 보유한 숲이 아니면 살지 않지. 커다란 숲을 둘로 쪼개면 영역이 두 개로 갈라지는 게 아니야. 그 놈들이 살기엔 너무 좁아져서, 결국 어느 쪽에도 정착하지 못하게 될 뿐."

흐음, 하고 감탄할 뻔했으나 그 이야기가 대체 어떻게 연결되는지 알아들을 수가 없었다. 호로가 못난 남동생을 보는 듯한 눈빛으로 쳐다보았다.

"여우가 사라지면 쥐가 늘어나고, 새끼 사슴도 습격받지 않아서 오래 살게 되지."

"응…? 아, 그렇구나."

"사슴도 쥐도 어느 쪽이든 너무 많아지면 나무의 새싹을 갉아 먹어 숲을 시들게 하는 원인이 돼. 그런 숲은 결국 키가 큰 나무와 잎이 뾰족한 나무만 남아서 어둡고 텅 빈 숲이 되어 버리지. 염소나 돼지를 살찌우는 데에 그리 좋은 숲이라 할 수는 없어."

잎이 뾰족한 나무는 침엽수를 말하는 듯했다. 그리 높이 자라지 않는 활엽수는 사슴 등에게 먹히기 쉬워, 하늘 높이 뻗어 나가는 침엽수만이 살아남는다. 그러면 머리 위로 빛이 차단되어 발밑으로 새로운 초목이 자라나는 일이 점점 줄어드니, 그야말로 촌장이 열변을 토했던 '보리밭을 지탱하는 발밑의 잡초'에 어마어마하게 큰 영향을 줄 것이다.

"겉으로 보기에만 예쁜 도토리 같은 거지. 벌레 먹은 구멍이 한번 생기면 그 속은 순식간에 다 먹혀 버려."

숲속에 길을 내고, 숯 굽는 오두막과 대장간을 만들고, 살로니아에서 목재를 수입하는 대신 토네부르크의 숲에서 나무를 베어 가져간다. 그 결과 숲의 겉모습은 유지할 수 있다 해도 내부는 크게 변화하고 만다.

그것은 그야말로 벌레가 나무 열매에 작은 구멍을 내고 들어가 그 속을 마구 먹어 치우는 모습과도 같다.

"내 입장에서는 그런 숲이라도 결국 언젠가는 되살아나는 모습을 볼 수 있겠지만."

호로의 말투로 미루어 볼 때 그것이 인간 삶의 척도로는 잴 수 없는, 유구한 길이의 시간이라는 사실을 알 수 있었다.

그건은 자연스럽게 촌장과 마이어의 이야기가 더 이상 요란한 과장이 아니라는 것을 가리킨다.

"하지만 마이어 씨도 영주님한테 그 부분을 분명 설명했을 텐데."

로렌스의 말에 호로는 아무 대답도 없이 술만 홀짝였다. 아마 마이어는 유능한 사람이니, 그 정도는 이미 알고 있으리라고 호로도 생각했을 것이다.

그렇다면 영주는 워낙 멀게 느껴지는 이야기다 보니 제대로 이해하지 못했거나, 아니면 이해는 했지만 그렇게까지 심각한 문제가 벌어지지는 않을 것이라 생각하고 칼란과의 계획을 진행시키려 한다는 말이 된다. 그래서 진퇴양난에 빠진 마이어는 살로니아에서 발견한 로렌스에게 매달려 애원하기로 했다는 뜻이다.

로렌스는 한숨을 내쉬고 의자에서 일어나, 토라진 호로 옆에 앉아서 그대로 침대에 벌렁 드러누웠다.

천장을 바라보고 있으니 호로가 무어라 형언하기 힘든 얼굴로 내려다보았다.

"적어도 종이 위에서는 잘 만들어진 계획이라고 생각해."

아마도 그렇기 때문에 영주는 한 걸음을 내디뎠을 것이다. 걱정스럽기는 하지만, 걱정거리가 하나도 없는 장사 계획은 사기나 검토 부족 중 하나다. 영주의 결단이 어리석다고 할 수는 없다.

마이어는 영주의 계산 착오를 고쳐 달라고 했다. 그 계획은 애당초 성립이 되질 않는다고.

자, 숲과 보리밭을 지키기 위해서는 어떻게 해야 할까.

로렌스는 크게 한숨을 내쉬다가 문득, 아직도 허리를 세우고 앉아 있는 호로의 옆얼굴에 시선이 닿았다.

영리한 호로는 금세 타인의 시선을 느꼈는지 귀를 빳빳이 세웠다.

하지만 로렌스 쪽을 돌아보지는 않았기에 로렌스는 이렇게 말했다.

"이렇게 골치 아픈 문제에 날 끌어들였겠다, 같은 생각은 안 해."

호로의 꼬리가 마치 심호흡을 한 토끼처럼 부풀어 올랐다.

"개도 걷다 보면 뼈다귀를 줍는다고 하잖아."

"……."

호로는 어깨 너머를 돌아보기는 했지만, 쉽게 보기 힘들 정도로 불쾌한 표정을 짓고 있었다.

"무슨 행동을 하면 반드시 무슨 일이 일어난다는, 옛사람들이 남긴 말이야."

로렌스는 슬쩍 웃으며 왼손 옆에 있던 호로의 꼬리털을 손가락에 감았다.

꼬리는 금세 빠져나가서는 로렌스의 손등을 철썩 내려쳤다.

"인생사, 화복규묵(禍福糾纆)."

끈질기게 호로의 꼬리털을 손가락으로 잡아서는 마치 실을 꼬듯 손가락에 감는다.

"좋은 일도 나쁜 일도 마치 꼬아 놓은 새끼줄처럼 번갈아 오는 법이라는 뜻이지. 그리고 그 새끼줄은, 소중한 존재를 곁에 붙잡아 두는 튼튼한 밧줄이야."

로렌스가 계속 장난치고 있는 자신의 꼬리를 내려다보던 호로는 어느 정도 납득할 뻔한 표정을 지었다가, 금세 얼굴을 찌푸렸다.

"뒷부분은 거짓말이지 않아?"

"아직 속담이 되지는 않았지만 분명 뇨히라에는 퍼질 거라 생각해."

호로는 눈을 가늘게 뜨더니 지친 듯 어깨를 축 늘어뜨렸다.

"게다가 난 이 문제를 여기서 마주쳐서 다행이라고 생각해. 살로니아 정도 되는 대규모 보리 산지에서 작황이 나빠지기라도 하면 돌고 돌아 뇨히라로 들어올 보리 가격에도 영향을 미칠 테니 말이야. 가령 영주 설득에 실패한다 해도 우리는 한발 앞서 대책을 강구할 수 있어."

장사 이야기가 되면 열기가 깃드는 방식이 달라지는지, 호로는 의심하지 않고 가만히 들어 주었다.

"어지간히 큰 실수만 하지 않으면, 이 이야기는 우리에게 무조건 이득이 돼."

마이어에게서 처음 이야기를 들었을 때는 스스로를 속이면서까지 강제로 납득시켰지만, 이 말은 거짓이 아니었다.

로렌스는 꼬리털 만지작거리기를 그만두고 대신 손바닥으로 쓰다듬었다.

숙취에 이동에 정신이 없어 손질이 다소 소홀했지만 여전히 푹신푹신했다.

꼬리 만지는 것을 그리 좋아하지 않는 호로는 다소 불쾌한 얼굴이었으나 달게 받아들이고 있었다. 그것은 해결책도 없어 보이는 문제에 로렌스를 끌어들였다는 죄책감 때문인지도 몰랐다.

하지만 상인은 혀가 두 개 있다는 말도 있듯이, 사실 로렌스에게는 또 다른 생각이 있었다.

호로의 꼬리를 계속 만지작거리는 것도 그 생각을 정리하기 위해서였다.

로렌스는 스스로를 그렇게 유능하다고 생각하지 않지만, 주위에 비하면 유리한 부분이 있다고는 생각한다. 그것은 호로라는 존재이며, 그런 존재가 있다는 사실을 알기 때문에 다른 인간들이 상상도 하지 못하는 각도에서 매사를 볼 수 있다.

이 숲을 개간하는 계획 또한 그랬다.

"요컨대 영주의 계산이 틀리게 만들면 된다는 이야기잖아. 그렇다면 다른 방법이 있을 수도 있지."

호로가 놀라서 눈을 부릅떴다.

"정말이야?"

"아마도. 하지만 확인이 좀 필요하니까, 내일은 마이어 씨한테 말해서…."

로렌스는 그렇게 말하며 큰 하품을 했다. 이러니저러니 해도 이동이 이어진 데다 오랜만에 큰 문제를 직면하여 스스로 생각했던 것보다 오래 쉬지 않고 머리를 쓴 모양이다.

잘 거라면 촛불을 끄고, 나무창을 닫고, 이제 밤공기가 싸늘한 계절이 되었으니 이불도 덮어야… 하고 생각했지만 도저히 눈꺼풀이 올라가질 않는다.

하지만 어느 순간 눈꺼풀 너머의 불빛이 사라지고 나무창을 닫는 끼익 소리가 났다. 그리고 한층 더 크게 목조 침대가 삐걱거리는 소리가 들리는가 싶더니 몸 위로 이불이 덮였다.

지금까지 로렌스가 수도 없이 반복했던 취침 전 작업이지만, 1년에 한 번 정도는 이런 일도 있다.

"나는 풍작을 관장하는 늑대니까."

이불 속에서 호로가 속삭였다.

로렌스는 그날 밤, 흙 속에 묻힌 곡식 씨앗이 되는 꿈을 꾸었다.

최대한 풍성한 꽃을 피울 수 있도록 노력해야겠다는 생각이 들었다.

노사제와 함께 성당에서 아침 기도를 올리고, 신께 감사하며 제단에 바친 버석버석하고 오래된 빵을 건네는 통에 할 수 없이 받아서 깨물고 있는데 마이어가 데리러 왔다.

겸사겸사 마을의 공동 빵가마에서 갓 구워 냈다는 빵을 가져온 것을 보니, 아마도 영주가 마을에 체재할 때 노사제와 함께 간소한 식사를 한 후에는 늘 그러는 모양이었다.

"제 쪽에서도 로렌스 님께 무엇을 보여드려야 좋을지 고민이 되었습니다만…."

아침의 농촌을 걸으며 자기 얼굴 크기 정도는 되는 갓 구운 빵을 물어뜯는 호로를 보고 미소를 지은 뒤, 마이어는 로렌스를 향해 계속해서 말했다.

"마을의 대장간… 을 정말 보고 싶으시다는 거죠?"

오히려 작은 시장과 보리밭을 보여 주는 편이 보다 문제의 핵심에 다가가기 쉽지 않을까, 하는 표정의 마이어였으나 로렌스는 고개를 끄덕였다.

"예."

마이어는 어제 촌장의 이야기가 제대로 전달이 되지 않은 건 아닌지 걱정이 되는 눈치였지만 로렌스는 오히려 대장간에 볼일이 있었다. 부탁을 받았으니 거절할 수가 없는 마이어는 로렌스와 호로를 데리고 숲 쪽으로 걸어갔다.

대장간은 물과 목재를 대량으로 소비하기 때문에 대체로 이런 지역에서는 숲속에 있다.

"그리고 어젯밤 사제님께서 영지 지도를 보여 주셨습니다. 그 지도가 정말 신용할 수 있는 물건이라면 영주님의 판단이 옳았다는 생각이 드는 지점도 있었습니다."

고개를 끄덕이는 마이어에게 로렌스는 이렇게 물었다.

"항구도시 칼란도 자신들의 도시를 발전시키기 위해 내륙부로 통하는 길을 어떻게든 낼 필요가 있다, 그렇게 생각하면 되는 겁니까?"

"맞습니다. 칼란은 좋은 항구를 갖고 있지만 여기 토네부르크에 숲이 있는 탓에 내륙으로 들어가려면 로렌스 씨도 이용하셨던 그 강만을 의지해야 합니다. 하지만…."

마이어가 말을 흐리는데, 염소와 양 떼가 마침 눈앞을 가로질렀다.

가축을 몰던 마을 사람이 마이어에게 정중하게 인사를 하는 것을 보니 이들도 지금부터 숲에 들어가려는 참인가 보다.

"숲에 길이 깔린다 해도 얼마나 많은 사람이 이용할 수 있을지, 우선 저는 그것부터가 의문입니다."

촌장은 몰라도, 최소한 마이어는 숲이 황폐해지는 문제뿐만 아니라 영주의 계산이 틀렸다는 것도 문제라고 말했다.

"항구도시 칼란이 영주님께 약속한 만큼의 이익이 나지 않을 것이라는 말인가요?"

귀중한 숲을 개간하는 대신 영주는 다양한 이익을 예상하고 있다. 벌채하는 김에 난 길을 칼란에서 온 상인들이 이용하고, 거기서 징수한 통행세는 액수가 상당할 것이 틀림없다고 말이다.

"숲을 통과하는 길은, 물론 얼핏 보기에는 편리해 보일지도 모릅니다. 숲 남쪽 끝에서 흘러 나가는 가느다란 강의 흐름에 올라타면 로에프 강까지 이어지니까요. 하지만 중간에 들를 만한 도시도 없고 하류에는 케르베, 상류에는 레노스라는 두 개의 커다란 도시가 떡 버티고 있다고는 해도 레노스는 케르베의 충실한 종복이나 다름없으며 칼란 입장에서 케르베는 심술궂은 형 같은 존재입니다. 비슷한 상품을 취급하는, 같은 항구도시니까요."

어젯밤 호로가 말했던 영역 다툼 이야기가 떠올랐다.

도시에는 상권이 있고, 그것은 개와 고양이를 합쳐 놓은 듯한 구역을 그린다.

유통하는 상품에는 한계가 있어서 그것을 더욱 많이 확보하는 쪽이 이기기 때문이다.

“케르베는 자기 구역에 칼란이 드나드는 걸 좋아하지 않겠지요. 애당초 칼란이 숲의 한참 서쪽, 바다에 가까운 길을 사용하려 하지 않는 건 그곳이 케르베의 구역이며 관세를 둘러싼 실랑이가 끊이지 않기 때문입니다.”

어젯밤 지도를 보며 이것저것 유추했던 일들이 대체로 들어맞았다.

그리고 마이어도 칼란이 그 사실을 모를 리가 없다고 생각한다.

그렇다면 사람 좋은 영주는 속임수에 넘어가 제일 큰 타격을 받게 될 것이다.

마이어는 그 가능성을, 그 사냥꾼 같은 눈빛으로 노려보고 있었다.

“하지만 상인도 아닌 제가 그렇게 말해 보았자 영주님은 귓등으로도 듣지 않으실 겁니다. 제가 바다 생선 취급 방식에 대해 이야기하는 것이나 마찬가지라고 생각하시겠죠.”

무슨 말을 ‘누가’ 하는지는 매우 중요하다.

“그리고 숲의 잡초와 보리 역시 너무나 원대한 이야기입니다. 숲에서, 밭에서, 넓은 하늘 아래에서 긴 시간을 보낸 자만이 이해할 수 있는 이야기예요.”

생각지도 못한 곳에서 생각지도 못한 사건이 연쇄적으로 벌어지는 일은, 장사를 하다 보면 흔히 볼 수 있다. 그래서 로렌스도 마이어와 촌장의 이야기를 자신의 손으로 더듬어 실제 만져질 법한 이야기로 이해했었다. 무엇보다 호로라는 숲의 주민이 곁에 있었으니 말이다.

하지만 로렌스는 마이어와 이야기하면서도 크게 비관하지 않았다. 어젯밤 로렌스가 호로의 꼬리를 어루만지며 생각한 바에 따르면, 아마도 영주의 생각을 흔들 수 있으리라고 거의 확신했기 때문이었다.

마이어의 인도에 따라 마을에서 벗어나 숲을 향해 나아가다 보니 눈 깜짝할 사이 집들이 사라지고, 나무가 많아졌다. 여유로운 언덕길을 올라가니 그곳은 바로 숲속이었다.

마을 안은 잔돌이 눈에 띌 정도로 사람들이 많이 밟아 단단하게 다져져 있었지만, 이제 바닥은 풀이 난 흙으로 바뀌고, 발이 푹푹 빠지는 부엽토가 나타났다. 게다가 그 위로 낙엽이 가득 쌓여 있는 바람에 마치 눈 위를 걷는 듯했다.

아침 숲속은 축축한 흙냄새가 나서 눈을 감으면 마치 뇨히라에 있는 기분이었다. 그래도 어딘가 모르게 냄새가 다르다고 생각하고 있는데, 머리 위로 바스락거리는 소리와 함께 나무 사이를 다람쥐가 달려가는 모습이 눈에 띄었다. 발밑에서는 약간 얼빠진 쥐가 낙엽 사이로 뛰쳐나와 다급히 나무 뒤로 숨는 등, 뇨히라의 숲보다 퍽 시끌벅적한 분위기였다.

"좋은 숲이로군."

한동안 마이어와 이야기를 나누며 걷고 있는데, 어제 여행길에서처럼 마이어가 또다시 길 상태를 확인하러 앞으로 나서자 호로가 나직이 중얼거렸다.

"이 길, 옛날에 있었던 물길의 흔적이야."

누군가가 나무를 베고, 그루터기까지 깨끗이 파내 만든 듯한 숲속 길은 주위 지면보다 움푹 들어가 있었다. 비가 내릴 때마다 조금씩 깎여 나가 만들어진 도랑이 어느덧 큰 물길이 되고, 그 물길조차 거목이 쓰러지거나 낙엽이 차근차근 쌓이면 흐름이 바뀐다. 숲은 언제나 변화하며 살아 숨 쉬고 있다는 것을 로렌스는 언제였던가, 뇨히라의 산속 깊은 곳에서 호로에게 배운 적이 있었는데 토네부르크의 숲은 상당히 활기가 넘치는 모양이었다.

마이어의 말에 따르면 토네부르크의 숲을 포함한 주위 지역은 샘이 많고 그것이 기복 심한 지형에 영향을 미쳤다고 했다.

길을 낸다면 아마도 이 물길의 흔적을 더듬어 갈 생각이겠지만, 로렌스는 실제 숲의 상황을 둘러보고 자신의 예측을 확신했다.

이 상태라면 아마도 잘 풀릴 것이다.

호로는 로렌스의 생각을 아는지 모르는지, 날이 밝은 후로도 자세히 묻지 않았고 로렌스도 굳이 설명하지 않았다. 설명은 상황의 도움을 다소 받아 가며 하고 싶었기 때문이다.

머리 위로 나무가 뒤덮인 숲길을 마치 새끼 쥐가 된 기분으로 걸어가다 보니 마침내 길 앞이 환하게 밝아지는 모습이 보였다. 그곳은 울창한 숲속의 광장이자, 마녀라도 살고 있을 법한 고요한 연못 기슭이었다.

그리고 그 연못 기슭에는 금방이라도 쓰러질 듯 이끼가 잔뜩 낀 건물이 두 채 서 있었다.

"싫은 냄새가 나."

불쾌한 표정으로 호로가 말하자 로렌스는 희미하게 웃고서 마이어와 함께 건물로 다가갔다. 그러자 로렌스도 숯과 철 냄새를 맡을 수 있었다. 그윽한 숲의 향기와 달리 콧속 깊은 곳을 긁어 대는 듯 뾰족뾰족한 냄새였다.

"아니, 마이어 씨 아닌가?"

두 채의 건물 중 한 채는 벽이 없는, 마치 정자 같은 모양이었다. 지붕 밑에는 당장 쓸 일이 없어 보이는 쇠 제품과 숯 더미가 있고, 그 속에 거의 파묻히다시피 한 채 맨살을 드러낸 장년의 남자가 온몸에서 열기를 피워 내며 작업을 하고 있었다.

"주인장, 오늘도 바빠 보이는군요."

"헷, 빈둥거리다가는 숲에 잡아먹혀 버릴 테니 말이지."

주인장이라 불린 남자는 등 뒤의 숲을 돌아보더니 두툼한 가죽 장갑을 벗고 로렌스와 호로를 번득이는 눈으로 흘끔 쳐다보았다.

"제자로 삼으라고 데려온 건 아닌 모양인데."

호로는 숲의 주민 대표로서 항의 표시라도 하는지 흥, 하고 고개를 홱 돌렸다. 대신 로렌스가 웃으며 인사를 건넸다.

"이쪽은 행상인인 로렌스 님과 그 아내분입니다. 숲에 길을 내는 문제로, 우리 편이 되어 주실 겁니다."

주인장은 마이어의 소개에 호오, 하며 고개를 끄덕였다.

"그거 실례했군. 이쪽은 연기 범벅이니 안에서 이야기하지."

호로가 불쾌한 표정을 짓는 이유를, 용광로에서 솟구치는 독특한 금속 냄새 때문이라고 생각한 모양이었다.

숲속에서 일하던 대장간 주인장은 옆 건물 문을 열고 안으로 들어갔다. 주인장을 따라 마이어가 들어가자 로렌스도 그 뒤를 따르려고 했으나, 호로가 움직이지 않는 것을 알아채고 돌아보았다.

대장간 부지에 들어가기 싫어서 그러는 줄 알았는데, 호로는 깊은 숲 안쪽을 응시하고 있었다.

마치 숲속에서 친구들이 부르기라도 하는 듯.

"호로."

로렌스는 그 이름을 살짝 힘주어 불렀다.

"날 놔두고 가지 마."

어딘가 모르게 갈피를 잃은 듯한 얼굴의 호로가 로렌스를 돌아보았다.

"나 혼자는 다 먹을 수 없을 만큼의 말린 고기가 있으니까."

머나먼 숲 깊은 곳을 응시하던 붉은 눈동자에 천천히 빛이 돌아왔다.

꿈속의 한 장면처럼 숲과 동화될 뻔했던 호로의 윤곽이 뚜렷하고 명확해졌다.

"으음. 인간 세상에는 숲속보다 맛있는 게 많지."

숲으로 돌아가는 건 당분간은 미루자.

로렌스가 호로와 함께 건물 안으로 들어가자, 마침 주인장이 진한 맥주를 준비해 놓고 있었다.

양조에 쓰는 냄비는 직접 만든 자랑거리 중 하나인 듯했다. 거기에 담가 만든 맥주를 물처럼 들이켜던 대장장이가 지긋지긋하다는 듯 내뱉었다.

"숲은 솟아나는 샘이나 다름없어. 솟아나는 양 이상으로 물을 퍼 가면 결국 고갈되는 게 세상 이치라고!"

건물 자체는 무서울 정도로 낡았다. 아마도 대대로 특권을 물려받으며 숲속에서 일해 온 대장간인 모양이었다.

벽에는 더 이상 현역이라 생각할 수도 없는 농기구가 자랑스럽게 걸려 있었다. 10년이나 20년 정도로는 풍길 수 없는 관록이 느껴진다.

로렌스는 그 물건들을 대강 훑어보다 찾던 것을 금세 발견했다. 그리고 호로가 건물 안에 들어올 때부터 굳은 표정을 짓고 있었다는 것도 알아차렸다.

"그러니까 나는 이 대장간의 특권을 지키는 데만 눈이 멀어서 이러는 게 아니고, 숲을 지키기 위해 영주님의 계획이 잘못되었다고 생각하는 거야."

숲속에 길을 내서 목재를 반출하거나 새로운 대장간을 만들기라도 하면 이 대장장이의 영역을 침범하는 행위가 된다. 그러니 대장장이가 계획에 반대하는 것은 크게 놀라운 일이 아니었다.

"저도 여러 나라를 돌아다녔습니다만 이렇게 훌륭한 숲은 쉽게 보기 힘듭니다. 가능하면 가만히 내버려두는 편이 좋겠다고 생각합니다."

로렌스의 말에 대장장이는 고개를 끄덕끄덕했다.

"그러니 영주님의 생각을, 가능하면 바꾸고 싶다는 의미에서 여쭈어보는 것입니다만…."

로렌스는 숲의 주민 입장에서는 적의 거점이라 할 수 있는 대장간 건물 안에서 어쩔 줄 몰라 하고 있는 호로를 흘끔 쳐다본 뒤 말했다.

"이 숲에 새로운 대장간을 지을 경우, 어느 정도의 수고로움을 예상할 수 있을까요?"

"응… 응?"

대장장이는 뜻밖의 질문이었는지 헛다리를 짚은 표정이었다.

"대장간을 짓는… 수고로움?"

"예. 대장간을 짓기가 얼마나 쉬운지, 라고 말할 수도 있겠군요."

"아니, 거기 상인. 지금 내가 새 대장간을 짓는 게 바보짓이라는 얘기를 하고 있잖아."

대장장이는 숲에 사는 완고한 직인답게 근육이 터질 듯한 양팔로 팔짱을 끼었다. 용광로 불에 그슬린 긴 수염 안쪽에서 뚱한 표정을 짓고 있는 그 얼굴에는 상당한 박력이 있었다.

무슨 일이 일어나도 꿈쩍하지 않고 모든 것을 자기 힘으로 해결할 수 있으며 또 해결해 왔다는 자부심에 찬 그 모습, 그리고 일을 돕는 꼬마 하나 보이지 않는 상황으로 미루어 볼 때 분명 말 그대로 일인공방(一人工房)인 듯했다.

실제로 이 방에는 대장간에서 쓰는 도구 외에 생활에 필요한 여러 물건들이 갖춰져 있다는 사실을 한눈에 알 수 있었다. 방 한구석에는 넝마가 잔뜩 쌓여 있고, 정확히 대장장이의 체격만큼 움푹 들어가 있는 것을 보아도 이 대장장이가 이 숲속 대장간

오두막에서 살고 있다는 사실은 분명했다.

로렌스는 햇병아리 행상인이었을 때, 경쟁하는 상인이 없고 길이 험한 탓에 다른 상인들이 잘 가지 않는 곳만 노려서 장사를 했다.

그래서 도시 안에서 깃펜 끝을 핥으며 장사란 숫자놀음이라고만 생각하는 상인들이 실감하지 못하는 여러 가지 일들을 몸으로 겪어 알고 있었다.

그중 하나는, 호로와 처음 만났을 무렵 그것이 원인이 되어 싸움까지 벌어진 적도 있었다.

로렌스가 묻고 싶은 점이 바로 그것이었다.

"숲속에 새로운 대장간을 짓는 건 마을 안에 새 집을 한 채 짓는 것과는 전혀 다를 겁니다. 하물며 그것을 유지하려 든다면."

여전히 의아한 표정을 짓는 대장장이의 등 뒤에는 둔한 빛을 내뿜는 큼직한 도끼와 낫이 있고, 심지어 장검과 창도 있었다. 직접 만든 작품을 장식해 놓았다고 하기에는 사용한 흔적이 지나치게 역력한 그것들은, 항상 이 대장간을 집어삼키려 드는 숲 그 자체와 싸우기 위한 도구류였다.

그리고 전쟁이 있는 곳에는 승전의 기념품이 있는 법.

벽에 커다랗게 자리를 차지한 채 걸려 있는 것은 거의 대장장이의 덩치와 비슷한 크기의, 훌륭한 늑대 모피였다.

"숲이 얼마나 무서운지 모르는 도시 대장장이들이 짐을 짊어지고 숲속으로 걸어 들어올 겁니다. 그리고 어찌어찌 대장간을 지어서, 거기서 밤낮없이 작업을 하게 되겠죠. 어떻습니까? 그들은 무사히 아침을 맞이할 수 있을까요?"

대장장이는 로렌스의 시선을 따라가 본 후 아하, 하고 크게 고개를 끄덕였다.

"그렇군, 그런 의미였나. 마을 시장에 들르는 도시 상인 중에서도 마침 이 쇠붙이를 좀 새로 두들겨 줬으면 한다면서 태평하게 빵을 물어뜯으며 숲길을 터덜터덜 걸어 들어오는 녀석이 있는데, 나는 그런 얼간이한테는 날붙이를 절대 주지 않아. 숲을 모르는 녀석들이 숲에 사는 것만큼 위험한 일은 없으니까."

대장장이는 마이어를 흘끗 보고는 다시 로렌스에게로 시선을 돌렸다.

"숲속은 적진 한복판이야. 달 없는 밤, 대장간이 늑대 무리에게 포위당한 일도 한두 번이 아니지. 꼬마를 두지 않는 것도 꼬마들은 금세 숲에 삼켜지기 때문이고."

아주 조금 부주의하기만 해도 금세 습격을 당해 자취를 감추고 만다.

그런 사고가 대체 몇 번이나 있었을까?

"하지만, 물론 마이어 씨는 숲을 개간해서 길을 내거나 대장간을 새로 짓는 데에는 늑대 대책 비용도 든다는 이야기를 이미 영주님께 하셨겠지요. 그렇지 않습니까?"

뭔가 하고 싶은 말이 있는 듯한 표정의 마이어가 당연하다는 듯 고개를 끄덕였다.

하지만 입을 열지 않는 것은, 로렌스가 그 너머의 이야기를 기다리고 있다는 사실을 알아차렸기 때문이리라.

"제 생각에 영주님이 늑대 이야기를 듣고도 여전히 계획에 찬성하시는 건, 아마 상상이 잘 안 되어 그러시는 것 같습니다. 사냥을 하러 숲속에 들어오는 일은 있겠지만 수많은 몰이꾼들, 그리고 마이어 씨처럼 숲에 정통한 사람들에게 둘러싸여 야영을 하셨겠지요."

로렌스의 말에 마이어가 다소 망설이다가 말했다.

"로렌스 님, 물론 이 숲에는 늑대가 있지만 그렇게까지 위험한가 하면…."

"아뇨, 아닙니다. 마이어 씨, **위험할 겁니다**. 너무 위험해서, 늑대의 습격에서 몸을 지키며 길을 내는 것은 용병 천인대장(千人隊長)을 고용해야 할 정도의 큰 사업이 될 겁니다. 그 비용은 그야말로 하늘을 찌를 정도의 액수겠지요."

마이어와 대장장이가 당황할 정도로, 마치 연극이라도 하듯 과장스러운 몸짓을 한 뒤 로렌스는 장난스러운 미소를 지었다.

그제야 두 사람은 로렌스의 말뜻을 알아들었다.

"늑대의 위협을 연출하라는 말입니까?"

그 물음에 대답하기 전, 로렌스는 자연스럽게 호로를 쳐다보았다. 무슨 짓을 시킬지 이미 예상하고 있었을 호로는 신발 속에 작은 돌멩이가 들어간 듯한 표정을 지었다.

"저희가 사는 깊은 산속 뇨히라에는 실력이 뛰어난 사냥꾼들이 발에 채일 정도로 많았죠. 그분들이 키우는 사냥개들은 다른 지역 분들이 보면 늑대로 착각할 정도입니다."

로렌스와 호로가 여행을 떠난 사이 온천장을 대신 운영하고 있는 것은 마찬가지로 늑대의 화신인 세림이다. 그리고 세림의 오빠와 동료는 뇨히라에서 조금 떨어진 깊은 산속에서 수도원을 운영하면서 천연덕스러운 얼굴로 예배를 드리고 싶어 하는 온천객들을 받아 주고 있다. 호로가 그들에게 한마디 부탁만 하면 기꺼이 협력해 주리라.

하지만 늑대가 사람을 덮친다는 이야기는 호로와 로렌스 사이에서는 금기에 가깝고, 실제로 대장장이는 신변의 위협을 느끼고 늑대를 잡아 죽이기까지 했다. 그런 데다 인간과 늑대의 대립을 부추기기까지 했으니, 호로의 표정이 떨떠름한 것도 충분히 이해가 된다.

하지만 로렌스는 상인이다.

한겨울 뇨히라에서도 얼음을 팔 자신이 있다.

"게다가 이렇게 생각해 보십시오."

로렌스는 호로를 힐끔 쳐다보며 말했다.

"토네부르크 숲의 늑대는 골치 아프게도 잔머리를 잘 굴릴지도 모릅니다. 하지만 오랜 세월 인간과 싸워 온 그들이 바다 놈들의 물러 터진 생각을 고쳐 준다면 어떨까요? 그것도 꽤 통쾌하지 않겠습니까?"

대장장이는 호오, 하고 중얼거리고 마이어는 턱을 살짝 당겼다.

로렌스는 누가 적이고 누가 아군인지 새롭게 선을 그은 것이다.

숲속에서는 늑대의 적인 대장장이도 숲의 주민과 바다의 주민이라는 대립 속에서는 같은 숲 주민인 늑대의 편을 들리라. 그리고 이것은 호로도 마찬가지일 터였다.

이것은 단순히 늑대가 인간의 적이라는 이야기가 아니다. 숲의 주민이라는 긍지를 지키기 위해 숲의 인간들과 함께 싸운다면, 이야기가 크게 달라질 것이다.

실제로 대장장이는 얼마 지나지 않아 이렇게 말했다.

"숲이 얼마나 무서운지 모르는 바다 놈들에게 본때를 보여 줄 좋은 기회인지도 모르겠군. 애당초 토네부르크 숲의 늑대를 다른 숲의 평범한 늑대들과 똑같이 생각하면 곤란해."

만만찮은 상대에게, 적으로서 경의를 표한다.

그런 대장장이의 모습을 보고 호로는 무어라 형언하기 힘든, 머쓱해 보이는 표정을 지었다.

같은 이야기를 어젯밤, 그 침대 위에서 했다면 어땠을까?

호로는 인간과의 대립이 두려워 로렌스의 제안을 거절했을지도 모른다.

하지만 대장장이의 반응을 보면, 이 대장장이 또한 단순히 늑대를 미워하기만 하는 게 아니라는 사실을 알 수 있을 것이다. 상황이 바뀌면 얼마든지 아군이 될 수도 있다.

결국 호로가 힘없이 한숨을 내쉰 것을 보니 늑대 입장에서도 나쁜 이야기는 아니라는 사실을 알아들은 모양이었다.

"저는 상인입니다. 인간은 이득을 얻기보다 손해 보기를 더 싫어한다는 사실을 알고 있습니다. 이 숲에는 사납고 골치 아픈 늑대가 있어, 길을 내려면 어마어마한 비용이 든다는 사실을 자기 눈으로 똑똑히 확인하기만 하면 바다의 주민인 칼란 측뿐만 아니라 영주님도 생각을 바꿔 주시겠지요."

길을 내거나 대장간을 새로 지을 경우, 이제부터 숲속을 더욱 샅샅이 조사해야 한다. 뭣하면 숲이 시끄러워지기 전에 한번 와 보자는 구실로 마이어가 영주를 사냥에 끌고 나오면 된다. 그때 늑대의 위세를 똑똑히 보여 주면 늑대 대책의 비용이 견적보다 훨씬 많이 나오리라는 사실을 뼛속까지 똑똑히 이해할 수 있지 않을까.

이것이 바로 어젯밤 호로의 꼬리를 만지작거리면서 생각한 계획이었다.

"어떻습니까? 마이어 씨와 주인장이 협력해 주시기만 한다면 바로 제가 아는 사냥꾼들에게 연락을 취해 보겠습니다."

마이어와 대장장이는 얼굴을 마주 보더니 벽에 걸린 늑대 모피 쪽으로 나란히 시선을 돌렸다.

평소 숲을 드나드는 사람이라면 그것이 얼마나 무서운지 소름 끼칠 정도로 잘 알고 있다.

"로렌스 씨."

마이어는 로렌스에게로 다가와 오른손을 내밀었다. 로렌스가 그 손을 잡자, 이번에는 대장장이가 곰 같은 두 팔로 마이어와 함께 로렌스까지 껴안았다.

그 자리에서 호로 혼자만이, 납득은 했지만 마음은 내키지 않는다는 태도였다.

계획의 성공을 기원하며 비장의 진수성찬으로 점심 식사를 준비하겠다면서, 마이어와 대장장이는 함께 숲속으로 들어갔다. 남겨진 로렌스는 철을 벼리는 곳과는 별개의 가마에서 요리용 불 당번을 맡았다. 그 불이 호로의 기분에까지 옮겨붙지 않도록 조심하면서.

"세림 씨한테는 내가 부탁할게."

늑대인 호로가 같은 늑대의 화신에게 사냥개인 척해 달라고 부탁하는 것은 세림 쪽에서 신경 쓰지 않는다 해도 마음이 무거운 일일 터였다.

게다가 사람을 일부러 겁주는 일은, 아무래도 이 착한 늑대에게는 거부감이 느껴질 것이다.

"너는 이 숲의 늑대들이 정말로 피해를 주지 않도록 설득해 주지 않겠어? 그 보답은 꼭 할 테니까."

호로는 툭하면 늑대의 송곳니를 드러내곤 하지만 정말로 인간과 늑대가 대립하는 모습을 목도하면 놀랄 정도로 섬세한 일면을 보였다.

로렌스를 호인이라 놀리는 것도, 어쩌면 호로 본인이 뼛속부터 호인이기 때문인지도 모른다.

"…나도 오랜만에 여행을 나와서 들떴는지도 모르겠군."

등을 굽힌 채 나무 상자에 앉아 신경질적으로 꼬리를 흔드는 모습을 보니, 힘을 빌려주겠다는 말을 너무 쉽게 내뱉었다고 후회하는 모양이었다.

"하지만 실제로 이렇게라도 하지 않으면 영주가 정한 일을 뒤집는다는 건 불가능해."

가마에 장작을 던져 넣으며 로렌스가 말했지만, 호로는 여전히 뚱한 채였다.

"당신이 이렇게 노골적인 수단을 취할 줄은 몰랐지."

약간 뒤에 있는 호로를 돌아보자, 호로는 마치 로렌스를 책망하듯 실눈을 뜨고 쳐다보고 있었다. 이러쿵저러쿵 트집을 잡긴

했어도 납득해 준 줄 알았는데 늑대의 힘을 쓰게 되는 바람에 결국은 화가 났나 보다, 하고 생각한 그 순간.

호로가 불만스러운 듯 말했다.

"이럴 때 의지할 거였으면 다른 상황에서도 얼마든지 의지할 수 있었을 것을."

"뭐?"

로렌스가 갸우뚱하자 호로는 토라진 듯 고개를 홱 돌렸다.

장작이 타닥타닥 튀고, 로렌스는 정신이 들었다.

호로는 늑대로서 자신이 갖고 있는 힘을 빌린다는 사실에 화가 난 것이 아니었다.

지금까지 늑대의 힘을 너무나 쓰지 않았다는 것을, 책망하고 있었다.

"온천장을 새로 낼 때 네 힘을 빌렸잖아."

새로운 온천을 찾지 못하면 새 온천장은 낼 수 없다. 뇨히라에 새롭게 온천장을 내고 싶은 신참들의 진입을 그런 규칙이 가로막고 있었고, 실제로 쓸 만한 곳은 거의 다 개발된 상태였다.

하지만 호로의 코와 발톱이 있으면 사람이 파내는 데에는 상당한 행운과 노력이 필요한 온천도 눈 깜짝할 사이 파낼 수 있었다. 로렌스는 그것만으로도 호로의 머리맡에 평생 맛있는 사과를 바칠 정도로 감사해야 한다고 생각한다.

"게다가… 이러니저러니 해도 결국은 꽤 의지하고 있었던 것 같은데.”

이것저것 떠올려 보았으나, 호로의 표정은 여전히 밝지 못했다.

외동딸 뮤리를 꼭 닮은 뿌루퉁한 표정으로 호로는 이렇게 말했다.

“사방팔방 모든 방법이 다 가로막히고 나서야 겨우?”

로렌스 입장에서는 그것이 호로를 대하는 예의라고 생각했지만 호로 입장에서는 단순히 속이 터지는 상황이었는지도 모른다. 게다가 툭하면 사방팔방 모든 방법이 가로막히곤 했던 이유는 로렌스가 호로에게 멋진 모습을 보여 주고 싶었기 때문인 것도 있었다. 하지만 설령 그 사실을 이해하고 있었다 해도, 로렌스가 자신을 통 의지해 주지 않으니 호로로서는 답답하고 섭섭했을지도 모르겠다.

그런 경험이 있었기 때문에, 여기서는 이렇게나 쉽게 의지한다고? 하고 토라지게 된 것이다.

로렌스는 나뭇가지로 가마 속 숯을 쑤시며 이렇게 말했다.

“비장의 패는 여차할 때 쓰는 법이고, 지금이 바로 그때라고 생각했어. 왜냐하면 말이야.”

로렌스는 가마 속 불에서 고개를 들어 주위를 둘러싼 깊은 숲을 바라보았다.

“이런 숲을 잃을 수도 있는 분기점이고, 심지어 미래의 보리밭까지 걸려 있잖아. 그렇지 않아?"

호로의 귀는 인간의 거짓말을 구분할 수 있다. 그리고 그 귀는 로렌스의 말이 거짓인지 아닌지를 판단하기가 미묘하게 망설여지는 모양이었다. 화제를 돌리려는 듯하기도 하고, 진지한 마음으로 하는 이야기 같기도 한 모양이었다.

그리고 어느 쪽이든 호로는 여전히 토라진 상태였으리라.

"당신은 양인 주제에 이런 때만은 꼭 빈틈없이 군다니까."

축축하게 젖은 눈으로 그렇게 말하는 호로를 향해 로렌스는 이렇게 대답하는 수밖에 없었다.

"알기 쉽고 재미없으면 진작 질려서 다른 뼈다귀를 물어뜯으러 갔을 거 아냐?"

입을 삐죽 내민 채 눈을 휘둥그렇게 뜨던 호로는 한참이나 시간이 흐른 후 한숨을 내쉬었다.

그리고 그제야 평상시의 현랑다운, 어이없다는 웃음을 되찾았다.

"멍청이."

로렌스는 어깨만 으쓱할 뿐이었다. 호로는 앉아 있던 나무 상자에서 일어나, 로렌스의 옆에 자세를 고쳐서 걸터앉았다.

불쾌함은 이제 끝났다는 표시인 모양이었다.

"밥은 뭘까?"

"사슴 아냐? 하지만 숲에 들어갔다고 그리 쉽게 잡아 올 수는 없을 텐데.”

“이 숲이라면 굴토끼나, 물이 많아 보이니 그 꼬리가 넓적하고 커다란 쥐일지도 모르지.”

“오랜만에 듣네. 그것도 한참 못 먹었는데.”

호로가 말하는 것은 물가에 사는 큰 쥐인데 이빨로 나무를 깎아 둥지를 만드는 습성이 있었다. 그리고 물가에 사니 그 고기가 생선에 가깝다는 궤변 덕분에 성직자도 당당하게 먹을 수 있는 인기 식재료다.

“아직도 먹어 보지 못한 맛 좋은 음식이 세상에는 많이 있겠지.”

“그렇고말고. 물론 내 지갑에는 한계가 있지만.”

로렌스의 어깨에 머리를 기대고 있던 호로는 살짝 몸을 떼고 싫은 표정을 지었다.

“당신은 참 구두쇠 같은 상인이야.”

“예나 지금이나 똑같지, 뭐.”

로렌스가 웃으며 말하자 호로도 쓴웃음을 짓고는 또다시 로렌스의 어깨에 머리를 기댔다.

그 복슬복슬한 꼬리를 둥그렇게 말아서, 로렌스를 껴안듯 허리 뒤로 감았다.

숲속의 고요한 물가에서 타닥타닥, 장작 타는 소리만이 들려왔다.

호로가 만족스러운 듯 눈을 감는 모습을 보고 로렌스는 조용히 안도의 한숨을 내쉬었다.

살로니아에서 과하게 의욕을 내는 바람에 토네부르크의 숲에 위기가 닥친 일은 어떻게든 해결할 수 있을 듯했다. 호로의 숙취만큼은 아니지만 자신도 조금은 자중해야 할 듯하다.

마치 그런 생각이 호로의 귀에 들어가기라도 한 듯, 문득 등에 닿아 있던 꼬리가 떨어지고 호로가 몸을 일으켰다. 로렌스가 그런 호로의 상태를 확인할 틈도 없이 호로는 후드를 뒤집어쓰고 외투 자락으로 꼬리를 감추었다.

마이어와 대장장이가 벌써 사냥감을 잡아서 돌아오기라도 한 것일까.

그렇게 생각하고 주위를 둘러보던 중, 마을로 이어지는 숲길 건너편에서 로렌스는 사람의 실루엣을 발견했다.

그것은 정말로 마이어와 대장장이였다. 하지만 그 표정들이 석연치 않았는데, 굳이 따지자면 사냥감으로 잡힌 쪽이라고 하는 편이 어울렸으며 실제로도 그렇다는 사실을 금세 알 수 있었다.

그 두 사람의 뒤에는 위풍당당하게 말을 타고 나타난 영주 일행이 있었기 때문이다.

"그대가 소문의 그 상인인가?"

말 위에서 내려온 시선과 질문에 로렌스는 순간적으로 눈을 굴려 도망칠 곳을 찾았다.

"내 영지의 결정에 무슨 이의를 제기하고 있다지?"

마이어와 대장장이는 고개를 푹 숙이고 있었다. 영주의 말 옆에는 그리 익숙지 않은 듯한 가죽 갑옷을 입고 다소 못 미더워 보이는 창을 든, 농민으로 보이는 자가 두 명 서 있었다.

그리고 뭔가 애타는 표정의, 그 사람 좋은 노사제.

누가 고발했는지는 그것만 보아도 명백했으며 뛰어서 도망치는 것도 현실적인 대책은 아니었다.

로렌스는 호로를 지키듯 자리에서 일어나 천천히 고개를 숙였다.

"그래프트 로렌스라고 합니다."

희끗희끗한 머리카락이 눈에 띄는 영주는, 훌륭한 콧수염이 흔들릴 정도로 커다란 한숨을 내쉬더니 말에서 내렸다.

영주는 미소를 짓지는 않았으나 정중하게 통성명을 했다.

"마티어스 에길 토네부르크다."

무릎을 꿇을까 말까 로렌스는 고민했으나 그 얼마 안 되는 틈에 영주 마티어스가 턱짓을 했다.

"그대에게 할 말이 있어."

얼굴을 보자마자 칼을 휘두르지도, 포박하지도 않은 것을 보면 영주가 결정한 계획을 망치려고 찾아온 외부인을 대하는 태도치고는 상당히 관용적이었다.

하지만 로렌스도 금세 눈치를 챘다. 이 마티어스라는 사람은 관대하다기보다, 굳이 따지자면 수많은 일들 때문에 완전히 지쳐서 다 체념한 것에 가깝다는 사실을.

로렌스는 마이어와 대장장이의 상태를 확인한 뒤, 익숙지 않은 창을 든 병사들을 돌아보았다.

"나와 그대, 둘이서 이야기하자는 뜻이다."

숲속에서 처리될지도 모르겠다고 로렌스는 생각했다, 라고 마티어스는 생각한 모양이었지만 로렌스의 진짜 걱정거리는 다른 데 있었다. 그들이 어설프게 폭력을 휘두를 경우 호로가 분노하여 전원을 숲의 비료로 만들어 버릴지도 모른다는 점이었다.

"최근 들어 그대에 대한 소문이 내 귀에까지 들려왔기에, 이야기를 나누어 보고 싶었지."

살로니아에서 벌어진 목재 상인들과의 관세 교섭 이야기를 들은 모양이었다.

로렌스는 고개를 끄덕이고 호로에게 눈짓을 했다. 호로 쪽에서도 아직까지는 불온한 분위기를 감지하지 못했는지 흥, 하고 코웃음을 칠 뿐이다.

로렌스는 만일을 대비하여 허리에 차고 있던 단검의 위치와 고정쇠를 확인한 후 한 걸음 앞으로 나선 영주를 따라 두 걸음 뒤에서 걸어갔다.

마을로 향하는 길과는 다른 길로, 아마도 저 대장장이가 하루하루 숲속에서 볼일을 볼 때 쓰는 길인 듯했다. 귀빈에게 자신이 먼저 말을 걸 수도 없었기에 로렌스는 영주와 함께 말없이 숲속길을 걸어갔다. 나무 틈새로 점점이 비쳐 드는 빛이 영주 마티어스의 모피 외투에 마치 새끼 사슴의 몸통 같은 무늬를 만드는 모습을 지켜보고 있는데, 마티어스가 드디어 입을 열었다.

"그대는 케르베 출신인가?"

뜻밖의 한마디, 라고 할 수는 없었다. 로렌스는 금세 마티어스가 무엇을 걱정하는지 알아차렸다.

마이어의 이야기 속에서 케르베와 칼란이 어떤 관계였는지를 떠올려 보면 된다. 그리고 토네부르크는 칼란과 커다란 계획을 함께 진행하려 하는 파트너였다.

하지만 칼란과의 계획을 방해하러 온 케르베의 밀정이 있다손 치고, 네가 바로 그 밀정이냐고 묻는다면 아마 지금보다는 더욱 신중한 자세가 필요할 터였다.

마티어스는 우둔해 보이지는 않으니 답은 그의 마음속에서 이미 정해져 있으리라.

"케르베에 가 본 적은 있습니다만, 살로니아에서는 교회 주교님의 부탁으로 일을 받아들였습니다."

"영주가 될 권리를 미끼로 내놓았다고 들었는데."

로렌스는 희미한 미소를 지었다.

"외람되지만 어쩌면 영주님과 어깨를 나란히 하고 걷는 미래가 존재했을지도 모르지요."

두 걸음 뒤를 걷던 로렌스를 돌아본 마티어스는 지쳐 버린 얼굴에 약간의 웃음을 띠더니 옆으로 오라는 듯 손짓했다.

"마이어는 무슨 말로 그대를 데려왔지? 어떤 보상을 약속하고?"

이 숲속에서는 너와 내가 대등하다는 태도를 보임으로써 로렌스가 쉽게 실토할 수 있도록 유도한 것이라면, 마티어스는 꽤나 소탈한 군주인 셈이었다.

로렌스는 이제 와서 밀고 당기기를 할 수도 없다는 생각에 깊이 생각하지 않고 대답했다.

"저 때문에 귀중한 숲이 시들어 사라지게 되었다고 들었습니다. 그리고 상인으로서 제가 지닌 역량이라면 계획의 돈 계산이 수지가 맞지 않는다는 사실을 보여 드릴 수 있을 거라고요."

거짓말은 아니었으나 마티어스가 노골적으로 의심의 눈빛을 보냈기에 로렌스는 이렇게 덧붙였다.

"보상으로는, 벌꿀과 말린 버섯 등을 약속받았습니다. 온천장 경영에 필요하겠지요? 라는 말과 함께."

마티어스는 그 말을 듣고서야 겨우 마이어가 로렌스의 어떤 꼬리를 잡고서 이리로 끌고 왔는지 이해한 눈치였다.

"그렇군. 지켜야 할 것이 있다는 사실은 때로 사람을 약하게 만들지."

영주는 훌륭한 콧수염을 쓰다듬으며 한숨을 내쉬었다.

"그래서 내 계산에 트집을 잡으려고?"

마티어스는 마른 웃음소리를 냈다.

"돈이 없다, 돈이 없다, 하면서 머리를 부둥켜안던 내 모습을 평상시 지켜보고 있었던 모양이야."

로렌스가 옆얼굴을 바라보자 마티어스는 소탈하게 어깨를 으쓱했다.

"내 조부나 부친께서는 험난한 시대에 이 숲을 지키기 위해 싸우셨지. 아니, 그것밖에 생각할 수가 없었다고 해야 할까."

로렌스는 맞장구를 치지 않고 가만히 다음 이야기를 기다렸다.

"목재를 팔거나 숲을 개간해서 보리밭을 확장하면 필요한 돈은 손에 넣을 수 있었겠지. 허나 그러지 않고 계속해서 빚만을 져 왔다. 저쪽의 적은 뇌물로 회유하고, 이쪽의 적은 용병을 고용해 쳐부수게 만들며 보기 좋게 난세를 헤쳐 나왔다만."

마티어스는 가슴을 펴고 상쾌한 숲 바람을 크게 들이마셨다.

"남겨진 것은 이 숲과, 막대한 빚이다."

이 세상에 공짜는 없다.

"뭐, 빚만이라면 느리게라도 갚아 나가면 되겠지. 내 아들 대에서는 끝나지 않더라도, 손자 대에서는 끝날 거야."

처음부터 떼어먹을 생각으로 돈을 빌리는 영주 이야기도 여기저기 많이 존재하는 것을 생각하면 마티어스는 상당히 양심적인 영주 축에 들어갈 터였다.

"하지만 나도 금화나 은화 이야기에 밝지는 못하니, 수완 좋은 상인이 덤벼들면 나를 설득하는 것은 식은 죽 먹기라고 생각한 모양이군. 내 말이 틀렸나?"

마티어스의 시선이 겨우 이쪽을 향했기에, 로렌스는 얼버무리지 않고 고개를 끄덕였다.

"용서하십시오."

마티어스가 비아냥거리듯 웃었다.

그리 온건한 방법은 아니지만 숲을 개간하려면 비현실적일 정도의 늑대 퇴치 비용이 든다는 사실을 알려 줄 계획이었고, 그것은 어마어마한 효과를 발휘할 터였다. 그래도 계획을 진행하려 든다면 결국 암군(暗君)이 될 뿐이라는 사실이 누구의 눈으로 봐도 명확해질 것이다.

"물론 어떤 제안을 받는다 해도 나는 계획을 밀고 나갈 것이야. 하지만 그것이 어떻게 봐도 어리석은 짓이라는 사실을 나도 잘 알고 있어. 그러면 곤란해지지. 내 말뜻을 알겠지?"

마티어스는 신하를 힘으로 찍어 누르며 지배하는 게 아니라, 따르기에 합당한 영주라 인정하고 신하가 자발적으로 따라와 주기를 바라는 모양이었다. 그래서 로렌스의 존재 때문에 더더욱 속을 끓인 듯했다. 합리적인 계획에 누군가 찬물을 끼얹는 상황은 어떻게 해서든 피하고 싶은 눈치였다.

하지만 그렇다면 자연스럽게 떠오르는 생각이 있었다.

"사견을 말씀드려도 괜찮겠습니까?"

로렌스가 묻자 마티어스는 쓴웃음을 지었다.

"나와 그대는 지금 어깨를 나란히 하고서 걷고 있지. 물론 말해도 좋아."

"그럼 실례하겠습니다. 영주님은 그 어떤 조건이라 해도 칼란 측의 제안을 받아들일 수밖에 없는 상황에 처해 계신다는 말이 됩니다만."

그 지적은 곧 '자기 영지의 운명을 좌우할 고삐를 타인에게 내준 어리석은 영주'라고 말하는 것이나 다름없었지만, 마티어스는 화도 내지 않고 길고 가느다란 한숨을 내쉬었다.

"조부님과 아버님, 그리고 나 역시도 이 숲을 과하게 지켜 온 모양이야."

마티어스는 아득한 눈빛으로 숲 안쪽을 바라본 뒤 로렌스를 돌아보았다.

"교회에서 오랜 세월 이단 의혹을 품어 왔지."

"그 말씀은…."

로렌스의 머릿속에서 새로운 수로가 열리고 새로운 그림이 단숨에 그려져 나갔다.

"그렇, 군요."

저 호로마저도 눈을 휘둥그렇게 뜰 정도로 멋진 숲 쪽을 돌아본 뒤, 로렌스는 신음했다.

마티어스의 입장에서는 숲을 개간한다는 행위 그 자체가 필요했던 것이다.

결코 신성불가침의 숲이 아니라고, 이교도처럼 숲을 숭배하는 것이 아니라고 세상에 보여 줄 필요가 있었다.

마티어스는 지친 듯 어깨를 축 늘어뜨렸다.

"교회를 둘러싼 정세는 크게 흔들리고 있어. 수구파도, 수구파를 몰아세우는 여명의 추기경파도 자기 진영을 지키는 데 필사적이지. 아군이 아닌 자는 모두 적이라는 분위기다. 내 말뜻을 알겠지?"

압니다, 왜냐하면 그 여명의 추기경은 제 아들이라 부를 수도 있는 청년이니까요.

로렌스는 그렇게 말하는 자신의 모습을 한순간 상상한 후, 말을 꿀꺽 삼키고 대답했다.

"영주님이 어느 진영에 가담하신다 해도 이 숲은 문제가 될 거라는 말씀이십니까?"

"바로 그렇다. 한쪽 편에 붙지 않으면 양쪽에서 적으로 취급당하지. 하지만 한쪽 진영에 붙는다 해도, 이 숲에는 이단의 냄새가 짙게 배어 있어. 너무나도 좋은 숲이고 너무나도 깊은 숲이라서."

뇨히라에는 이 정도 숲이 드물지 않다. 뇨히라보다 더욱 북쪽으로 가면 말 그대로 누구 하나 발을 들인 적조차 없는, 호로 같은 존재들의 숨결이 직접적으로 느껴지는 숲도 정말로 존재한다.

하지만 이 부근은 이미 오래전부터 인간의 지배하에 놓여 있고, 멀리까지 내다볼 수 있는 평야가 당연한 지역이다.

검고 깊은 숲은 지나치게 특수한 존재인 것이다.

"심지어 가문의 장부가 온통 빚투성이라면 내게 수단을 고른다는 사치는 허락될 수가 없지."

로렌스는 고개를 끄덕이고 머릿속으로 상황을 정리했다.

"그렇다면 숲을 개간하는 일은 목재를 팔아 돈을 버는 수단인 한편 영주님이 이 깊은 숲속에 있는 두꺼비를 숭배하며 샘에 공물을 바치는 이교도가 아니라는 사실을 증명할 방법이라는 말씀이시군요."

전형적인 이교도 묘사에 마티어스는 시원스럽게 웃음을 터뜨렸다.

"바로 그렇다. 칼란 입장에서는 우리 숲에 길을 낼 수 있다면 그것이 곧 자신들의 발전으로 이어지리라 생각하고 있어. 교회 윗선과의 교섭 또한 평소 먼 땅과의 거래 경험이 있는 칼란이 중재해 줄 테고. 우리는 벌채와 길 통행을 허가함으로써 오랜 세월의 이단 문제와 빚 문제를 한꺼번에 해결할 수가 있다. 내 대에서 아들과 후대를 위해 모든 빚을 청산할 수 있다고 생각하면 신께서 내려 주신 기회라고밖에 생각할 수가 없어."

그래서 마이어와 촌장이 아무리 숲의 위기를 호소해도 마티어스는 귓등으로도 듣지 않았던 것이다. 그리고 애만 태우던 마이어가 결국 반론의 여지를 허용하지 않는 대책을 짜내 줄 상인을 끌고 왔기에, 마티어스는 모든 것을 털어놓는 방법을 택했다.

아니, 하고 로렌스는 생각했다.

마티어스는 그렇게 단순한 영주가 아닐 터였다.

"저에게 그 이야기를 하시는 특별한 이유가, 영주님께 있는 듯합니다만."

마티어스는 가문의 수치를 로렌스에게 드러냈다. 어디 사는 누구인지도 모르는 말 뼈다귀에게.

숲속을 이렇게 거닐며 수많은 선택지를 고민했을 마티어스는 천천히 로렌스를 돌아보았다.

"그대가 살로니아에서 어떤 활약을 했는지는 칼란을 경유하여 내 귀에도 들어왔다. 살로니아의 목재 할당량이 많아지면 그만큼 내 숲의 벌목량이 줄어들 테니, 실은 조마조마해 하고 있었지."

"…면목이, 없습니다."

"핫하하. 허나 그대가 살로니아에서 한 활약 이야기를 들었을 때, 내가 가장 주목한 부분은 사실 목재가 아니었어."

"목재가 아니라고요?"

로렌스가 망설이며 묻자 마티어스는 대답했다.

"애당초 칼란 측의 수완을 믿어도 좋을지 어떨지, 그것이 불안해지더군."

분위기가 다소 수상쩍어졌기에 로렌스는 말없이 영주를 바라보았다.

"살로니아의 목재 관세 교섭은 칼란 측에서 그리던 계획의 일환이었다. 그렇다면 그 실력이 어느 정도인지, 재고해 볼 수밖에 없었어. 어느 날 갑자기 나타난 행상인조차 그것을 뒤집어 버릴 수 있다면 그 이상의 계획 따위는 더욱 못 미더워질 테니 말이야."

그 우려는 이해가 되었으나 동시에 확인해야만 하는 일이 있다는 사실을 로렌스는 알아차렸다. 그것은 마이어를 처음 만났을 때부터 머릿속 한구석에 자리잡은 무언가였다.

"하나 여쭈어보아도 괜찮을까요? 칼란은 왜 그렇게나 많은 목재를 원하는 겁니까?"

마티어스는 고개를 끄덕였다.

"내가 이단이 아니라는 사실을 증명하는 일과도 관계가 있는

데, 칼란은 세간에 부족한 목재와 맞바꾸어 교회 측의 은총을 얻어 내려 하고 있다.”

토네부르크와 달리 딱히 이단 취급을 받는 것 같지도 않는 칼란이 왜 일부러 그런 일을 하려는 걸까. 그렇게 묻는 것은 아마 장사를 모르는 사람일 것이다. 왜냐하면 교회보다 더욱 커다란 거래 상대는 이 세상에 존재하지 않기 때문이다.

“나도 결코 이 숲에 애착이 없는 것은 아니야. 토네부르크 가문이 여러 대에 걸쳐 쭉 지켜 온 숲이니. 게다가 아마 마이어와 촌장이 설명했겠지만 이 숲은 주변 지역의 보리밭을 지탱하고 있지. 나도 이 숲이 얼마나 귀중한지 누구보다 잘 알고 있어. 하지만 장부는 온통 빚투성이에, 이단이라는 의심까지 받으니 영지의 유지 자체가 위태로워진 것이지.”

결국 궁지에 몰린 마티어스는 위험을 알면서도 도박에 나섰다.

하지만 정작 계획 주모자의 실력에 의문을 품고 말았다.

그렇다면 마티어스가 이 이야기를 로렌스에게 숨김없이 다 털어놓은 것은 단순히 불평을 토하고 싶었기 때문일 리가 없다.

로렌스가 거기까지 도달하기를 기다리기라도 한 듯, 마티어스는 문득 영주답게 무표정한 얼굴로 로렌스를 바라보았다.

“내 편이 되어 주지 않겠나? 내 대리인이 되어 칼란 측의 계획을 재검토해 주지 않겠는가? 예컨대 교회를 상대로 우리가 불리한 계약을 맺게 되지는 않을지, 또는….”

아무도 없는 숲속인데도 마티어스는 목소리를 낮추었다.

“생각하고 싶지는 않지만, 나를 속이는 것은 아닐지.”

아마도 로렌스에게 가장 의지하고 싶은 것은 이 부분인 모양이었다.

마티어스는 마이어의 걱정과 호소를 무시하고 칼란 측과의 계획을 밀어붙이고 있었다. 그러는 한편, 마티어스 스스로도 칼란 측의 계획에 불안을 느끼고 있었으나 협력을 얻을 상대가 없었다.

이 부탁을 거절하면 저 허리에 매달린 장검으로 단칼에 살해당할지 모른다… 는 긴장감마저 느껴지지 않는 것을 보니, 마티어스가 얼마나 큰 무력감에 시달리고 있는지 알 수 있었다.

마티어스는 좋은 영주였다.

그리고 좋은 영주이기 때문에 수많은 굴레에 얽매여 있다.

게다가 로렌스가 마이어의 부탁, 즉 숲을 유지시키는 일을 성공시킬 확률은 너무나 낮았다. 그것은 마티어스에게 부하들의 암약을 들켰기 때문이 아니라 마티어스 자신에게 선택의 여지가 없기 때문이다.

마티어스의 영지는 이단 의혹을 받고 있다. 뭔가 수를 쓰지 않으면 교회를 양분하는 분쟁의 틈새에 빠져, 보리알처럼 분쇄되고 말 것이다. 빚이 있으니 영지는 산산조각이 나서 돈에 눈먼

자들에게 몽땅 잡아먹힐 테고 말이다.

"확인차 여쭙겠습니다만."

로렌스는 말했다.

"빚은 칼란 측에 지셨습니까?"

그렇다면 마티어스의 입지는 상당히 좁을 터였다. 칼란이 마티어스의 약점을 파고들어, 조악한 계획에 억지로 끌어들였을 가능성이 꽤 높아진다.

"아니, 케르베의 욕심 많은 상인 놈들이다."

사나운 말투를 보니 빚을 둘러싼 불쾌한 공방이 그야말로 아버지나 할아버지 대부터 이어져 온 모양이었다.

마티어스가 칼란 측과 손을 잡은 것은 마티어스 스스로도 케르베에 대항하기 위해 칼란이라는 세력을 끌어들이고 싶었기 때문이리라.

수많은 장기짝들의 배치도가 보였다.

오히려 로렌스가 숲을 위해 할 수 있는 일이라면, 최선을 다해 마티어스의 편을 들어주는 것일지도 모른다.

"제 쪽에서도 부탁드릴 일이 있습니다."

"…돈인가?"

너도냐, 하는 표정의 마티어스에게 로렌스는 불경하지만 어깨를 으쓱했다.

"마이어 씨를 질책하지 않겠다고 약속해 주십시오. 이 숲을 오래오래 존속시키기 위해서는 그 사람이 꼭 필요합니다."

마티어스는 멍한 표정을 짓더니 난처한 듯 웃었다.

"질책? 그런 생각은 해 본 적도 없어."

무슨 바보 같은 소리냐는 듯, 마티어스는 거의 기침하다시피 웃음을 터뜨렸다.

"마이어는 그 누구보다 숲을 사랑하는 자다. 나보다도 더욱. 그놈 머릿속에는 숲 생각밖에 없어. 그러니 칼란 놈들이 이 숲을 지나다닐 때는 그 녀석이 꼭 필요해. 바닷가 놈들이 어떤 바보짓을 저지를지 모르니."

어쩌면 마이어는 이만큼이나 마티어스에게 신뢰받고 있기 때문에 마티어스의 집안이 대대로 지켜 온 토네부르크의 숲을 위해 동분서주하는지도 모른다.

"마이어에게는 그대를 이리로 데려온 포상을 해야지."

"……."

로렌스는 마티어스의 옆얼굴을 바라보았다.

그 너머에는 영주로서의 짙은 갈등이 보였다.

"그럼 본론으로 돌아가겠습니다만, 방금 영주님께서도 언뜻 언급하셨던 일입니다. 항구도시 칼란이 영주님을 속이려 한다는 전조가 있습니까?"

"…아니, 나도 거기까지는 의심하지 않고, 의심하고 싶지도 않다. 놈들이 내 약점을 파고들어 나를 속이려 한다기보다는 놈들이 교회 측에게 약점을 잡혔을 가능성이 더 크다고 생각하고 있어."

왜냐하면 살로니아의 계획을 일개 행상인이 뒤집어 버릴 정도였으니 말이다. 그렇다면 교회와의 사이를 중재해 주고는 있으나 얼마나 멀쩡한 교섭을 할 수 있을지 수상쩍어질 수밖에 없다.

"숲을 얼토당토않게 싼값으로 팔게 될지도 모른다는 말씀이시죠?"

마티어스는 떨떠름한 얼굴로 고개를 끄덕였다. 영지의 앞날을 좌우할 사태인데도 타인에게 맡길 수밖에 없는, 그런 무력감에 사로잡혀 있다는 사실을 그 동작만 보고도 알 수 있었다.

로렌스는 머릿속 장부에 이것저것 메모하다가, 필요한 칸이 공백이라는 사실을 알아차렸다.

"마지막으로 한 가지…."

"뭐지? 영지의 수치는 전부 말했다. 무엇이든 물어도 좋아."

마티어스가 온천장 손님이었다면 실로 편하고 좋은 손님이었으리라고 로렌스는 생각했다.

"영주님은 교회의 어느 쪽 진영에 속해 계십니까?"

그 물음에 마티어스는 잠시 눈을 감았다. 로렌스는 질문을 던지고 나서야 이렇게 가볍게 물을 일이 아니었다고, 뒤늦게 깨달았다. 왜냐하면 마티어스가 교회의 수구파에 속해 있다면 로렌스는 콜과 뮤리의 적에게 도움의 손길을 내미는 꼴이 될 테니 말이다.

그것과 완전히 똑같은 이유로 마티어스 입장에서도 로렌스가 교회의 어느 쪽 진영에 속해 있는지가 운명의 갈림길이 된다.

하지만 마티어스는 우둔한 영주가 아니었고, 앞으로 나아가야 할 때는 아무리 암흑 속이라 해도 망설임 없이 걸어 나설 용기를 지닌 인물이었다.

"나는 여명의 추기경에게 공감하고 있다."

그러고는 반듯하게 폈던 등을, 다소 자신 없는 듯 움츠렸다.

"그대가 어떻게 생각할지는, 모르겠지만…."

"아뇨."

로렌스는 상인으로서의 연기가 아닌 웃음을 띠며 대답했다.

"안심했습니다."

마티어스는 눈을 깜박거리다 웃었다. 악덕 상인이라면 욕망과 궁합이 좋은 교회의 수구파 편일 수 있다고 생각했을지도 모른다.

"하지만 그럴 경우 다소 마음에 걸리는 부분이 있군요."

"뭐지?"

"협력을 요청하는 대가로 여명의 추기경 진영에서 과연 목재를 요구할까요? 특히 영주님의 문제는 절실한 신앙의 이야기라서 말이지요."

콜이라면 절대로 그런 짓을 하지 않고, 마티어스와 직접 얼굴을 마주할 기회를 만든 뒤 신뢰할 수 있다는 사실을 파악하고 나면 악수 한 번으로 이야기를 끝내지 않을까. 애당초 콜은 교회의 권위를 이용해 폭리를 취하려 하는 이 세상을 바로잡기 위해 뇨히라를 뛰쳐나가지 않았던가.

그렇다면 칼란 측에서 토네부르크의 약점을 이용하여 목재를 뜯어내, 그것으로 돈벌이를 하려는 게 아닐까 하는 생각이 로렌스의 머릿속에서 천천히 고개를 쳐들었다.

하지만 그때, 세상 물정을 잘 아는 영주가 입을 열었다.

"그들의 이상이 그렇다 하더라도… 꼭 마음처럼 되지는 않는 법이다."

콜도 눈을 부릅뜨고 세상 모든 일을 다 감시하지는 못할 테니, 우연히 칼란 측을 상대하던 누군가가 오랜 관례에 따라 진정(陳情)을 받았을 가능성도 물론 있다.

"게다가 칼란 쪽이 여명의 추기경 측 인간의 계략에 말려들었을지 모른다고 의심하는 이유는 딱히 그들의 교섭력에서 불안을 느꼈기 때문만은 아니야."

"…그게 무슨 말씀이시죠?"

"바로 얼마 전 일이다. 칼란과 여명의 추기경 진영 사이에서 이야기가 거의 정리되고, 이제 남은 것은 내 승인을 기다리는 것뿐이었지. 나는 칼란의 서기관이 양피지에 정리한 계약서의 초고를 확인하기 위해 칼란으로 향했다. 거기서 처음으로 이번 계획에서 여명의 추기경 측에 선 인물과 대면하게 되었는데…."

말투로 보아 콜을 직접 만난 것은 아닌 모양이었다. 즉 콜이 직접 목재를 요구했다는 말은 아니었고, 로렌스는 그 사실에 안도했지만 동시에 불길한 느낌도 들었다.

이런 대규모 거래는 중재하는 칼란 입장에서도 처음일 테니 온통 익숙지 않은 것들뿐일 터. 어둠 속에서 손으로 더듬거리며 진행하는 상황이 이어지고 있음이 분명했다.

그 모습을 불안한 얼굴로 지켜보던 영주 앞에 드디어 여명의 추기경 측 인물이 나타났다.

그리고 그 인물이 영주를 안심시키기는커녕 더욱 불안하게 만들었다면, 마티어스가 무슨 생각을 했을지는 불 보듯 뻔했다.

"항구도시 칼란의 상인들이 여명의 추기경이라 자칭하는 사기꾼에게 속고 있다는 말씀이십니까?"

"……."

마티어스는 대답이 없었으나 그것은 부정하기에는 의심이 너무 짙다는 뜻일 터였다.

일단 믿고 손을 잡은 아군을 의심하는 짓이 기사도에 반하는 수치스러운 행위라고까지 생각하고 있을지 어떨지는 모르겠으나, 마티어스는 머릿속을 정리하는 듯 입을 열었다.

"칼란과 교섭하는 상대가 여명의 추기경 측 인물이라는 사실은 분명하다더군. 내 사제도 교섭 자리에 동석하였는데 잘 알던 성직자도 함께 나와 있었다고 해."

그 사제는 지금도 마티어스를 따라 이곳에 왔고, 어젯밤에는 로렌스 일행을 대접해 준 후 재빨리 그 사실을 영주에게 보고한 바로 그 인물이리라.

"하지만 나는 상대를 마주한 순간 계약을 망설일 수밖에 없었다. 숲에 사는 자의 감일지도 모르지. 그래서 아주 작은 발버둥이기는 하였으나, 일단 이 계약서를 가지고 돌아가 가신들과 마지막으로 다시 한번 상의해 보겠다고 말했다. 하지만 여기까지 와서 우리가 할 수 있는 일 같은 건 거의 없어. 차라리 이야기를 없었던 것으로 해 버릴까, 하고 몇 번이나 생각했는지 모른다. 그러니 마이어 그 녀석이 그대와 같은 협력자를 찾아 돌아다닌 일은 어떤 의미에서는 내 마음의 일부였을 수도 있지."

마티어스의 마음고생이 엿보이는 말이었다.

"그리고 찾아온 자가 그대였다."

마지막, 정말 마지막에 붙잡을 수 있는 동아줄이 내려왔다.

하지만 로렌스는 마티어스가 왜 그렇게까지 여명의 추기경 대리를 의심하는지 여전히 알 수가 없었다. 칼란 측에서도 도시를 걸고 계획을 짰으니 뒷공작 따위는 하지 않을 터였고, 심지어 윈필 왕국은 한없이 머나먼 외국이 아니라 해협을 끼고 헤엄쳐 건너갈 수 있을 정도의 거리에 존재하는 곳이다. 사제 또한 잘 아는 성직자가 있다는 사실을 확인했다는데, 도대체 의심할 요소가 어디에 있단 말인가.

그렇게 생각한 순간, 마티어스가 말했다.

"늑대다."

"예?"

로렌스는 깜짝 놀라 숲속을 둘러보았다. 참다못한 호로가 뛰쳐나오기라도 한 줄 알았던 것이다.

"그건 늑대였다."

마티어스는 마치 악몽을 꾼 듯 눈을 부릅떴다.

"여명의 추기경 대리로서 이 교섭을 맡은 상인이 윈필 왕국에서 찾아왔다. 내가 한 번도 본 적 없는, 화려한 차림새로 부를 과시하는 그 모습은 남쪽 나라에 있다는 전설의 새와도 같았지. 하지만 그 상인의 본질은 늑대였어. 그것도 사악하고, 방심할 수 없고, 숲 깊은 곳에서 먹잇감을 노리는…."

"영주님, 진정하십시오."

로렌스의 목소리에 마티어스는 겁먹은 듯 숲을 둘러보았다.

"그 인물이 정통성 있는 사자라는 사실은 확인하신 거죠? 이름은 무어라 합니까?"

대리 상인이라면, 로렌스의 연줄을 이용하면 누구인지 확인하는 것도 어렵지 않을 터였다. 심지어 콜에게 직접 물어볼 수도 있다.

"그 늑대는, 그래…."

세찬 바람이 한차례 불고, 로렌스는 네발짐승의 발소리를 들은 기분이었다.

"에이브 볼란이라고 하더군."

"……."

깊은 숲속에 사는 영주의 직감은 허투루 키워진 게 아니다.

로렌스가 곱씹은 것은 어금니였을까, 아니면 쓴웃음이었을까.

그렇군, 의심할 수밖에 없겠어… 라고, 그 사실을 순식간에 이해할 수밖에 없었다.

제 3

막

로렌스 일행은 마이어의 안내를 받아 왔던 길을 되돌아갔다. 그리고 호로가 숙취로 괴로워하던 관문 여관에 도착해 하룻밤 묵은 후 강을 내려갔다.

여전히 강에는 배들이 정체되어 있었으나 세금 인하를 기다리기보다는 빨리 도시로 가서 상품을 팔아치운 후 편히 쉬고 싶은 자들도 어느 정도 있었는지 강을 내려가는 배를 찾기가 어렵지는 않았다.

참고로 짐마차를 양보해 준 상인도 아직 여관에 있었다. 로렌스가 거래 해지를 요청하자 싫은 표정을 지었으나, 마이어가 재빨리 숲의 특산물인 벌꿀이 든 통을 건네자 만족한 표정으로 받아들였다.

"로렌스 씨."

배에 타고 드디어 강을 내려가려 할 때, 그때까지 별말이 없던 마이어가 겨우 로렌스의 이름을 불렀다.

"제가 대체 무슨 말씀을 드려야 좋을지…."

"신경 쓰지 마십시오."

로렌스는 일부러 히죽 웃었다.

"영주님께도 보수를 약속받았으니까요."

물론 그 보수는 아직까지 마이어의 무죄 방면뿐이었으나, 그것을 모르는 마이어는 어떻게든 그 말을 마음의 지주로 삼은 모양이었다.

"게다가 영주님 말씀을 들으니 제 입장에서도 이 이야기에 끼어들 이유가 생겼습니다."

"그렇… 습니까?"

마이어의 물음에 로렌스는 어깨를 으쓱했다.

"사냥꾼은 반드시 숲속에서 특별히 의식하는 짐승이 한두 마리 있다고 들었습니다."

마이어는 천천히 고개를 끄덕이고는 한숨을 내쉬었다.

"저희 숲을 부디 잘 부탁드립니다."

로렌스는 마이어와 악수를 한 뒤, 사공의 재촉을 받고 배에 앉았다.

마이어와 이야기하는 내내 조용했던 호로로 말할 것 같으면 로렌스의 무릎 사이에 쏙 들어앉아 있지는 않고, 살짝 거리를 두고서 앉아 있었다. 그 모습은 우연히 목적지가 같을 뿐이어서 동행하는 방랑 수도녀 같았다. 그 숲에서 마티어스와 나눴던 대화를 설명한 후로 호로는 말수가 상당히 줄어들었다.

하지만 이유는 명확했다. 저 에이브가 콜의 이름을 이용하여 돈벌이에 힘쓰고 있다는 사실이 판명되었기 때문이다. 심지어 마티어스의 이야기를 듣기로 에이브는 어마어마하게 화려한 차림을 하고 나타나 거액을 지불한 춤과 노래를 선보이며 마티어스의 눈이 빙빙 돌 정도의 부를 과시했다고 한다.

에이브가 자신들의 결혼식에 참석했을 때도 물론 대상인의 풍모에 걸맞은 위용을 갖추고 오기는 했으나 그것은 굳이 따지자면 천진난만한 호로를 향한 대항심으로 보이기도 했다. 호로의 뼛속 깊은 곳에는 여전히 준엄한 늑대로서의 긍지가 있어, 현세의 부에 마음을 빼앗기는 분위기는 찾을 수 없다.

그래서 마티어스에게 전해 들은, 욕망으로 범벅된 에이브의 모습은 로렌스에게도 배신당한 기분이 들게 만들었다.

그리고 그뿐 아니라 로렌스를 더욱 곤혹스럽게 만든 것은 에이브의 입장이었다. 콜과 뮤리의 필적이 뒤섞인, 호로의 말에 따르면 여행을 즐기는 냄새로 가득한 편지를 떠올려 보면 된다. 거기에는 어떤 사건을 계기로 에이브와 재회했고 그 이후로는 매우 든든한 아군이 되어 주었다고 쓰여 있었다.

콜은 앞뒤가 똑같은 성격이고 에이브는 그런 콜을 예전부터 귀여워했다. 뮤리도 현랑과는 다른 의미에서 방심할 수 없는 에이브가 신선하게 느껴지는지 잘 따르는 듯한 분위기가 편지의 문면에서 풍겨 왔다. 그런 에이브가 여명의 추기경과의 친밀한 관계를 이용해 여기저기서 중개료 같은 돈을 뜯어내는 식으로, 큰돈을 벌어 가며 펑펑 낭비하고 있다면.

콜은 세상의 정의를 믿고 여행을 떠났다. 그리고 지금 바로 눈앞에서 사랑하는 숲을 잃을지 말지의 분기점에 내몰려 있는 마티어스는 누가 보아도 나쁜 영주가 아니었다.

에이브가 몸에 치장한 보석을 밝히는 것은, 그 마티어스의 집안이 대대로 몸을 깎아 가며 지켜 온 숲의 나무를 태우는 불꽃이다.

세상에는 워낙 부조리가 흔하니까, 라고 한다면 더 할 말은 없을 테고, 에이브의 변절 또한 그런 일인지도 모른다.

하지만 적어도 지금의 로렌스는 누구의 편을 들어야 할지 잘 알고 있었다.

"당신."

배가 관문을 벗어나 한참이 흐른 후 호로는 딱 한 번 로렌스를 불렀으나 그다음 말은 이어지지 않았다. 꾸벅꾸벅 졸지도, 간식을 집어 먹지도 않고, 아득한 눈빛으로 아무것도 없는 황야 풍경을 응시하던 호로는 감정을 조리 있게 표현하기가 힘든지도 모르겠다.

로렌스는 그런 호로를 안심시키려는 듯 고개를 끄덕이고는 마주 웃어 주었다.

호로는 한순간 안심한 표정이었으나 금세 다시 굳은 얼굴로 돌아가 먼 곳으로 시선을 향했다.

결혼식에서 호로와 에이브가 무슨 이야기를 열심히 하는 모습을 얼핏 본 적이 있었다.

그 일을 떠올리니 로렌스의 어금니에는 더욱 힘이 들어갔다.

자신은 장사의 세계에 몸담고 있어 인간의 변절에 익숙하니 괜찮지만, 호로의 입장에서는 그렇지 않을지도 모른다. 호로는 인간의 마음이 진작 멀어진 후에도 오래된 약속을 고지식하게 지키며 파슬로에 마을의 보리밭을 지켜보았을 정도이니 말이다.

대부분의 일에서는 호로 앞에서 고개를 제대로 들지 못하지만 인간 세상의 일이라면 로렌스가 더 잘 아는 영역이다.

로렌스는 마티어스에게서 들은 이야기를 여러 번 반추해 보며 강 너머에 있다는 칼란이라는 도시 쪽을 빤히 바라보았다.

해 질 녘이 가까워질 무렵 배는 시벽을 지나 칼란의 강 항구에 도착했다. 바다 항구는 강에서 떠내려온 토사가 퇴적되는 것을 피하려는지 도시에서 조금 떨어진 곳에 만들어져 있었다. 그래서 강 항구에는 이 강을 왕래하는 작은 배 여러 척만이 잔교에 계류되어 있었다.

관세가 내려갈지도 모른다는 소문이 나돌아서인지 관세를 징수하는 병사들의 작업도 무성의했고, 도시가 어딘가 모르게 들뜬 분위기로 가득했다.

거대한 항구도시가 다 그렇다는 건 아니지만 강에 면한 건물들은 전부 으리으리한 4층짜리들이었고, 등대 역할도 하는지 강 부두를 향해 내려간 곳에는 교회 종루가 있었다.

그 너머로는 밤의 어둠 빛깔을 녹인 듯한 군청색 바다가 펼쳐져 있었고 수평선에는 희미한 저녁노을의 색이 남아 있었다. 구름이 전혀 없으니 눈을 부릅뜨고 집중해서 응시하면 맞은편에 있는 윈필 왕국 거리의 등불이 희미하게 보일 터였다.

"마이어 씨가 소개해 주신 숙소를 확보하고 나면 바로 술집을 돌아보자."

로렌스가 먼저 잔교에 올라 호로에게 손을 내밀었다. 호로는 배의 흔들림이 몸에 아직 남아 있는지 다소 비틀거리면서 '으음'인지 '흐음'인지 모를 대답을 우물거렸다. 로렌스도 그 이상 아무 말 하지 않고 들은 대로 길을 따라가 숙소에 도착했다.

그리고 그 여관은 굳이 마이어의 이름을 거론하지 않아도 괜찮을 정도로 방이 비어 있었다. 지금은 수확한 보리를 비롯한 대부분의 상품을 겨울이 되기 전 서둘러 거래해야 하는 계절인지라 어디든 혼잡할 줄 알았는데 관세 이야기가 적잖이 영향을 미친 모양이었다. 한창 대목이어야 할 여관 주인은 머지않은 겨울 앞에서 난처한 얼굴이었다.

관세 건이 빨리 마무리되었으면 좋겠다는 여관 주인의 불평을 들으며 로렌스는 마티어스에게서 들은 여러 가지 이야기를 떠올렸다. 계절은 당연히 바다 너머와 똑같이 흐르니 여명의 추기경 측, 즉 에이브도 칼란과의 이번 거래를 겨울이 오기 전에 끝내고 싶은 모양이었다.

상식적으로 생각하면 장사 때문이겠지만 솔직히 악행을 들키기 전에 빨리 손을 떼고 싶다는 태도로밖에 보이지 않는다.

에이브 본인이 일부러 칼란 정도의, 별로 유명하지도 않은 항구도시까지 찾아왔다는 사실 또한 콜의 눈이 닿지 않는 곳에서 악행을 저지르고 있다는 의심을 뒷받침해 준다.

마티어스가 회합 때 들은 바에 따르면 에이브는 교회를 둘러싼 소동과 관련하여 대륙 측에서 처리할 볼일이 있지만, 케르베 사람들과 원한 관계가 있는 바람에 해상교통의 이점으로 따졌을 때 크게 다르지 않은 칼란에 체재하고 있다고 했다.

물론 로렌스는 그 원한이란 것이 어떤 내용인지도 짐작이 갔다. 당시 일각고래라 불리던 전설의 바다짐승을 둘러싸고 전무후무할 정도의 대소동이 벌어졌으니 말이다. 그러니 냅다 부정부터 하고 싶지는 않지만, 아무래도 에이브이다 보니.

적으로서 대치할 때는 이익을 향한 에이브의 집착 외에는 아무것도 믿을 수가 없다.

"그나저나 사람도 변하는 법이군."

밤의 장막이 내리기 시작한 칼란의 거리를 걸으며 로렌스는 말했다.

"매일 밤 술집에서 요란한 연회를 연다는 모양이야."

술로 말하자면 호로도 어디 가서 빠지지는 않지만 에이브의 경우 가게를 통째로 빌려 난리를 피운다니, 어지간한 정도가 아니다. 온 거리의 음유시인과 무희들을 한곳에 불러 모으고, 쓸 만한 술집의 요리사들을 죄다 데려와서 솜씨를 발휘하게 한다니 말이다.

칼로 깎아 만든 얼음기둥처럼 이익만을 뒤쫓는 에이브는 물론 악당이지만, 어떤 의미에서는 로렌스가 동경하는 이상적인 상인의 모습이기도 했다.

그러니 지금 로렌스의 마음속을 맴도는 감정은 실망이라는 녀석일지도 모른다.

모피 가격 에누리와 암염 밀수를 두고, 창고가 되어 있던 레노스의 여관에서 주먹다짐까지 벌였다.

그때의 에이브는 대체 무엇이었을까.

그렇게까지 해서 금화를 뒤쫓는 정열이란 대체 무엇이냐고 묻는 로렌스에게 에이브는 무어라 대답했던가.

그러던 에이브의 말로가 이렇게나 한심한 꼬락서니라니.

"여관 주인에게 들은 술집은 이 근처였던 것 같은데…."

돌바닥으로 된 널찍한 사거리에 도달한 로렌스가 주위를 두리번거리고 있는데 호로가 소맷자락을 잡아당겼다.

"악기 소리가 들려."

노점의 꼬치구이도 사 달라고 조르지 않는 호로는, 후드를 눈까지 푹 눌러써서 표정조차 잘 보이지 않았다.

로렌스는 호로의 마음을 상상하고서 흡, 하고 숨을 들이켠 뒤 호로가 가리킨 쪽으로 걸어갔다.

그러자 길바닥까지 넘쳐 날 정도로 손님이 바글거리는 술집이 나타났고 안에서는 박자에 맞춘 손뼉 소리와 악기 음색이 들려왔다. 그때쯤 되니 요리하느라 피어난 연기가 눈에 스며들 정도였으며 고기와 생선 기름, 고가의 향신료 냄새도 또렷하게 구분할 수 있었다.

폭력적인 음식 냄새에 위가 근질근질해져, 로렌스는 배에 힘을 주고 걸어갔다.

가게 밖에 둥글게 서서 춤추는 남자들을 제치고 가게 입구를 틀어막은 취객들 앞을 빠져나가자, 또다시 인파가 울타리처럼 빽빽하게 원을 그리고 있는 모습이 보여 로렌스는 당황했다. 그 사람들 너머 가게 중앙에서는 음유시인들이 악기를 연주하고 소녀 가수가 목청 높여 노래를 부르고 있었다. 하지만 가게 안 사람들의 시선은 그쪽에 쏠려 있지 않았다.

가게 한가운데에 쌓아 놓은 테이블 위에서 빨간 의상의 한 여성이 위풍당당하게 춤을 추고 있었다. 그것은 그야말로 전신에 불꽃을 두른 듯했다.

성직자가 보면 졸도할 정도로 요란한 의상을 입은 그 아가씨는 게다가 더욱 시선을 끄는 크고 붉은 우산을 들고 있었다. 금실 장식이 수놓인 그것은 머나먼 남쪽 사막 나라의 특별한 물건으로 보였다. 우산을 이용한 신비로운 춤에서 넘쳐흐르는 정열과는 반대로, 여성은 차분하면서도 즐거운 얼굴로 춤추고 있었다. 뇨히라에서도 술자리에서 무용을 선보이기는 하지만 로렌스가 보았던 그 무엇과도 다른, 독특한 춤이었다.

아름다운 아가씨가 우아한 춤을 보여 주고 있으니 취객들로 가득한 술집 분위기가 달아오르지 않을 수가 없다. 게다가 테이블 이곳저곳에는 로렌스도 본 적 없는 요리들이 가득해, 그렇지 않아도 손님들은 술이 술술 들어가는 모양이었다.

로렌스가 대강 둘러본 바로는 가게 안에서 잔뜩 신이 나 소란을 피우는 사람들은 대부분 차림새가 고급스러웠고, 상회의 지배인이나 위병 우두머리를 맡은 자들도 있는 듯했다. 어느 정도 돈이 없으면 이 난리에 참석도 할 수 없으리라.

로렌스는 호로와 떨어지지 않도록 신경 쓰며 인파 속을 헤치고 나아가 가장 깊은 곳으로 들어갔다. 인파 너머로 언뜻언뜻, 술집 안쪽 한구석에 분위기가 다른 장소가 보였던 것이다. 눈매가 사나운 호위가 서 있고, 그중에서도 유달리 차림새가 각별한 자들이 모인 장소.

마티어스의 말이 맞다면 새빨간 우산을 들고 춤추는, 이국의 분위기가 물씬 풍기는 저 아가씨도 에이브의 동료라는 말이 된다.

지금의 에이브가 얼마나 부자이고 어떤 신분을 소유하고 있는지는 모른다.

그래서 무어라 말을 걸어야 좋을지, 로렌스는 한참을 고민했다.

하지만 그 모습을 직접 보면 멋대로 말이 튀어나올 거라는 생각이 들었다.

목구멍 깊은 곳에서 이렇게나 강렬한 감정이 소용돌이치고 있으니 말이다.

마티어스와 마이어가 사랑해 마지않지만 언제 잃어버릴지 모를 위기에 처한 그 깊은 숲과는 완전히 다른 세계처럼 보이는 이 술집.

그중에서도 최고의 상석에 앉아 있는 대상인에게 로렌스는 하고 싶은 말이 산더미처럼 많았다.

“이봐.”

호위는 유능했는지 로렌스의 목적지를 알아차리고 금세 앞길을 가로막았다.

“화장실이라면 저쪽이다.”

“이쪽이 맞습니다.”

로렌스는 호위 너머에서 목표물의 얼굴을 발견했다.

우아한 미소를 지으며, 살짝 건드리기만 해도 깨질 듯 가냘픈 세공 유리잔에 술을 담아 마시고 있었다.

요리사에게서 음식에 관한 설명을 들으며 흥미롭다는 듯 고개를 끄덕이고는 있으나 본인은 요리에 손을 대는 기색이 없다. 결국 근처에 앉아 있던, 뚱뚱하게 살찐 상인 같은 남자에게 접시를 건네는 의젓한 모습을 보였다. 자신의 소유물을 나누어 주는 것이 지배자의 소임이라는 양.

하지만 그 비용은 토네부르크의 거목들을 베어 쓰러뜨리는 것으로 충당하리라. 이 소동은 나뭇가지 사이를 달리는 다람쥐, 나무 옹이구멍 속에 숨은 들쥐, 언덕에 구멍을 파고 사는 굴토끼들의 터전을 무너뜨릴 만한 가치가 있을까. 그 숲에서 가축들을 먹이고, 밭에 퇴비를 주고, 매일 흙투성이가 되어 가며 일하는 자들은 평생 이런 술집에 올 일도 없을 텐데.

어질어질해질 정도로 바보 같은 이 난리법석과 저 토네부르크의 깊고 고요한 숲이 같은 세상에 존재한다는 것 자체를 믿을 수가 없었다.

로렌스는 호위 남자를 가슴으로 밀어내고, 제지하는 것도 듣지 않고 성큼성큼 걸어갔다. 어깨를 붙잡혀 뿌리치려는데 다른 호위가 제압했다.

술자리는 옆 사람 목소리도 들리지 않을 만큼 시끄러웠기에 다른 손님들은 로렌스와 호위들의 실랑이에 눈길도 주지 않았지만, 특별한 자리에 모여 있던 사람들만큼은 묘한 침입자의 존재를 알아채고 눈을 둥그렇게 떴다. 그중 한 사람, 세공 유리잔을 들고 있던 술자리의 여왕은 혹시 뭔가 잘못 보기라도 했나, 하는 표정으로 눈을 깜박거렸다.

결국 세 명이 덤벼들어 팔다리를 꺾어 버리려 하는데도 고집만으로 버티던 로렌스를 향해 에이브가 말했다.

"지인이다."

호위들이 한순간 당황하는 것을 로렌스는 몸으로 느꼈다. 그리고 한 박자 멈칫한 후, 그들의 손이 떨어져 나갔다. 그 시원시원한 태도를 볼 때 단순히 돈으로 고용된 건달들이 아니라 오랫동안 에이브를 섬긴 자들이라는 사실을 알 수 있었다.

로렌스가 흐트러진 옷매무새를 고치고 만일을 대비해 호로의 안전을 확인해 보니, 호로는 조금 떨어진 곳에서 길을 잃고 잘못 헤매 들어온 소녀처럼 외투에 몸을 폭 감싼 채 얌전히 서 있었다. 멍한 얼굴로 상황을 지켜보는 도시 중진들 쪽은 개의치 않고 로렌스는 에이브를 똑바로 노려보며 말했다.

"할 말이 있습니다."

동석하던 자들의 시선이 로렌스에게서 에이브에게로 옮겨 갔다.

에이브는 코끝에 살짝 주름을 잡기는 했지만 한숨과 함께 들고 있던 잔을 테이블에 살며시 내려놓았다. 동시에 노래와 악기 연주 소리가 한껏 달아올랐다가 마지막으로 악기를 요란하게 켜는 소리가 들려온 후, 끝났다.

귀가 얼얼해질 정도의 박수 소리로 술자리가 거의 무너질 듯한 가운데, 붉은 의상을 입은 무용수가 손님들을 향해 우아하게 인사를 보냈다.

에이브는 그쪽을 흘끔 쳐다본 후 귀찮다는 듯 자리에서 일어났다.

"가게 뒤쪽은 좀 조용하겠지."

에이브는 다른 손님들에게 계속해서 술자리를 즐기라고 말한 후, 호위 하나를 데리고 밖으로 나섰다.

로렌스가 그 뒤를 따르자 호로도 조금 늦게 따라왔다.

술자리에서는 아직도 드문드문 박수 소리가 들려왔지만, 새로운 곡이 시작되자 또다시 요란한 소란 소리가 커졌다.

들개 한 마리가 겁을 먹은 듯 도망쳤다.

그곳은 주위 건물들이 공유하는 뒷마당 같은 장소로 술자리에서 다 비운 커다란 술통을 놓아두거나 양옆 상회에서 잡다한 짐들을 보관하는 곳인지 인기척이 없었다.

"뇨히라의 온천장은 어쩌고 왔지? 이제 곧 대목일 텐데."

에이브는 그 무용수만큼은 아니지만 옷자락이 길고 낙낙한 사막풍의 의상을 입고 있었다. 비단인지 나사(羅紗)인지 몰라도 로렌스와는 인연이 없는 고급품이었고, 술통에 걸터앉으려 하자 호위가 재빨리 천을 깔아 주었다.

"이곳에 늑대가 있다고, 깊은 숲속에서 들었습니다."

술통에 앉은 에이브는 희미한 미소를 지은 표정 그대로 로렌스를 마주 보았다. 그러고는 열심히 머리를 굴려 본 후 반쯤 웃는 얼굴로 한숨을 내쉬었다.

"토네부르크의 영주에게 고용된 건가? 숲을 지키려고?"

에이브의 시선이 한순간 로렌스의 등 뒤에 있는 호로를 향했다. 에이브는 물론 호로의 정체를 알고 있으니 동기는 충분하다고 생각했으리라.

"으음. 아니, 잠깐만."

에이브는 그렇게 말하며 몸을 웅크리고서 입에 손을 대고 말없이 생각에 잠기더니, 문득 시선만 로렌스에게로 돌렸다.

"설마 살로니아에서 요란하게 날뛴 상인이란 게 당신들이었나?"

살로니아 목재 상인들의 이야기가 칼란 측 계획의 일환이라면 당연히 에이브의 귀에도 들어갔을 것이다.

"당신의 거대한 계획의 일환인가요?"

행상인 시절 처음으로 에이브를 만났을 때, 이 상인은 레노스에서도 케르베에서도 커다란 그림을 그려 놓고서 자신의 신변에 위험이 닥치는 일조차 무릅쓰며 금화를 뒤쫓고 있었다.

마티어스가 도저히 칼란의 교섭 담당자들을 신용하지 못하고, 그들이 에이브의 계획에 휘말린 게 아닌가 의심하는 것도 당연한 일이다.

그리고 조금 전 술집의 소동을 보아하니 그것은 옳은 생각인 듯했다.

"그렇게 생각한다는 표정이군."

에이브가 에이브다운 표정으로 웃었다.

"대충 보이네…."

불빛도 별로 없고, 하늘에는 이지러진 달밖에 없었기 때문에 어둠 속에서 웃는 에이브의 얼굴은 순식간에 로렌스의 기억 속 옛날 모습을 끌어냈다.

하지만 시간은 착실히 흘렀고 지금은 그때와 다르다.

그 사실을 지적하려 하는데 에이브가 난처한 듯한 말투로 끼어들었다.

"아가씨는 왜 계속 입을 다물고 있지?"

"호로는…."

상관없어.

그렇게 말하려던 순간, 당사자인 호로가 입을 열었다.

"이 멍청이는 한번 이렇게 되면 내가 무슨 말을 해도 들어 먹질 않아."

"…응, 어?"

로렌스가 놀라 돌아보자, 그곳에는 얌전하게 서 있는 호로가 있었다.

화가 나지도, 슬프지도, 하물며 괴롭거나 실망하지도 않은, 그저 어처구니가 없다는 표정으로 가냘픈 어깨를 으쓱하고 있는 호로였다.

"당신을, 콜이의 명성을 이용해서 몹쓸 방법으로 돈을 쓸어 모아 한껏 방탕한 삶을 즐기는 극악무도한 인간이라고 생각하는 모양이야."

"으흡."

주먹으로 입을 틀어막은 에이브가 결국 참지 못하고 웃음을 흘렸다.

이게 무슨 일이지? 하고 당황하는 로렌스를 향해 다가온 호로가 살짝 세게 허리를 때렸다.

"착각이야. 당신의 그런 점은, 올바른 목적을 향해 나아갈 때는 꽤 믿음직스럽긴 하지만."

그 한마디에 토네부르크의 숲에서 마티어스와 대화한 이후의 일이 급류처럼 로렌스의 머릿속을 콸콸 흘러갔다.

에이브가 콜 일행을 배반하는 방식으로 막대한 돈을 벌고, 호로는 그 사실에 상처를 입고 말수가 적어졌다. 적어도 로렌스의 눈에는 세계가 그렇게 비쳤다.

"물론, 저 녀석의 방탕함으로 말하자면…."

호로가 에이브를 대충 턱짓으로 가리켰다.

"나하고만의 비밀이었으니 말이지. 당신이 착각했다고 마구 책망할 수도 없어."

에이브는 어깨를 으쓱했다.

"목줄 좀 꽉 쥐어 주면 안 될까? 이 나이쯤 되니 주벅질은 그만 사양하고 싶어서."

둘이서만 이야기가 통하는 호로와 에이브를 보고서 로렌스는 떫은 얼굴로 말했다.

"저는 당신에게 일방적으로 얻어맞은 입장입니다만…."

심지어 그때는 호로에게까지 추가로 두들겨 맞았다.

로렌스로서는 도저히 당해 낼 수 없는 여성 둘… 아니, 늑대 두 마리가 나란히 발을 굴러 댄 셈이다.

"당신이 그렇게 화내는 모습을 보니 당신에게 일을 시킨 그 벽창호 영주는 나를 그리 좋게 말하지 않았다는 뜻인가…? 정말 최선을 다해 대접했는데."

그렇게 말한 에이브는 "극악무도?" 하고 중얼거리더니 또다시 웃었다.

"방금 그것도 당신의 일이겠지? 그렇게 맛있어 보이는 음식을 앞에 두고도 전혀 배고픈 표정이 아니었던 걸 보면."

호로는 술집 쪽으로 살짝 턱짓을 했다.

"그래, 맞아. 밤마다 어떻게 저런 식사를 할 수 있겠어? 남쪽에서 유행하는 요리를 배우고 싶다는 이 도시 녀석들의 요청을 받아 시식하고 있었을 뿐이야."

외투 속에서 파닥파닥 흔들리는 호로의 꼬리는 마치 남은 음식을 기대하는 개 같았다. 늑대의 긍지는 어디로 갔느냐고, 대화에 끼지 못하는 로렌스는 화풀이하듯 생각했다.

"춤과 무용 역시, 우리 무용수로부터 남쪽 유행을 배웠으면 한다고 주위 악사들을 전부 불러 모은 거야. 덕분에 매일 저 난리지."

로렌스 입장에서는 에이브가 술집의 향연을 주관하며 호화로운 요리를 인심 후하게 베푸는 모습으로밖에 보이지 않았다. 하지만 듣고 보니 에이브는 그냥 들고 있는 술잔을 홀짝거릴 뿐이었고, 요리사와 대화를 나누는 것도 다소 특이한 모습이기는 했다. 술집 한곳에 음유시인들이 대거 모이는 것도 그렇다. 다른 가게에서 당연히 불만이 나올 테니 동종업계 조합이 가만히 있지 않을 것이다.

마티어스와의 회합도, 마티어스는 부의 과시라고 했지만 에이브는 최선을 다한 대접이라고 했다. 그렇다면 취향이 전혀 다른 마티어스의 눈에 그 모습이 악랄한 상인으로 비쳤다 해도 놀라운 일은 아니다. 만일 에이브를 두고 단순한 악덕 졸부 상인이라며 비하한다면 그것은 로렌스도 마찬가지일 것이다.

하지만 그게 전부 착각이었다면, 로렌스에게는 의문이 하나 남는다.

"당신은 대체 이 도시에서 뭘 하고 있는 겁니까?"

로렌스의 물음에 "그건 내가 할 말인데."라고 에이브는 대꾸했다.

아무리 북적거리는 가게라 해도 웬만큼 지위가 있는 인물이 한마디 하면 자리 하나 정도는 마법처럼 생기기 마련이다. 이 도시에 있는 이유를 이야기하려면 길어질 테니 연회가 끝난 후에 대화하자고 에이브가 제안하자, 호로는 로렌스의 대답을 기다리지도 않고 찬성했다.

그런 연유로 조금 전까지와는 전혀 달리 완전히 들뜬 호로는 경쾌하게 의자에 걸터앉자마자 정중하게 주문을 받으러 온 가게 주인에게 "맛있는 고기랑 술!" 하고 기세 좋게 외쳤다.

돈은 에이브가 낼 테니, 로렌스의 얼굴이 개운치 못한 이유는 다른 곳에 있었다.

날라져 온 투명한 고급 포도주를 호로가 마시는 모습을 보면서 로렌스는 술잔 속 포도주에 비친 자신의 지친 얼굴을 들여다보았다.

"대체 뭐가 어떻게 되어 가는 거야?"

다소 원망스러운 말투가 튀어나올 수밖에 없었다. 착각하고 있다는 걸 진작 눈치챘다면 빨리 좀 말해 주지, 하는 의미가 담겨 있으니 말이다.

"꿀꺽… 꿀꺽… 푸핫! 달콤한 벌꿀주도 든든하고 향기로운 맥주도 좋지만, 역시 포도주가 최고야!"

주방에서는 항상 돼지 통구이가 빙글빙글 돌아가고 있는지,

방금 잘라 낸 듯 기름이 뚝뚝 떨어지며 김을 피워 올리는 돼지고기가 커다란 접시에 가득 담겨서 나왔다. 다소 특이한 것은 고기에 곁들인 고추씨며 각종 향신료를 마음껏 뿌려 먹을 수 있다는 점이었다.

로렌스는 요리를 뚫어져라 들여다보며 이 향신료를 갖고 돌아가 약종상(藥種商)에 팔면 제법 큰돈을 벌 수 있지 않을까, 하는 생각을 했다.

“마늘 범벅이 된 고기와 다르게 세련된 방식으로 먹는군. 게다가, 이것도… 흐음, 이럴 때 편리한데.”

호로가 들고 있는 것은 끄트머리가 세 갈래로 갈라진 쇠로 된 도구였다. 보통 조리장에서는 같은 모양의, 더욱 거대한 창 같은 도구를 가지고 돼지 통구이나 커다란 쇠고기 덩어리를 솥에 넣었다 뺐다 할 때 쓴다. 머리 좋은 누군가가 그것을 작게 줄여 테이블에 놓으면 편리하리라는 사실을 알아차린 모양이었다.

실제로 그것 덕분에 호로는 손을 더럽히지 않고 돼지고기를 한 조각 찍어서 향신료를 콕콕 묻혀 입에 넣을 수 있었다. 이런 방식을 떠올릴 수 있는 건 대부분 남쪽 미식가들이고, 아마도 에이브가 어디서 듣고 온 이야기인 듯했다.

로렌스는 온천장에도 도입해야겠다는 생각에 머릿속으로 큼직큼직하게 메모해 나갔다.

"그래서?"

로렌스가 다시 묻자 진수성찬 앞에서 눈이 반짝반짝 빛나던 호로가 움찔한 듯 어깨를 으쓱했다.

"이러쿵저러쿵 설명할 것까지도 없어. 나는 그 녀석이 그렇게 방탕하게 놀고 다닌다는 걸 전부터 알고 있었을 뿐이야. 내가 당신의 세 치 혀에 넘어갔을 때, 녀석들도 뇨히라로 불렀잖아? 그때 저 멍청이가 상의를 하더라고."

결혼식 이후로 이어진 기나긴 연회 도중 호로와 에이브가 무어라 친밀한 이야기를 나누던 모습을, 확실히 로렌스도 본 적이 있었다.

하지만 그 내용까지는 물론 몰랐고, 일부러 캐물을 것도 아니라는 생각에 굳이 확인하지 않았다.

로렌스가 다음 설명을 기다리고 있는데 호로는 포도주를 든 채 움직임을 멈추었다.

"왜 그래?"

그렇게 묻자 호로는 문득 정신을 차린 듯 등을 곧게 펴고, 후드 속 늑대 귀를 빳빳이 세웠다.

"…아무것도 아냐. 옛일을 떠올렸더니 그리워졌을 뿐."

그렇게 말하며 포도주를 마신 호로는 무언가 후련한 표정으로 이렇게 덧붙였다.

"그때, 약점을 만드는 건 어떤 기분이냐는 질문을 들었지."

이번에는 로렌스의 움직임이 멎었다.

"…약점?"

호로는 또다시 어깨를 으쓱하고서 포도주를 마시고, 돼지고기를 먹고, 추가로 시킨 소스 범벅의 무슨 흰살생선 덩어리를 입안 가득 베어 문 뒤 대답했다.

"저 멍청이는 나보다 더 겁이 많거든. 금화를 벌어서 계속 쌓아 놓기만 하는 것도, 혼자만의 여행길에도 이미 질려 버렸는데, 다음 한 걸음을 내딛지 못하고 있었어."

로렌스가 허를 찔려 멍하니 있자 호로는 반쯤 웃으며, 하지만 어딘가 모르게 자랑스러운 듯한 얼굴로 말했다.

"내게는 당신이 있었고, 저 녀석한테는 없었지. 그게 큰 차이야."

"……."

호로와 에이브는 성격이 완전히 다른 것 같지만, 어쩌면 닮은 부분도 있는 듯 보인다.

그것은 아마도, 마음속 어딘가에서 미래를 완전히 믿지 못하는 염세적인 무언가일 것이다.

"나는 멍청한 당신이 내놓은 멍청한 약속을 믿기로 했어. 재미있고 신기한 삶을 살게 해 줄 거라는, 잔이 비면 바로 새 술을 부어 줄 거라는, 그런 멍청한 약속을 믿은 거지."

그 말을 끝냄과 동시에 호로가 첫잔을 비웠기에 로렌스는 하인처럼 즉시 새 술을 주문했다.

"그래서?"

"그게 다야. 저 녀석은 우리와 그 온천장을 보고 이젠 상처 입은 늑대처럼 사는 게 바보같이 느껴졌던 거지. 그 상처는 나무 옹이구멍 속에 몸을 숨기고, 가만히 움츠린 채 적을 향해 으르렁거리기만 해서는 낫지 않아. 그런 상처가 아니니까. 뭐, 내내 동네 보리밭에나 틀어박혀 으르렁거리던 내가 할 말은 아니지만…."

에이브는 윈필 왕국의 옛 귀족 영애였지만 집안이 몰락하면서 흔해 빠진 운명에 처했다고 들었다. 집안의 이름을 탐낸 유복한 상인이 가문을 통째로 사들였고, 남편이 된 그 상인조차 파산하여 길거리에 나앉고 나서부터 상인으로서 에이브의 삶이 시작되었다고.

레노스에서 에이브의 계획을 파헤치고, 이익을 두고 칼까지 뽑아 싸움을 벌였을 때 로렌스는 에이브에게 이렇게 물었다. 왜 그렇게까지 해 가며 스스로를 위험에 노출시키느냐고. 그렇게까지 해서 금화를 벌어, 대체 무엇을 할 생각이냐고.

에이브는 로렌스에게 나이프를 꽂으려 온몸에 힘을 기울인 상황에서도 어딘가 모르게 쑥스러운 듯 대답했다.

"기대가 되니까, 라고 했지."

무의미할 정도로 산더미 같은 금화를 쌓아 올리고 나면, 그 후에는 부조리한 이 세상에 나타났다 사라져 간 모든 자들을 돌아보며 꼴좋다고 비웃어 줄 수 있지 않을까 하는.

로렌스는 호로가 미소를 짓고 있다는 사실을 깨달았다.

"저 녀석은 선언했던 대로 그럭저럭 이 세상을 즐기고, 또 신뢰할 수 있는 동료 패거리도 찾아낸 거야."

시선이 에이브 일행이 앉은 테이블 쪽으로 향했다. 호위를 서는 사람은 에이브가 입은 옷과 비슷한 사막 지방 느낌의 의상을 걸친 자들이었다. 그리고 술집 중심에서 여전히 즐겁게 춤추는, 우산을 든 무용수 아가씨 역시 비슷한 인상의 차림새를 하고 있었다.

"흐흥. 한 걸음 내딛고 싶은데 선배가 등을 떠밀어 줬으면 좋겠다니, 저 녀석도 귀여운 데가 있단 말이야."

몇백 년을 살았고, 신이라 불리던 시기도 있었지만 호로에게는 어린애 같은 부분이 잔뜩 있다. 아니, 나이를 먹으면 어린애가 된다고들 하니 오히려 앞뒤가 맞는 이야기인지도 모르지만 이 현랑 님은 에이브가 자신을 의지해 준 게 어지간히도 기뻤던가 보다.

그런 호로를 보니 과연, 마티어스로부터 같은 정보를 들었을 때 자신과 호로가 전혀 반응이 달랐던 이유를 로렌스는 그제야 알 수 있었다.

"하지만 그렇다면, 그렇다고 말을 해 줬으면…."

로렌스가 또다시 비난 섞인 목소리로 말하자 호로의 눈이 멍청한 양을 쳐다보는 눈빛으로 바뀌었다.

"멍청이. 비밀을 나불나불 떠들어 대서야 쓰겠어? 게다가 뭘 어떻게 말해 봤자 당신이 실제로 저 녀석을 보지 않으면 내 말을 믿을 수도 없었을 테고."

"그렇지는…."

않다고 말하려다 그럴 수도 있겠다는 생각이 들었다. 너는 사람이 좋아서 결혼식에 와 준 에이브를 도무지 나쁘게 생각할 수 없는 거라는 둥, 자신이 분명 호로에게 그런 식으로 말하리라는 자각이 로렌스에게도 있었기 때문이다.

"그렇다고 저 녀석이 악질적인 짓을 안 하고 다닐 거라고는 나도 단언할 수 없지. 하지만, 안 했다는 건 이제 확실해."

호로는 그렇게 말하더니 멋쩍은 듯 웃었다.

"어떻게 알아?"

로렌스가 묻자 호로는 가냘픈 어깨를 으쓱했다.

"나를 발견했을 때의 얼굴 말이야. 그렇게 반갑고 기쁜 표정일 수가 없더라고."

로렌스의 눈에는 그저 놀란 얼굴로밖에 보이지 않았고, 밤 시간대의 술집은 그렇게 환하지 않다. 눈이 별로 좋지 않은 호로가 로렌스보다 먼저 에이브의 표정을 기민하게 알아봤다고는 생각할 수 없다.

아마 그런 냄새가 난 모양이다. 콜과 뮤리가 뇨히라의 온천장에 보낸 편지에서 항상 즐거운 냄새가 난다는 사실을 알아차릴 정도니까.

하지만 로렌스도 그 이야기를 듣고, 갑자기 꽃이 피어나는 듯 환해진 에이브에게서 기쁜 기색이 풍기는 모습을 상상하니 웃음이 나기는 했다.

"나 참…. 그래서, 그 얘기는 알겠는데 그렇다면 이 일련의 소동은 대체 뭔데?"

토네부르크의 숲은 실제로 위기에 처한 상태다.

심지어 그 귀중한 숲은 교회를 둘러싼 혼란 속에서 이단 의혹을 뒤집어쓴 토네부르크가 어떻게든 스스로를 지키기 위해 콜 일행에게 도움을 요청할 때 내놓을 대가이기도 했다. 항구 도시 칼란은 그 기회를 틈타 토네부르크의 나무를 베어 들고 나갈 길을 만들기 위해 호시탐탐 기회를 노리고 있다.

그리고 그 목재는 아무래도 에이브에게 흘러 들어갈 모양이니, 이 술집의 야단법석과 합쳐서 생각해 보면 에이브가 큰 그림을 그리고 많은 돈을 빨아먹고 있다고 상상하는 건 그리 엉뚱하고 황당한 일도 아니다.

성실하고 고지식하며 요란한 일에는 관심이 없어 보이는 마티어스가 에이브를 보고 기막혀한 것도 이해가 되고, 이 소동을 보면 칼란의 상인들이 에이브에게 매수당한 게 아닐까 의심하는 것도 충분히 납득이 된다.

"마티어스의 목적도, 칼란 측의 계획도 전부 에이브에게로 집약되잖아. 심지어 아까 얘기로는 그리 크지도 않은 이 도시에 꽤 긴 일정으로 체재하고 있다는 말이 돼. 에이브쯤 되는, 거대한 장사를 하는 사람이라면 이것저것 할 일이 굉장히 많을 텐데. 그에 걸맞은 막대한 금액을 벌 기회가 이곳에 있지 않고서야…."

아무리 생각해 봐도 또 거대한 음모를 꾸미고 있는 것으로밖에 여겨지지 않았지만, 당초 상상했던 내용은 호로가 혀로 한 번 핥기만 했는데 사상누각처럼 무너지고 말았다.

이제 알고 있는 것이라고는 이곳에 악당은 없어 보인다는 점뿐이지만, 그렇다고 비참한 일이 일어나지 않으리라는 보장도 없는 게 세상의 이치다.

실제로 토네부르크의 숲은 위기에 처해 있으므로.

"적어도 마지막 질문은 본인이 답해 줄 수 있겠지."

유달리 커다란 박수 소리가 들리나 했더니 춤추던 아가씨가 에이브 곁으로 돌아와 노고를 치하받고, 주위에서 칭찬을 듣고 있었다. 술자리 손님들은 아직 더 즐기고 싶은 눈치였지만 에이브와 그 주위 귀빈들이 서로 악수를 나누는 모습을 보니 자리를 파할 모양이다.

호로는 그 모습을 보고 괜히 말을 많이 했다는 표정으로 열심히 고기만 입에 욱여넣었다.

"포장해 달라고 하면 되잖아."

로렌스가 어이없는 얼굴로 말하자 다람쥐처럼 빰이 불룩해진 호로는 다급히 입안의 음식을 꿀꺽 삼킨 후 말했다.

"그건 별도로 부탁해야지."

입꼬리로 고기 국물을 흘리며 천진난만한 소녀처럼 웃는 호로를 보고 로렌스는 오늘 내쉰 것 중 가장 깊은 한숨을 내쉬었다.

에이브가 준비해 준 마차를 타고 덜컹덜컹 흔들리며 한밤의 칼란 항구를 달려간다.

그리 큰 도시도 아닌데 굳이 마차를 타고 갈 필요가 있나 싶었는데, 에이브의 거점은 도시 중심부에서 다소 떨어진 바다 항구 쪽이었다.

"왜 이런 곳에 계시죠?"

불편하기도 하고, 낮에는 배에 짐을 싣고 내리느라 시끄럽고, 날씨가 나쁘면 바닷바람을 정면으로 맞는 위치다. 게다가 항구 주위에는 상회가 소유한 창고들이 줄줄이 늘어서 있어 돈 많은 여행자가 우아하게 시간을 보내는 별장이라고 하기는 어려웠다.

에이브의 귀가를 기다리던 부하들이 문을 열고 기다리는 그곳 역시 1층 부분은 거대한 한 짝짜리 문인 것을 보니 하역장임이 명백했고 2층, 3층의 창은 폭풍우에 견딜 수 있는 철창살이 끼워진 나무창이었다.

벽에는 몹쓸 도둑을 퇴치하기 위한, 장식인 척하는 금속제 침입 방지판까지 끼워져 있다. 건물 안도 그리 쾌적하지 않으리라는 사실을 금세 알 수 있었다.

"이건 습관이라 어쩔 수 없어. 모르는 도시에서 숙식할 때는 항상 옛 전쟁의 시대에 세워진 건물을 선택하곤 해서."

에이브의 말에 지금도 위험한 다리를 건너고 있나 싶어, 로렌스의 웃음이 굳어 버렸다.

바닷가 근처인 것도 여러 사정이 있어 여차할 때 바다로 도망치기 위해서인 모양이었다.

"그보다 그 상태를 보니 술이 더 필요한 모양이군?"

에이브는 로렌스의 뒤에 있는 호로를 보고 쓴웃음을 지었다. 양손 가득 음식이 꽉 찬 자루를 들고, 머리에 인 자루에는 갓 구운 빵이 가득한 상태다.

"연회에는 술과 진수성찬이 늘 따라오는 법이니까."

혼자 다 먹을 건 아니라고 변명하고 싶은 모양이었으나, 아까 술집에서는 로렌스도 이야기를 하느라 제대로 먹지 못했으니 로렌스 몫까지 챙겨 온 듯했다.

"달은 없지만 구름도 없으니 중정에서 먹을까."

에이브는 부하들에게 지시를 내리고 로렌스와 호로를 안으로 안내했다.

지금도 사용 중인 창고인지 짐들이 비좁게 꽉꽉 들어차 있었다.

에이브 스스로가 겸사겸사 교역을 하고 있을 수도 있고, 통로가 좁은 것은 적군이 한꺼번에 쳐들어오지 못하게끔 하려는 지혜라는 이야기를 친한 용병에게서 들었던 일도 생각났다.

오래된 건물에는 농성할 수 있도록 중정이 있다. 땅속에 보존 식량을 파묻거나 밭으로 쓰는 용도다.

하지만 그런 시대도 이미 옛날이야기.

지금은 유실수가 여러 그루 있는, 깔끔하게 관리된 정원일 뿐이다.

그곳에 열심히 테이블을 날라다 놓고 이곳저곳에 촛불을 피웠다.

"호오, 온천장에서도 이런 행사를 열어야겠어."

호로는 그렇게 말했지만 밤의 온천장은 온통 취객들뿐이라 이렇게 고상한 상태를 유지할 수 있을 리가 없다.

"재회를 축하하며."

에이브의 선창에 건배가 이어졌다.

"그나저나 참 어처구니가 없어."

그것은 고기부터 냅다 물어뜯는 호로를 가리키는 말인 줄 알았는데, 에이브는 로렌스 쪽을 쳐다보고 있었다.

"뇨히라라는 비경(祕境)의 땅에서 온천장을 연다는 꿈같은 이야기를 실현시켜 놓고서는, 그걸로도 모자라 아래 세계로 다시 내려와 여기저기서 돈벌이를 하고 다니는 건가?"

"온천장에서 나온 건, 저어… 여러 가지 이유가…."

에이브를 사납게 추궁하고 야단치겠다고 잔뜩 벌렀던 마음이 거짓말처럼 짜부라든 로렌스는 우물쭈물 대답했다. 술로 도망치니 포도주는 살짝 기침이 날 정도로 질이 좋았다.

"이 멍청이가, 딸이 걱정돼서 못 견디겠다잖아."

그때 호로가 끼어들자 에이브는 납득했다는 표정으로 턱을 들었다.

"콜도 남자니까 말이지."

금방 눈치를 챘는지 슬쩍 웃는다.

"집에 영감이 있었을 때 생각이 나는군."

그러고 보니 에이브는 귀족 영애였다.

"최근 들어서는 편지도 자꾸 늦어집니다. 게다가…."

로렌스는 호로를 쳐다보았다.

"시끌벅적한 딸아이와 귀여워하던 콜이 나가니, 조용해진 온천장 안에서 이 녀석도 쓸쓸해 보여서요."

행복한 나날이지만, 그것이 손가락 사이로 흘러 내려가듯 잊히는 게 무섭다고 한 적 있었다.

요즘은 여행이 즐거운지 일기를 껴안는 빈도가 다소 줄어들기는 했지만, 호로는 그 지적에 토라졌는지 송곳니를 드러냈다.

"금실이 참 좋아."

에이브는 즐겁게 웃고는 문득 시선을 건물 입구로 향했다.

목욕을 마치고 왔는지 개운한 표정에 옷도 갈아입은 아까의 그 무용수가 들어왔다. 무용수는 우선 에이브에게, 그리고 로렌스에게도 우아한 미소를 지었다.

에이브는 이국의 언어로 아가씨에게 말을 걸며 마실 것을 따라 주었다.

"그 어떤 거래도, 이 아이를 술자리에 데려가면 문제없이 성사돼."

어딘가 모르게 변명 어린 투로 에이브가 말했기에 로렌스는 그렇겠죠, 하고 고개를 끄덕였다.

"자, 그럼 내가 악랄한 방식으로 돈을 긁어모으고 있었던 게 아니라는 설명은 부인에게 들었을 거라 생각하는데."

로렌스는 포도주를 한 모금 마시고 다른 생각을 떠올렸다.

"저는 토네부르크의 영주님에게서도 사정을 들었습니다. 여명의 추기경에게서 비호를 받기 위해 그 대가로 목재를 제공해야 한다고 말이죠."

무슨 일이든 대가가 필요한 것은 사실이지만, 콜은 교회의 지독한 욕심을 보다 못해 온천장을 뛰쳐나간 아이다.

이 일련의 이야기가 그것을 짓밟는 행위라는 구도는 아직 바뀌지 않았다.

"문제를 나누어서 생각해 보자고."

에이브는 술잔을 내려놓았다.

"칼란과 토네부르크가 여명의 추기경 측에 가담하고 싶다고 요청했고, 그것을 우리가 받아들였다. 여기까지는 사실이지만 목재 건은 그 대가가 아니야."

"그럼 무슨 대가죠?"

"양모."

의표를 찔린 로렌스는 저도 모르게 호로를 쳐다보았다. 그러자 푹 삶은 소 정강이 고기인지 뭔지를 입안 가득 우물거리던 호로가 고개를 갸우뚱했기에, 에이브가 거짓말을 하는 것은 아닌 듯했다.

"나도 말이야, 악랄한 장사를 하려고 마음만 먹으면 얼마든지 할 수 있는 입장이지만 당연히 콜이의 말에는 거역할 수가 없어."

로렌스가 의아한 기분에 눈을 가늘게 뜨자 에이브는 어깨를 으쓱했다.

"윈필 왕국 측의 항구도시에서 나도 그 녀석들한테 한 방 먹었거든. 예전의 너처럼 집요하게, 내가 꾸미던 음모를 완벽하게 캐냈지 뭐야. 내가 깽깽 울면서 꼬리를 말 정도로, 아주 지독하게 말이지.”

호로는 웃었지만 로렌스는 편지에 그런 이야기가 쓰여 있었던가, 하고 생각했다.

콜이라면 이쪽에서 걱정하지 않도록 여행의 이런저런 이야기를 '잘 뭉뚱그려서' 기술했을 것이다.

“심지어 그 녀석의 무릎이 꺾일 만하면 바로 옆에는 항상 은빛 늑대가 있어 주잖아. 넘치는 기운으로 말하면 그쪽에 있는 늑대와는 비교도 안 되는 녀석이지. 그러니 어지간한 바보가 아니고서야 그 이인조를 적으로 돌리지 않겠지. 그리고 나는 바보가 아니야.”

단순히 취향만으로 콜 일행의 편을 들어줄 만큼 에이브도 얼빠진 사람은 아니다.

어떤 음모인지 몰라도 분명 교회를 둘러싸고 세상이 뒤흔들리는 틈을 노려, 커다란 돈벌이의 씨앗을 심어 놓았으리라.

“손익계산을 확실하게 하고 있는 것 같아 조금 안심했습니다.”

에이브는 쌀쌀맞게 턱을 치켜들 뿐이었다.

“게다가 뭐, 그 두 녀석도 사이 좋기로 따지면 너희랑 견줘도 지지 않으니까. 나는 특등석에서 구경하기로 마음먹었을 뿐이지.”

에이브의 심술궂은 한마디에 로렌스는 기침을 해대고, 호로는 겸연쩍은 듯 웃었다.

"아무튼 그래서, 지금은 어디서든 목재를 필요로 한다. 많은 양을 한꺼번에 손에 넣기란 그리 쉽지 않아. 특히 윈필 왕국은 양의 나라니까 숲 같은 건 이미 오랜 옛날 다 베어 버린 탓에 아무래도 대륙에 의존할 수밖에 없어."

왕국에는 옛날 호로와 함께 간 적이 있다. 양의 화신이 아무도 모르게 친구들과 함께 살고 있던 수도원에서는, 확실히 시야 가득 들어오는 것이라고는 들판밖에 없었다.

"그래서 확실하게 확보할 수 있게끔 내가 여기에 찾아온 거다. 물론 아무리 필요하다고는 해도 여명의 추기경의 은혜로운 권위와 맞바꾸는 짓거리는 안 해. 그런 짓을 했다가는 아무리 귀여운 콜이라 해도 이단심문관처럼 화를 낼 테니 말이지."

"……."

그건 좀 과장된 것 같은데, 하고 로렌스가 애매하게 웃었지만 에이브는 희미한 미소조차 짓지 않았다.

"심지어 그 녀석을 조금 슬프게 만들기만 해도 말이 안 통하는 늑대가 순식간에 송곳니를 드러내고 뛰쳐나올 거야. 덕분에 나도 선량한 상인이 될 것 같다고."

뮤리가 콜의 여행에 동행하는 것을 허락한 것은 순전히 호로의 독단이었지만 그 판단은 역시나 현랑다웠다고 할 수밖에 없겠다.

보는 사람이 조마조마해질 정도로 정의감에 넘치는 콜 곁에,

이치를 따지지 않고 무조건 편을 들어주며 송곳니와 발톱이라는 순수한 힘을 행사하는 뮤리를 두는 것은 꼭 필요한 조치였던 셈이다.

설령 그 '이치를 따지지 않는' 이유가 아버지 로렌스를 자꾸만 심란하게 만드는 일이라 할지라도.

"목재와 양모는 정규 시장가로 교환할 예정이야. 하지만 내 입장에서는 손에 넣을 수만 있다면 얼마라도 상관없다는 느낌으로 주문했어. 그러니까 토네부르크의 영주가 숲을 잃을지 모른다는 위기감을 느꼈다면… 그건 칼란 놈들 탓이다."

에이브가 책임전가를 한다고 판단하기는 아직 이르다. 마티어스 스스로가 칼란의 상인들을 아직 신용하지 못하고 있으니 말이다.

"당신의 주문에 응하지 못하면 여명의 추기경에게서 비호를 받지 못할 거라고 생각하는 것 같던데요?"

속에 가시를 숨긴 말을 던져도 에이브는 가볍게 고개만 갸웃할 뿐.

"그놈들이 그렇게 생각하는 건 자유지만 나는 그럴 생각이 전혀 없어. 애당초 나는, 이곳과는 필요에 의해 거래하고 있을 뿐이야."

그 주장이 어디까지 진실인지는 이제부터 조사하기로 하고, 로렌스는 일단 고개를 끄덕였다.

"그럼 칼란의 상인들이 눈에 불을 켜고 목재를 확보하려 드는 건 가능한 한 거래 규모를 키워서 중재할 때 떨어지는 수수료로 한몫 잡기 위해서라는 뜻입니까?"

"그것도 있겠지만…."

에이브는 잠시 생각하다 대답했다.

"이 도시의 관세 소문, 못 들었나?"

생각지 못한 곳에서, 가장 기묘하다고 생각했던 이야기가 튀어나왔다.

"듣기는 했습니다. 대체 무슨 생각인지 아리송했습니다만."

로렌스는 그렇게 대답했으나 목재를 가능한 한 싸게 모조리 사들이려는 에이브의 계략이 아닐까, 하고 지금은 생각하고 있다.

"이곳은 후발 항구도시이기 때문에 고생이 끊이질 않고, 도시 발전을 위해 할 수 있는 일은 다 하겠다는 기개가 넘치는 곳이야. 내가 좋아하는 분위기인데 이것도 그런 의도의 일환이거든."

토네부르크에서, 지도를 펼쳐 놓고 이것저것 추측해 보았다. 칼란은 주위가 온통 적들에게 둘러싸여 있으며 유일한 장사의 돌파구는 토네부르크에 내기로 한 길뿐이었다.

"칼란은 관세를 내림으로써 이 도시를 키우려 하는 거야."

하지만 에이브의 그 한마디는 너무나 뜻밖이었기에, 로렌스의 귀에 바로 들어오지 않고 스쳐 지나가고 말았다.

"…네?"

"네? 라니, 뭐야? 당신도 전직 행상인이잖아? 여행지 곳곳에서 들르는 도시들의 관세 일람표를 보고 도시의 의도를 추측하지 않아?"

로렌스는 눈을 깜박이며 머릿속을 열심히 뒤졌다.

세금이란 권력자들이 사리사욕을 채우기 위해 거두는 것이라고들 생각하기 쉽고 꼭 그렇지 않다고도 할 수는 없지만, 사람들을 위해 사용되는 부분도 많다.

그중에서도 관세는 다소 부류가 다른, 독특한 세금이다. 그것은 어떤 의미에서는 시벽을 대신하여 기능할 때도 있다.

관세는 상품이 들어오고 나가는 흐름의 매끄러움을 관장한다. 예컨대 그 도시에 모피 가공 기술자가 많이 있다면 다른 도시의 모피 제품에는 높은 수입세를 매겨 직인을 지킬 테고, 식량을 자급자족하지 못하는 도시에서는 도시로 들어오는 식량을 거의 무관세로 하는 한편 도시에서 가지고 나갈 때는 어마어마한 관세를 매김으로써 효과적으로 도시 안에 식량을 모을 수 있다.

그럼 도시로 들어오는 상품 전반의 관세가 사라진다는 소문이 떠도는 것은 무엇을 의미할까. 심지어 그 도시가, 도시의 규모를 키우고 싶어 하는 모양이라면.

"자재를 도시 안으로 모아들이려는 겁니까?"

에이브가 고개를 끄덕였다.

"토네부르크의 숲을 개간해서 길을 내는 것은 이곳 녀석들의 간절한 소원이지만, 그러는 한편 이 규모의 도시에 사는 인구만으로는 아무래도 작업 일손이 부족하지. 심지어 토네부르크의 영주는 얼간이는 아니지만 사람이 너무 좋아. 길을 개간하는 계획에 동의하는 건 영민들의 등을 채찍으로 때리지 않아도 되는 경우에 한한다고 말했다는군."

대규모 공사에서는 노예처럼 취급당하는 영민들의 존재를 자주 볼 수 있다.

마티어스가 그런 영주가 아니라는 사실에 안도도 되고 납득도 했지만 숲을 개간하려면 일손이 상당히 많이 필요하다. 심지어 일손은 불러 모으기만 한다고 끝나는 것이 아니다. 그들이 숙식할 장소가 있어야 하며 먹고 마실 식량도 확보해야만 한다. 로렌스 일행도 옛날 여행에서 물레방아를 짓느라 난리가 난 곳을 우연히 마주쳐, 일꾼들 식사도 제대로 준비하지 못한 혼란 속에서 빵과 구운 고기를 운반하고 큰돈을 번 적이 있다.

길을 내는 데 필요한 일손들을 불러 모으고 그들이 지낼 수 있게끔 해 주려면, 도시 관세를 철폐해서라도 대량의 자원을 한곳에 모을 필요가 분명 있을 것이다.

"이 도시는 세상의 흐름과 자기들을 둘러싼 상황을 보고 계획을 짰다. 그것은 완벽하게 아름답다고 할 수는 없었고, 살로니아에서는 알지도 못하던 상인이 훼방을 놓기까지 했지. 그렇게 어설프고 불안정하니 토네부르크의 영주 같은 녀석들이 정말 괜찮은 것 맞느냐고 의심하는 것도 이상하지 않아. 나 같은 경박한 자산가까지 끼어 있으니. 하지만…."

에이브는 희미한 미소를 띤 채 들고 있던 술을 바라보다 눈을 감았다.

"그 희망찬 탐욕이, 나는 참 좋단 말이지."

감은 눈꺼풀 너머로 어떤 장사의 기억이 흘러가고 있는지는 로렌스도 상상할 수밖에 없었다.

에이브 입장에서는 레노스에서 로렌스와 싸우고, 케르베에서 하마터면 죽을 뻔했던 일조차 즐거운 기억일지도 모른다.

하지만 로렌스는 에이브의 그 평온한 웃음을 보며 생각했다.

지금의 에이브는 그 무엇도 원망하지 않는다.

그저 좋아해 마지않는 장사를, 하고 싶은 만큼 하고 있을 뿐이라고.

"아까 술집도 그래. 남쪽 지방의 요리와 춤을 열심히 배우는 것도 녀석들의 거대한 계획의 일부지. 글쎄 남쪽에서 올라오는 교역선까지 받겠다는 거다."

호로가 술집에서 얻어 온 음식들에서는 하나같이 독한 향신료 냄새가 물씬 풍겼다.

다소 투박하긴 해도, 이국적인 느낌은 분명 강하다.

"그런 배는 전부 케르베로 가는 것 아니었습니까?"

"먼 길을 열심히 달려왔는데 먹을 거라고는 처음 보는 그 동네 음식밖에 없다고 쳐. 그때 고향의 맛을 재현하는 도시가 달리 있다면 어떻게 하겠어? 다소 불편해도 그쪽으로 우르르 몰려가겠지."

식사가 어떤 의미를 갖는지, 뿌리 없는 풀처럼 돌아다닌 기간이 길었던 로렌스는 사실 잘 모른다.

하지만 로렌스가 호로와 여행을 처음 시작했을 때, 방문하는 도시마다 죄다 낯선 장소들뿐이어서 불안해 보이던 호로의 앞에 옛날에 먹어 본 적 있다는 음식이 나오자, 호로가 안도감에 눈물을 글썽거린 적이 있었다.

"심지어 지금은 콜 일행 때문에 사치품을 취급하는 남쪽 지방의 커다란 상회가 난리법석이지. 최대 고객이었던 교회가 상품을 구입하지 못하게 되는 바람에 사막 지방에서 고급품을 수입해 오던 남쪽 대상회는 엉엉 울면서 배를 이 부근까지 북상시켰어. 지금까지는 아무리 애원해도 늘 고자세를 취하며 절대 상품을 보내 주지 않던 녀석들이 말이야."

그렇게 말할 때만은 에이브도 악랄한 웃음을 지었다.

아마 에이브조차도 거래할 때 꽤 애를 먹은 상대였던 모양이다.

늘 문제없이 온천장에 그런 물품들을 조달해 주는 데바우 상회의 수고를 언뜻 엿본 느낌이 들어, 칼란을 경유하여 조금 더 싸게 상품을 매입할 수 있지 않을까 하는 간사한 생각을 했던 자신의 얄팍함을 로렌스는 약간 반성했다.

"주요 대규모 항구도시들은 남쪽 녀석들의 거만함에 속을 부글부글 끓이던 입장이었으니 마치 앙갚음이라도 하듯 상품 가격을 후려치려 하지. 그런데 여기서 칼란이 그들에게 은혜를 베풀어 거래를 성사시켜 주면, 미래를 위한 큰 투자가 되는 거야."

로렌스도 뇨히라 온천장 경영이 편하고 재미없다고 말할 생각은 없다.

하지만 온천장을 가늘게 유지하는 똑같은 하루하루와 달리, 거대하고 웅장한 장사의 냄새가 에이브의 이야기에서 짙게 풍겼다.

자기 발로 굳건히 서서 이익을 얻기 위해 묵묵히 걷다가 언덕 꼭대기에 서 본 적 있는 자라면 누구나가 그 너머에서 보았을 빛나는 미래의 이야기였다.

로렌스가 콧속 깊은 곳에서 그때의 흙먼지 풍기는 대지의 냄새를 떠올리고 있는데 테이블 밑에서 누군가가 다리를 걷어찼다. 놀라서 돌아보니 호로가 이쪽을 쳐다보지도 않고 불쾌한 얼굴로 고기를 물어뜯고 있었다.

토네부르크의 대장간 옆에서 깊은 숲을 바라보던 호로에게서 로렌스가 느꼈던 감정을, 아마 호로도 지금 느낀 모양이었다. 로렌스가 이제 와서 어디 갈 생각도 없다는 뜻으로 호로의 머리를 쓰다듬으려 하자 상대는 짜증스럽다는 듯 손을 뿌리쳤다.

쌀쌀맞은 소녀 앞에서 자조적인 웃음을 띤 로렌스는 에이브를 돌아보았다.

"당신이 유흥을 즐기던 이유와 화려한 술자리 상태, 토네부르크 영주님을 불안하게 만들었던 칼란 사람들의 지나치게 적극적인 태도까지 모든 것의 이유를 알았습니다. 그리고 당신이 콜 일행의 마음을 짓밟고 있는 게 아니라는 사실도."

에이브는 눈을 감고 어이가 없다는 듯 어깨만 으쓱할 뿐이었다.

"마지막으로 묻고 싶은 것은, 당신들이 정말 숲을 말려 버릴 정도로 많은 양의 목재를 원하느냐는 점입니다."

아직 눈을 감고 있는 에이브를, 호로가 새빨간 눈동자로 응시했다.

"그리고, 대체 그렇게 많은 목재를 어디다 쓰려 하는 겁니까?"

어디서든 목재를 원한다는 사실은 알고 있다.

에이브도 부조리한 요구를 강제로 들이미는 것이 아니라, 양모와의 물물교환으로 목재를 얻으려 한다는 사실을 알았다. 콜의 비호 역시, 목재의 공급자인 토네부르크의 영주 마티어스를 끌어들이기 위한 수단으로 칼란 측에서 활용하고 있다는 것도 알았다.

하지만 전원이 이득을 얻는 계획 속에서 토네부르크만이 너무 불리하다는 느낌이 들었다.

살로니아에서 있었던 일이 로렌스의 가슴을 따끔따끔 찌르기는 하지만, 솔직히 여기서 두 팔 걷어붙이고 나서서 토네부르크를 지키는 것 역시, 어차피 똑같은 일이 아닌가.

에이브 측에 넘어갈 예정이었던 목재의 양을 줄이면 그만큼 토네부르크의 숲이 줄어드는 일을 막을 수 있다. 그리고 그 사실은 광대한 범위로 퍼져 나갈, 보리밭에 끼칠 영향을 억제할 수 있을지도 모른다.

다소 지나치게 희망적인 생각이라는 사실은 알고 있었지만 로렌스 입장에서는 그 가능성을 확인하고 싶었다.

하지만 에이브의 얼굴은 로렌스의 희망을 싸늘하게 응시하고 있었다.

"들어서 별로 즐거울 이야기는 아니지만…."

에이브는 그렇게 말한 뒤, 왕년의 날카로움을 약간 떠오르게 하는 눈빛으로 로렌스를 바라보았다.

"상인이라면 오히려 나쁜 이야기를 더 듣고 싶어 하죠."

늑대 같은 상인은 히죽 웃더니 턱을 치켜들었다.

"콜 일행이 요즘 세상을 휘젓고 다니잖아?"

"예."

"심지어 세상을 양분할 정도로 대규모 활약 중이지. 여기저기서 폭풍우가 몰아치고 있어."

에이브는 들고 있던 잔을 휘휘 돌려, 술잔 속에서 소용돌이를 만들었다.

그리고 그 손을 멈추지 않는 바람에 술 방울이 약간 튀었다.

"그러다 보니 이런 식으로 튕겨져 나가는 녀석들이 속출하지."

얌전히 옆에 있던 아가씨가 젖은 손을 닦아 주려 하였으나 에이브는 날름 핥아 버렸다.

"상인이라면 취향도 성격도, 사고방식조차 다르다 해도 이해가 일치할 경우 악수할 수 있지. 하지만 그게 불가능한 경우도 있는데, 그중 하나가 바로 신앙이야."

그 순간 마티어스가 교회의 어느 편에 붙었는지 고백할 때 보였던, 긴장한 표정이 떠올랐다.

"해당 지역의 권력자와 다른 신앙을 갖고 있다는 사실이 들통나서 옛날 이교도들처럼 박해받는 녀석들이 생기기 시작한 거다. 하지만 이제 콜네 무리를 단순한 이단으로 취급하기에는 세력이 너무 커졌다고, 교회 수구파들도 보고 있어. 그래서 파문을 당하거나 화형대로 끌려갈 정도는 아니지만, 보릿자루 속에 조약돌이 섞여 있는 꼴쯤 되는 거지. 언젠가는 솎아 내야만 하는 존재 말이야."

로렌스는 천천히 고개를 끄덕였다.

"당신은 피난민을 돕기 위해 일하고 있는 겁니까?"

에이브가 그 말에 싫은 표정을 짓는 이유는 아마도 악덕상인처럼 보이고 싶은, 어린애 같은 마음 때문이리라. 에이브가 변명이라도 하듯 다소 빠른 말투로 대꾸했다.

"나는 콜한테 많은 것을 걸었어. 그 녀석의 활동이 정체되면 내 장사도 기울고 말 거야. 그러니 방해가 될 만한 잔돌은 빨리 치워야지."

콜이 자신의 활동 때문에 고향에서 쫓겨나는 꼴이 된 사람들의 이야기를 듣고 마음 아파할 모습은 쉽게 상상할 수 있었다. 그 모습을 본 에이브가 어떻게 생각했는지도, 또한.

호로가 신뢰할 정도이니 에이브 역시 근본은 상당한 호인일 것이다.

"그럼 겨울이 오기 전에 이야기를 마무리 짓고 싶다는 것도?"

에이브는 토라진 듯한 얼굴로 고개를 홱 돌린 채 대꾸했다.

"왕국은 여기보다 추워. 애당초 피난민들을 받아들인다 해도 거지처럼 취급하면 콜네 무리의 평판이 또 떨어질 거야."

그들을 위한 집을 지어 보호해 준다. 사람이 늘어나면 난방에 쓸 장작도 필요하니 목재는 아무리 많아도 지나칠 일이 없다.

"피난 오는 사람들을 실어 나를 배도 필요하고… 아, 배 하니 그 녀석들 정말…."

"?"

말꼬리를 흐리는 에이브를 로렌스가 의아한 표정으로 쳐다보자, 에이브는 한숨과 함께 어깨를 으쓱했다.

"아니, 아무것도 아니야. 자세한 이야기는 본인들한테 들어 보라고. 그것 때문에 일부러 온천장에서 나온 거잖아?"

배가 대체 어쨌다는 걸까, 하는 생각에 로렌스는 무심코 호로와 얼굴을 마주 보았다.

"콜도 그 조그마한 견습기사 늑대도, 나나 당신들 세대보다 더 겁이 없어. 이 언니는 정말 걱정된다니까."

그것은 연기가 아닌지, 에이브는 심란한 표정이었다.

하지만 그것은 진짜 위험을 우려한다기보다는 조마조마한 심정이라는 것에 가까웠다.

딱히 절박한 상황은 아닌 듯했으나, 아무래도 콜 곁에 붙어 있는 게 그 천방지축 소녀 뮤리다 보니 또 말도 안 되는 무슨 일을 획책하고 있는지도 모른다.

이 일이 정리되면 꼭 에이브에게 두 사람의 현 위치를 물어보고 근황을 확인하러 가야겠다고 결심했다.

"본론으로 돌아가서, 아무튼 모든 것이 다 부족하다는 얘기야."

로렌스는 고개를 끄덕이려다 문득 생각했다.

"혹시 칼란도 그 피난민들을 염두에 두고 토네부르크의 숲을 개간하려는 겁니까?"

마이어는 칼란이 지도를 고쳐 쓸 생각이라고 했고, 에이브는 칼란이 도시 규모를 키울 생각이라고 했다. 하지만 껍데기만 키운다면 그 속에서는 텅 빈 소리만이 울려 퍼질 것이다.

도시로 기능하기 위해서는 인구를 늘려야 하지만, 사람은 밭에서 자라는 채소가 아니니 쉽게 늘릴 수가 없다.

"맞아. 고향을 떠난다 해도 바다를 건너가야 하는 왕국보다는 그래도 고향과 육로로 이어져 있는 곳으로 가고 싶다는 녀석들도 있으니까. 하지만 내 입장에서 볼 때, 이 도시에서 받아들일 수 있는 인원에는 한계가 있어."

"확장의 여지는 충분합니다만."

로렌스는 그렇게 말하고 나서, 자신의 생각이 얼마나 얕았는지 퍼뜩 깨달았다.

"아… 먹고살 길이 마땅치 않군요."

누구나가 살아가려면 일할 필요가 있지만, 갑자기 사람이 늘어난다고 해서 일자리가 그만큼 어디서 같이 샘솟지는 않는다.

"당분간은 길 내는 일이 있겠지."

하지만 언젠가는 그 개간 일자리도 사라지고 만다.

로렌스는 그제야 마이어에게서 들은 이야기가 머릿속에서 연결되는 것을 느꼈다.

"거기까지 예측하고 새 대장간과 숯 굽는 오두막을 지으려 했던 건가…."

마이어는 풍요로운 숲의 은혜를 최대한 빨아먹으려 하는 칼란 측의 이기적인 제안이라며 분개했지만, 사실은 그렇지 않았다.

칼란은 지금 당장의 이익을 위해서가 아니라 더욱 먼 미래를 내다보고 계획을 꾸렸던 것이다.

단순한 임시방편이라는 인상을 지울 수는 없지만, 이 거대한 계획이 그 거대한 크기 때문에 뿔뿔이 흩어질 수도 있는 것을 어찌어찌 붙잡아 매기 위해 최대한으로 짜낸 지혜라는 사실을 충분히 알 수 있었다.

"하지만… 정말로 그렇게 잘될까요?"

숲을 개척해 새로운 산업을 만들어 낸다 해도, 그 때문에 가축들이 먹이를 제대로 먹지 못하고 보리밭에 흉년이 들면 사람들은 굶주린다.

추측에 추측을 쌓는 지금의 형태는 실로 위태롭기 짝이 없으며, 새로운 인구 유입이라는 문제가 상당히 골치 아픈 사안이라는 사실은 역사가 가르쳐 주고 있다. 자비의 정신을 갖고 전쟁터에서 도망쳐 온 사람들을 대거 받아들였다가 결국 그 도시까지 붕괴되고 마는 일은 전란의 시대에 여러 번 있었던 일이라고 한다. 연못에 양어장을 만들어 사람들을 먹여 살렸다는 라덴이 재야의 주교라 불리며 숭배받았던 데에도 다 그럴 만한 이유가 있다.

"나는 신이 아니야."

신처럼 거만한 태도로 에이브가 말했다.

"장사는 언제나 불확실한 도박이지. 이곳 칼란은 커다란 도박을 하기로 결심했어. 토네부르크의 영주는 마음이 영 내키지 않을지 모르지만 이득이 있다고 생각했기 때문에 거기에 올라탔고. 그리고 아직 테이블을 뜨지 않았지."

로렌스는 그제야 깨달았다. 마티어스가 테이블을 뜰지 아닐지는, 로렌스가 가져갈 보고에 달려 있다는 사실을.

"친절하게 제게 이것저것 이야기해 주신 건 영주님께 좋은 보고를 가져가라는 뜻이었습니까?"

에이브는 부정도 긍정도 하지 않는 대신 히죽 웃었다. 특히 콜 측의 사정을 이야기한 이유는 로렌스와 호로의 마음을 속박하려는 의도였나 보다. 콜과 뮤리가 걱정되어 뇨히라에서 나왔을 정도이니 그들의 노력을 허사로 만들 만한 판단을 하지는 못하리라 짚고.

하지만 그렇지 않아도 마티어스에게는 거의 선택지가 남아 있지 않다. 오히려 지금까지의 이야기를 들으면 칼란 측에서 마티어스의 약점을 물고 늘어지지 않은 일 자체가 무시무시한 자제심의 발로라며 칭찬해야 할 일인지도 모른다. 칼란 측에서는 진심으로 도시 발전을 원하여 장기적인 관점에서 매사를 바라보며 토네부르크와 양호한 관계를 쌓기로 결심한 것이다.

"나는 상인으로서 당신의 역량을 인정해. 그러니 술수를 부려 그 결단을 좌지우지하려 들지는 않겠어."

말은 잘하네, 라고 생각하며 로렌스는 뇨히라의 온천장을 경영할 때는 결코 띠지 않는 종류의 미소를 지었다.

"대신 그 거목 같은 영주의 엉덩이에 불을 좀 붙여 줄 수 없을까, 하는 부탁은 해 둘게."

"승낙하든 거절하든 말입니까?"

겨울은 이제 얼마 남지 않았다. 이미 대륙에서는 피난민들이 속속 찾아오고 있을지도 모른다. 이곳의 목재 조달 계획이 실패할 경우 어서 다른 곳을 알아봐야 한다.

로렌스는 그렇게 생각했으나 에이브는 고개를 가로저으며 미간에 주름을 잡았다.

"시기를 놓치면 설령 그 영주가 양피지에 서명한다 해도 무용지물이 되어 버리는 수가 있어."

그 가시 돋친 말투에, 배를 채우고 술을 홀짝이던 호로가 후드 밑에서 움찔하며 귀를 쫑긋 세웠다.

"이 거래를 방해하고 싶어서 몸이 근질근질한 녀석들이 있거든."

"방해?"

제일 먼저 교회 안에서 콜 일행을 몰아세우는 편의 인물들이 떠올랐다. 교회 내의 수구파는 토네부르크가 콜 편에 붙을 경우 이단으로 간주하고 군을 보낸다 해도 이상하지 않은 자들이다.

로렌스는 그렇게 생각했으나 금방 이상하다는 사실을 알아차렸다.

마티어스가 콜 진영에 가담한 것은 그런 일을 막기 위해서가 아니었던가. 만일 콜 진영에 붙는 일이 이단 선고가 내려지는 것과 직결된다면 마티어스는 자신의 신앙에 등을 돌리고 오래된 교회 쪽에 굴복하리라. 그러나 에이브가 설명했듯 일단 콜 진영으로 간주되면 교회 수구파 쪽에서도 함부로 손을 대지 못하기 때문에 콜 측의 비호 아래로 들어가려 하는 것이다.

따라서 훼방을 놓으려 드는 세력이 교회라면 이야기가 같은 자리에서 뱅뱅 돌게 된다.

그러니 에이브가 말하는, 계획을 방해하려 하는 세력은 교회가 아니다.

그렇다면?

머리를 굴리던 로렌스는 문득, 숲을 더없이 사랑하던 감독관의 말을 떠올렸다.

“심술궂은… 형.”

에이브가 코웃음을 쳤다.

“케르베가 이 거래를 입 다물고 가만히 보고만 있을 리가 없지.”

장사란 결국 한정된 금화를 두고 서로 빼앗는 경쟁이고, 칼란은 영역을 넓힐 계획을 한창 짜는 중이다. 그렇다면 기존의 영역을 빼앗기는 쪽은 누구일까.

“지금 케르베를 누가 지배하는지 알아? 내 목이 다 근질근질해.”

에이브는 그렇게 말하며 자기 목을 쓰다듬었다.

벌써 몇 년 전의 일이다. 에이브도 로렌스도 아직 젊었고, 칼집에서 뽑은 단검 한 자루와 장사가 관계가 있을 만큼 과격하던 시절의 일.

에이브는 돈벌이에 미친 끝에 목을 졸려 살해당할 뻔했다.

그때 적대하던 상대가 누구였더라.

에이브가 미소 짓는 모습은 그야말로 늑대가 송곳니를 드러내는 듯했다.

어딘가 먼 곳에서, 들개 우는 소리가 들려왔다.

늑대와 향신료

제 4 막

활짝 열린 나무창 너머로 쾌청한 하늘이 펼쳐졌다.

거리를 내다보니 희미하게 소금기를 머금은 온화한 바람이 뺨을 스치고 지나간다.

방 안에서는 사락사락 모피를 빗질하는 소리가 들려와 귀를 간질이고, 때때로 달콤한 향기가 나무창을 통해 흘러 나갔다.

로렌스가 방 안을 돌아보자 침대 위에는 고급 향유가 든 유리병을 세 개 늘어놓고 귀족 가의 영애도 어처구니없어할 정도로 정성 들여 꼬리 손질을 하는 호로가 있었다.

엘사의 잔소리가 들려오는 것만 같았으나, 로렌스는 그런 호로의 모습을 멍하니 바라보며 내내 무슨 생각에 잠겨 있었다.

어젯밤 회합 마지막에 에이브는 로렌스에게 이렇게 말했다.

'어쨌거나 케르베와의 대결은 피할 수가 없겠어.'

과음이라고 할 정도까지는 아니지만 어리광 부리는 주사가 나올 정도로 술을 실컷 마신 호로를 여관으로 데려가는 동안, 로렌스는 그제야 보인 사태의 전모에 마음이 무거워질 뿐이었다.

자신이 직면한 문제는 단순한 지방 영주 소유의 삼림 매각 이야기가 아니었다. 이 지방 일대의 앞으로의 장사 흐름을 둘러싼 이야기이자, 지금의 세상을 양분하는 콜과 교회의 분쟁과도 관련이 있는 일이었다.

사실은 일개 온천장 주인이 끼어들 일이 아니지만 어찌 된 일인지 로렌스는 양쪽 세력의 주요 인물들과 얕지 않은 인연이 있다. 무엇보다 로렌스 본인이 살로니아에서 목재 상인들의 관세 삭감을 방해하여 사건의 계기를 만든 입장이기도 하다.

로렌스에게 지금 약간의 신앙심이 있다면 '신께서 내려 주신 시련'이라고 생각했으리라.

"일기장에 종이를 추가해야겠어."

하지만 우리 집 늑대는 로렌스의 혼잣말에 그런 말씀을 내려 주시었다. 어젯밤 에이브의 이야기를 듣고 나서 오히려 더 기분이 좋아 보였다.

호로는 낯을 가리는 성격이니 토네부르크나 칼란 등 얼굴도 모르는 배우가 넘쳐 나는 이야기에서 콜과 에이브, 거기에 케르베까지 전부 아는 얼굴이 등장하는 이야기로 넘어간 덕분에 어딘가 모르게 안도한 모양이었다.

때때로 딸 뮤리보다 더 소녀 같은 데가 있는 호로지만, 그런 호로도 잊고 있는 부분이 있다.

"다 아는 자들이라고 안심할 수는 없어. 상대는 진짜 상인들이야."

로렌스는 나무창 앞을 벗어나 자기 침대에 걸터앉아, 옆 침대의 호로를 바라보았다.

"일각고래 소동 때 에이브는 키먼에게 살해당할 뻔하고도 이해가 일치한 순간 손을 잡았지. 그렇다면 이해가 대립할 경우 다시 얼마든지 적이 될 수 있어."

호로는 미간을 살짝 좁히고, 그랬던가… 하는 표정을 지었다.

“하지만, 그 녀석이 콜이나 뮤리 그 멍청이 이야기를 할 때 거짓말을 하는 것 같지는 않았는데.”

이 언니는 정말 걱정된다니까, 라는 둥 뻔뻔한 말을 내뱉었던 기억이 있는데 의외로 그건 본심이었던가 보다.

“내 입장에서 볼 때 저 녀석이 이제 물불 가리지 않고 금화만 쫓아다니는 것 같지는 않아. 그렇다면 옛날 같은 큰 소동이 벌어지진 않을 것 같은데.”

호로는 마지막으로 꼬리를 한차례 쓸어내리고는, 그 반질반질한 윤기에 만족한 표정을 지었다.

“개인적으로는 그렇겠지. 하지만 에이브도 키먼도 나와는 달리 거물이 되는 걸 목표로 하는 상인들이었다는 뜻이야.”

꼬리를 만지던 호로가 한순간 무표정한 얼굴을 했다. 그것은 로렌스가 데바우 상회를 토대 삼아 거물 상인이 되는 길도 있었는데 그 길을 자기가 닫아 버렸다는 사실을 호로가 늘 마음에 두고 있기 때문이다. 바로 얼마 전 보았던, 그런 호로의 뜻밖에도 기특한 일면에 간질간질한 기분을 느끼며 로렌스는 이렇게 말했다.

“게다가 말이야, 꼭 거물이 되는 게 좋은 일이라고 할 수만은 없어.”

그 말을 듣는 호로도 가냘픈 소녀지만 진정한 모습은 고개를 들어 올려다보아야 할 정도로 거대한 늑대다.

“거물이 되면 본인의 의사와 상관없이 다양한 일에 말려들거든. ‘약종상에 잘못 들어간 소’라는 말이 있을 정도지.”

“소?”

호로가 눈을 깜박거렸다.

“항아리가 빽빽하게 놓여 있는 약종상에 커다란 소가 길을 잃고 잘못 들어갔다고 생각해 봐. 비극을 면할 수가 없잖아.”

“으음.”

“거물이 된다는 건 운신의 폭이 좁아지는 것과 같다는 의미의 비유야.”

그 성스러우리만치 힘센 늑대의 모습 때문에 원치 않게도 신으로 숭배받으며 갑갑하게 살아야 했던 호로도 충분히 이해할 수 있으리라. 가냘픈 소녀의 모습으로 마음껏 어리광을 부리는 이유도 어쩌면 그 분풀이를 하고 싶어서인지도 모른다.

“키먼에게는 케르베의 대표라는 지위가 있고, 에이브도 콜 측을 위해 일하는 중이라고 하면 피차 개인의 감정이 끼어들 여지 따윈 없을지도 몰라. 심지어 본인들이 적당한 타이밍에 타협이나 양보를 하고 싶다 해도 주위에서 그것을 허락해 주지 않을 수도 있지.”

로렌스는 침대에 벌렁 드러누우며 말했다.

“에이브가 작정하고 나서면 칼란의 계획 따위는 번갯불 같은 기세로 순식간에 정리해 버릴 수 있을 거야. 영주 마티어스도 마이어도 좋은 사람이었고, 칼란의 상인들은 술집에서 본 바로는 눈이 부실 정도로 긍정적이었어. 도시를 발전시키기 위해 술집 주인들이 고귀한 신분을 지닌 자를 초대해서는 요리 공부까지 한다는 소리는 거의 들어 본 적이 없어. 에이브 같은 악당이 마음만 먹으면 덥석 삼켜 버릴 수 있겠지."

긍정적인 인간들이 얼마나 발밑을 소홀히 한 채 걸어 다니는지에 대해서는 호로도 일가견이 있다. 그러니 저렇게 납득한 표정으로 고개를 끄덕이고 있겠지.

"그리고 악랄한 수단으로 이야기를 정리하고 나면 어디에서 불이 나든 신경도 쓰지 않고 큰돈을 손에 넣은 뒤 재빨리 자취를 감출 거야. 그러지 않는 걸 보면 정말로 콜 측을 위해서 일을 온건하게 진행하고 싶어 한다는 거지."

에이브는 호로와 온천에 함께 몸을 담그며, 약점을 만드는 건 어떤 기분이냐고 물었다고 한다.

상처 입은 늑대로서 이 세상 전부가 자신의 적이라며 송곳니를 드러내던 에이브 앞에, 나란히 즐겁게 걷는 얼빠진 양과 덩치 큰 늑대가 나타난 것이다.

에이브는 그 모습을 보고 뭔가 바보 같은 기분이 들었는지도 모른다.

호위들은 열심히 일하고, 무용수 아가씨는 진심으로 즐거운 듯 춤을 추었다.

에이브는 나무 옹이구멍 속에서 나와 신뢰할 수 있는 동료들을 모으고 세상과 관계를 맺는 방식을 바꾼 것이다.

“하지만 그러는 바람에 케르베가 방해하도록 내버려두고 말았다… 는 상황이 아닐까.”

“흐음. 하지만 그 방해라는 게 대체 어떤 행위지? 케르베 놈들이 집 앞 처마가 바로 부딪힐 만큼 가까운 옆집에 사는 것도 아니거늘. 도시와 도시 사이에는 상당한 거리가 있을 텐데, 뭣 때문에 그렇게 다툴 필요가 있지?”

케르베가 얼마나 번화한 곳인지 아는 호로 입장에서는, 칼란 쯤이야 한참 뒤처진 작은 동네로밖에 보이지 않을 터였다. 그러니 이곳 칼란이 장사를 좀 확장했기로서니 이미 거대한 케르베가 진심으로 화를 낼 이유가 있냔 말이다.

“케르베도 원래는 레노스에서 들여온 양모와 목재를 팔아서 번성한 항구도시야. 그러니 케르베와 칼란은 애당초 도시의 장사 구성이 상당히 닮았지. 심지어 둘 다 해양 무역에 손을 대고 있으니 점점 더 취급하는 상품이 비슷해지고. 장사 라이벌로서 상당한 눈엣가시일 테고, 예컨대 왕국과의 관계에서도 양모를 서로 뺏고 빼앗는 사이잖아?”

양모는 윈필 왕국의 특산품으로 전 세계 어느 시장에서도 고급품 취급을 받고 있으니, 많이 입수하면 입수할수록 돈을 많이 벌 수 있는 상품이라 해도 좋다.

에이브 스스로도 지금은 양모 판매를 주축으로 한다고 말했고, 이번 건에서는 여러 상회의 양모를 한꺼번에 취급하고 있는 듯하다. 콜과의 관계를 악랄하게 이용하지는 않겠지만 왕국의 동향을 좌우한다 해도 과언이 아닌 여명의 추기경과 가장 가까운 상인으로서, 빈틈없이 우월한 입장을 독점하고 있음은 틀림없어 보였다.

그래서 칼란이 앞으로 도시를 발전시키겠다고 결심한 것을 보고 그 마음가짐에 감명을 받았다는 핑계 따위는, 설령 존재한다 해도 그야말로 아주 작은 덤 정도에 불과할 터였다. 에이브가 이 항구도시에 있는 가장 큰 이유는 칼란에게 빚을 지우면서 동시에 양모를 가능한 한 비싸게 팔아치우고, 그와 맞바꾸어 필요한 목재를 최대한 많이 입수할 수 있을 거라 생각했기 때문이리라.

그리고 그 어떤 상품도 무한하지는 않으니 칼란이 늘려 준 양모 수입 분량은 케르베의 할당에서 차감되었을 것이다.

"당신들 상인은 정말이지 멍청해. 서로서로 나누며 사는 방법도 있을 텐데 전혀 배우려 들지 않아."

실로 옳은 말이었으나 술집에서 맛있어 보이는 음식이 나오면 전부 다 자기 앞으로 끌어당겨 놓는 호로다. 로렌스가 미소를 지으며 그 얼굴을 응시하자 호로가 날카롭게 노려보았다.

"무슨 말이 하고 싶은 거야?"

"아니, 아무것도."

로렌스는 어깨를 으쓱하며 말을 이었다.

"게다가 귀찮은 일에 박차를 가하는 것이, 에이브도 아마 어느 정도는 일부러 케르베와 대립하고 있으리라는 거야."

"……."

호로의 예쁜 눈썹이 마치 긴 고양이 꼬리처럼 물결쳤다.

"이 근방에서는 케르베가 가장 역사 깊은 항구도시이고 규모도 거대하지. 그렇게 되면 왕국의 양모 상인 입장에서 상당히 만만찮은 거래 상대였을 거야. 심지어 봐, 케르베는 레노스에서도 목재를 들여오고 있잖아? 그러니 숲이 없는 왕국 상인들은 케르베 앞에서 그리 세게 나갈 수 없었겠지."

"목재로 당하고 양모로 갚아 주는 꼴이군."

로렌스가 목을 움츠리자 호로는 인간 세상의 분쟁이 지긋지긋한 눈치였다.

칼란이 기존 영주들의 영지를 우회하기 위해 토네부르크 숲에 길을 내고 싶어 하듯이, 에이브와 에이브에게 협력하는 왕국측의 양모 상인들 또한 골치 아픈 거래 상대인 케르베에 의지하지 않고 양모를 판매할 수 있는 곳과 목재를 들여올 수 있는 곳을 확보하고 싶어 한다 해도 이상하지 않다. 그 귀중한 기회가 이 계획과 관련되어 있는 게 아닐까.

"게다가 도시마다 장사의 구성이 비슷하면 한쪽의 발전이 한쪽의 쇠퇴로 즉결되기 쉽지. 단순한 영역 다툼 의식 때문이 아니라, 실제 피해를 보기도 한다는 말이야.”

로렌스의 말에 호로는 이제 다 지겹다는 듯 꼬리를 휙 내젓고는 침대에 누워 몸을 웅크려 버렸다.

“장사라서 이해하기 어렵다면, 밭으로 생각해 보면 어때? 지금까지 마을 사람 백 명을 겨우겨우 먹여 살리던 밀밭을 옆 마을이 절반이나 빼앗아 갔다고 쳐. 그 마을은 앞으로 어떻게 되겠어?”

“으음….”

호로의 두 귀가 번갈아 가며 신경질적으로 움직였다.

“아무리 시간이 흘러도 밭을 확장시킬 수 없는 경우도 비슷하겠지. 먹여 살릴 수 있는 사람의 수는 밭의 크기로 결정되니까, 배부르게 먹고 싶다면 밭을 키우거나 사람 수를 줄이는 수밖에 없겠지?”

‘입 줄이기’나 ‘노예 매매’ 같은 불온한 단어는, 호로가 살던 마을에서는 그다지 듣지 못했겠지만 세상에는 그렇게 행복한 농촌만 있는 게 아니다.

그리고 왜 여기저기서 전쟁이 끊이지 않는지도.

“장사도 마찬가지야. 일자리가 없으면 사람들은 생계를 꾸리지 못하고, 상품이 유통되지 않으면 일자리도 생기지 않아. 그리고 유통되는 상품에는 한계가 있어. 취급하는 상품이 늘어나고 일자리도 계속 늘어나면, 상회도 직인 공방도 사람을 새로 고용하고 오랫동안 일했던 도제를 독립시켜 주겠지. 하지만 그러지 못할 경우 젊은 직인을 고용하지 못하고 도제들은 계속 한 가게에서 썩어 가야 해. 주인들도 열심히 일해 준 사람들에게 아무 보답도 해 줄 수 없으니 꼴이 한심해지겠지. 심지어 장사까지 잘 안 되면 사람을 데리고 있을 수도 없어. 그래서 어디든 자기 영역을 지키기 위해 눈을 번쩍번쩍 빛내는 거야."

마티어스가 숲 개척에 찬성했던 것도 이 생각의 연장이리라. 마이어는 숲이 베풀어 주는 여러 자원을 잃고 주위 밀밭의 생산성이 떨어질 것을 우려했지만, 마티어스는 그럼에도 불구하고 숲을 개간하는 편이 최종적으로는 사람들에게 이득이 된다고 생각했던 것이다.

왜냐하면 숲이든 밭이든 넓히려면 새로운 토지가 필요하지만 전쟁이라도 일으키지 않는 한 땅이 늘어날 가능성은 없기 때문이다. 그렇다면, 남은 수단은 숲을 얼마나 효율 좋게 이용하느냐에 달려 있다.

예컨대 길을 내고 대장간을 지으면 물론 숲은 황폐해지겠지만, 토네부르크 전체를 생각하면 보다 많은 사람들을 먹여 살릴 수 있다.

로렌스의 설명에 호로는 침대 위에서 방금 손질한 보송보송한 꼬리를 평상시의 두 배로 부풀렸다. 그것은 자신의 무지를 지적당해서가 아니라 이 세상의 무자비한 현실 앞에서 화가 났기 때문이었다.

"그러니까 누군가의 잘잘못을 가리자는 얘기가 아니야."

어느 진영에도 명분 있는 주장이 있고, 지켜야 할 사람들이 있다.

"양의 차이는 있겠지만."

열 명의 괴로움과 맞바꾸어 백 명을 구할 방법은 있을지도 모른다.

호로는 금세 얼굴을 찌푸리며, 잠이나 잘 기분이 아니라는 듯 침대에서 내려왔다.

그리고 나무창 옆에 서서 평화로운 듯한 칼란의 거리를 내려다보았다.

장사를 둘러싼 분쟁은, 숲의 변화가 그렇듯 진짜 전쟁과 달리 눈에 잘 보이지 않는다.

이 시끌벅적하고 평화로운 도시가 어떤 흐름의 갈림길에 서 있는지 호로는 겨우 알아차린 모양이었다.

"당신도 어떻게 못 하는 일이야?"

그렇게 기대해 주는 건 고맙지만 로렌스는 그럴싸한 대답을 내주지 못했다.

어떤 결과가 나와도 원망하기 없기다, 라고 이 건에 대해서는 미리 양해를 구해 놓기는 했으나 그렇다고 마음이 편한 것은 아니었다.

"내가 갖고 있는 물건과 네가 갖고 있는 물건을 교환해서 양쪽 모두 만족하게 해 주는 것이 상인이지만, 빵과 빵을 교환한다고 두 배로 배가 부르진 않아. 그건 마법의 영역이지."

로렌스는 한숨을 내쉬며 천장을 올려다보았다.

"에이브는 내게 그런 일을 시키려는 모양이지만…."

호로가 돌아보았다.

"어젯밤 그렇게 미주알고주알 다 털어놓은 건 결코 옛일이 그리워서나 친절해서가 아니야. 나한테, 토네부르크의 영주를 설득해서 마음을 바꾸게 하라는 소리지. 그리고…."

"심부름이잖아."

우리 집 꼬맹이를 멋대로 부려 먹다니, 라고 하는 듯 불만스러운 태도로 호로가 말했다.

"사자(使者)라고 해 줘."

지금 케르베를 지배하고 있다는 키먼과 로렌스는 물론 모르는 사이가 아니다.

그래서 좁은 해협을 사이에 끼고 장사를 하다가 때때로 키먼 쪽과 자잘하게 부딪히곤 한다는 에이브 입장에서는 직접 케르베로 넘어가기보다는 로렌스에게 일을 시키는 편이 낫다는 판단이다.

그래서 어젯밤 회합 마지막에 에이브는 로렌스에게 사자가 되어 케르베와 교섭해 달라고 부탁했던 것이다.

"어쨌거나 뭐, 이제 와서 이 이야기를 거부할 수는 없으니 하는 수밖에 없지만."

애당초 원인을 찾아가면 살로니아에서 로렌스가 작은 부탁을 들어준 것이 발단이었다. 그것이 어느샌가 도시와 영지를 대표하는 교섭 담당이 되고 말았다. 세상에서는 참 다양한 일들이 벌어지고, 또 다양한 것들이 서로 이어져 있다. 옛날 행상인 시절의 인연이 그만큼 커다란 발자국을 세상에 남겼다는 뜻이겠지만 또 그 발자국을 따라온 과거에 발목을 잡히는 일도 때로는 있다.

로렌스는 상인의 길을 벗어나 온천장 주인이 되었고, 불초 외동딸도 집을 나갈 만한 나이가 되었다. 그렇다면 날아가는 새는 흔적을 남기지 않는다는 말이 있듯, 어느 정도의 족적은 정리할 의무가 있는지도 모른다.

"물론, 마음은 무겁지만."

그것은 교섭이 번거로우리라는 사실이 뻔히 보인다는 이유 때문만은 아니다. 키먼은 로렌스의 옛 둥지였던 로엔 상업조합의 일원이다. 말하자면 일종의 친척인 셈이어서 단순한 거래 상대와는 의미가 좀 다르다.

뇨히라에 온천장 '늑대와 향신료'를 지을 때도 옛 둥지였던 로엔 상업조합에서 돈을 빌리면서 키먼은 여러모로 힘이 되어 주었고, 키먼 본인의 장사가 불운을 맞아 기울었을 때도 약속을 어기지 않았다.

로렌스는 이제 뇨히라에 틀어박혔기 때문에 지금은 정식 조합원이 아니지만, 혈연관계가 쉽게 사라지지 않듯 조합과의 관계도 앞으로 평생 지워지지 않을 것이다.

그런 수많은 사정이 있기 때문에 키먼, 나아가 케르베와 정면으로 맞서 싸우기가 싫었다.

로렌스 스스로도 알고 있듯, 호인이기 때문이리라.

"한쪽이 명백한 악당이었다면 내 송곳니를 써먹을 수도 있었을 텐데."

로렌스의 속마음을 어느 정도 눈치챘는지 호로가 그렇게 말했다.

"올바른 지적이야. 이 이야기 속에서는 어느 한쪽에 일방적인 승리를 쥐여 주는 게 제일 위험하거든."

호로가 열심히 털을 빗어서인지 다소 근질근질해진 코를 문지른 로렌스는 그대로 머리를 쓸어 올렸다.

"목표는 고통 분담에 있지만, 칼란과 케르베는 규모도 역사도 전혀 다르다는 게 문제야."

"규모와 역사?"

"체면이지."

호로는 까맣게 탄 고기 조각이라도 먹은 듯 얼굴을 찌푸렸다.

고참이 신참을 어떻게 쳐다보는지는 뇨히라의 온천장에서 피차 경험한 바 있다. 그것이 여러 세대에 걸친, 더구나 도시끼리의 일이라면 더욱 심할 터였다.

"게다가 에이브 스스로도 일각고래를 둘러싼 소동 때 케르베의 도시귀족들에게 이용당하고 크게 한 방 먹었지. 상대편 쪽에서도 그것을 알고 있을 테니, 어마어마한 앙갚음을 당할지도 모른다고 경계하고 있을 거야."

오히려 칼란이 이 일을 알고 이야기에 응한 게 아닌가 싶을 정도다. 에이브와 케르베 사이의 해묵은 원한을 알고 있기에 에이브가 절대 자신들을 배신하지 않을 거라 확신하고 말이다.

"과거를 질질 끈다는 점에서는 나도 잘난 척 떠들어 대기 힘들지만…."

호로는 지겹다는 표정이었고 로렌스는 어깨를 으쓱했다.

"에이브 본인은 원한이니 뭐니 별로 신경 안 쓰는 눈치야."

"흐음?"

"주위에서 이래저래 추측할 테고, 에이브라면 또 그걸 이용할 수도 있겠지만."

로렌스는 몸을 일으켜, 뇨히라의 태평하고 느긋한 삶 속에서는 결코 맛볼 수 없는 상인들끼리의 싸움이 어떤 맛이었는지 떠올렸다.

"에이브가 복수를 위해 칼란 편을 든다고 케르베 녀석들이 생각해 준다면, 교섭은 에이브 쪽에 유리해질 테니 말이야."

현랑을 자칭하는 호로에게도 상황이 골치 아픈 모양이다.

"그러니까, 장사가 아닌 거야. 복수니까 말이지. 채산을 도외시하고, 너 죽고 나 죽자 하는 마음으로 덤빌 거란 말이야. 그러면 정면으로 맞서는 건 현명한 일이 아니야. 상대는 저승길 동무가 되기 싫으니 어딘가에서 양보하겠지. 따라서 에이브는 싸우지 않고 이길 수 있어. 이게 바로 상인이야."

케르베가 난폭한 방법으로 계획을 저지하지 않는 것은 이런 사정이 억지력으로 작용하고 있기 때문인지 모른다. 에이브도 이젠 웬만한 상인이 아니라 막대한 부를 소유한 데다 작금의 세상을 뒤흔드는 여명의 추기경과도 가까운 사이인, 이른바 정치 상인이다. 잘못 손을 댔다가는 윈필 왕국까지 포함하여 도대체 얼마나 큰 보복이 돌아올지 로렌스조차 알 수 없다.

"하지만 실제로 에이브에게 원한 같은 건 없는 것 같고, 콜도 엮여 있으니 온건하게 해결하고 싶겠지. 그렇다면 에이브 입장에서는 이 억제력도 언제까지 효과를 발휘할 수 있을지 걱정이 될 거야. 그러니 에이브는 허세를 들키기 전에 나를 사이에 끼우려 하는 거지."

얼굴을 보이지 않는 자의 진의를 헤아리기란 쉬운 일이 아니다. 대응하러 나온 시종이 검다고 하면 흰 것도 검게 보일 것이니, 로렌스에게 그 시종 역할을 맡아 달라는 이야기다.

“흐으음….”

호로는 신음하며 잠시 입을 다물고 생각하다가 말했다.

“그럼 당신은 어떻게 교섭할 생각이지? 뭐 믿는 구석이라도 있어?”

“없어.”

로렌스가 가볍게 대답하자 호로의 눈이 휘둥그레졌다가, 다시 불쾌한 듯 가늘어졌다.

“날 놀리는 건 아닌 것 같네. 정말로 그런 모양이지만, 그렇다고 아주 대책이 없는 것도 아니고.”

전혀 모르겠다는 표정의 호로에게 로렌스는 말했다.

“이 이야기에서 모든 사람들을 다 납득시킬 길이 없는 이상, 순서대로 하나씩 풀어 나갈 수밖에.”

“순서?”

호로의 귀가 오른쪽, 왼쪽 순서대로 움직였다.

“예컨대 에이브와 칼란, 그리고 토네부르크가 삼자계약을 맺기 전에 먼저 걱정거리를 치워 버리자면서 케르베와 교섭부터 하는 건 악수(惡手)야.”

호로가 나무창 앞을 벗어나 로렌스 옆으로 다가와 앉아서는, 모르겠다는 듯 꼬리로 침대를 두들겼다.

“사슬은 가장 약한 부위 이상으로 튼튼해질 수 없어. 케르베와의 교섭이 길고 골치 아플 게 뻔하니, 마티어스가 중간에 두 손들고 떨어져 나갈지도 몰라."

끄응, 하고 늑대가 앓는 소리를 냈다.

"그러니 우선 마티어스를 설득하고, 에이브를 통해 콜 측과의 계약을 확고하게 만들어야 해. 영주는 명예를 중시하니까 한 번 계약을 맺어 버리면 그 후로는 견뎌 주겠지."

마티어스가 그 점에서 신뢰할 만하다는 것은, 호로도 숲에서 언뜻 봤을 때의 일을 떠올리고 납득해 주었다.

"그 상태로 케르베 녀석들의 분노를 가라앉히는 수밖에 없어. 가라앉히는 방법은… 솔직히 케르베가 어떻게 나오느냐에 달렸지. 하지만 이건 너도 자주 쓰는 방법이니까 잘 알 거야."

"내가?"

"기정사실로 만들고, 기세를 몰아 마구 밀어붙이기."

호로는 한순간 불만스러운 표정을 짓기는 했으나 적극적으로 반론하지는 않았다. 아마 마이어의 이야기를 듣기 전에 잽싸게 벌꿀주를 받아 들어서 로렌스가 마이어의 이야기를 들을 수밖에 없는 상황으로 만들어 버렸던 일이 떠오른 모양이었다. 그때 일의 응용이다.

팔짱을 끼고 이야기를 듣던 호로는 그 씁쓸한 뒷맛까지 포함하여 이야기를 음미하는 듯 뺨을 부풀렸으나, 문득 그 속에 모래가 섞여 있기라도 한 표정을 지었다.

"그렇다면, 그 멍청이…. 그래서 당신을 더 써먹으려 했던 모양이군.”

“응?”

“당신은 최적의 인재야. 아니, 당신과 내가 교섭 담당에 최적이라고 생각하고, 춤이라도 추며 기뻐했겠지.”

호로가 케르베와의 교섭에 무슨 쓸모가 있다는 말일까.

이번에는 로렌스가 호로의 생각을 따라가지 못하자, 호로가 자신의 말뜻을 밝혔다.

“이야기가 꼬였을 때를 생각해 봐. 다른 누구를 보내도 옛날의 그 녀석처럼 잡혀서, 어쩌면 목숨을 잃을 수도 있어. 하지만 당신 곁에 있는 게 대체 누구지?”

호로는 흥, 하고 코를 울렸다.

“현랑 님이야.”

로렌스라면 혹시 난폭한 일에 휘말리더라도 곁에 있는 호로가 모든 어리석은 자들을 징벌해 줄 것이다. 그럼으로써 오히려 유리해지는 경우도 있다.

에이브가 처음부터 로렌스와 호로를 미끼로 삼을 생각이었는지는 모르지만 사지에 보낸다 해도 안심할 수 있는 인재임은 분명하다.

“…아마 콜과 뮤리를 보며 배웠을 거야.”

다소 못 미더운 콜을, 꼬리털을 거꾸로 부풀린 채 지키는 뮤리의 모습이 떠올랐다.

로렌스가 쓴웃음을 짓자 호로가 어깨를 부딪쳤다.

"그렇게 되면 말이야, 당신. 나는 신경 쓰이는 게 하나 더 있어."

가슴 앞에서 팔짱을 낀 호로는 침대 위로 다리를 올려 책상다리를 한 채 생각에 잠겼다.

"내버려둬도 죽지는 않을 우리를, 귀찮은 교섭 자리에 억지로 던져 넣으려는 거잖아?"

"그렇지."

"설마 그 녀석은 그러고 나서 잽싸게 다른 장사로 옮겨 가려는 생각은 아니겠지?"

"그렇지는…."

않을 거야, 라고 말할 수가 없었다.

능구렁이처럼 교섭 자리를 이리 피하고 저리 피하다 예컨대 케르베가 인내심 경쟁에서 패배한다면 그것으로 족할 터였고, 문제는 그 낭비되는 시간을 누구에게 맡기느냐다.

"깊은 산속 온천장에 있다가 딸의 상태를 보겠다고 어슬렁어슬렁 나왔을 정도이니 한가하지 않을까? 하고 우리를 깔보고 있는지도 모른다고."

그 질척거리는 말투는 에이브의 악랄함을 비난하는 것이 아니라, 한심한 양의 머리를 쿡쿡 찌르고 있었다.

"게다가 우리는… 콜이네를 방해할 수 없지."

따라서 에이브의 꿍꿍이가 훤히 들여다보인다 해도, 로렌스와 호로는 계획을 성공시키기 위해 움직여야만 한다. 무엇보다 외동딸과 친아들이나 다름없는 청년, 이 둘이 벌인 일의 뒷수습이기도 하니 말이다.

“마치 당신이 그 녀석 앞에 섰을 때부터 여기로 내몰릴 것이 정해지기라도 한 것 같네.”

그렇게 말하는 호로는 여전히 에이브를 책망한다기보다, 울타리를 조금만 쳐 주면 얼마든지 행선지를 조종할 수 있는 단순한 양 때문에 어이가 없는 눈치였다.

“당신은 물불 안 가리고 사고를 쳐 대는 것치고는 속내를 읽기가 쉬워. 날 만나기 전까지 용케 무사히 살아 있었다 싶을 정도야.”

“…….”

로렌스는 억지웃음을 짓는 수밖에 없었다. 호로가 아는 ‘물불 안 가리고 사고를 쳐 대는’ 그 반려는 호로를 만나기 전까지는 실로 수수하기 짝이 없는 장사만 하며 살았는데 말이다.

그러면 왜 물불 안 가리는 짓을 하게 되었느냐 하니, 그것은 분명 호로가 히죽히죽 웃으며 꼬리를 파닥파닥 흔들어 대는 모습을 보고 싶었기 때문이리라.

그리고 물론 호로 역시 그 답을 알고 있을 것이다.

여기서 그런 농담을 던지는 이유도, 결국 로렌스의 입에서 그 말을 듣고 싶기 때문이다.

로렌스는 호로에게도 손쉽게 조종당하고 있긴 하지만, 에이브와 호로의 차이라면 호로는 자신의 기분을 귀와 꼬리로 드러낸다는 데 있다.

"내가 항상 위험에 처하는 건 네 앞에서 무심코 멋진 모습을 보이려 하다 보니 그러는 거야."

말투가 다소 뻣뻣했을지도 모르지만, 로렌스는 호로가 원하는 대사를 읊었다.

마치 도제의 승급시험을 검토하는 감독관 같은 눈으로 로렌스를 지켜보던 호로는 흥, 하고 코웃음을 치더니 갑자기 만족스러운 표정을 지었다.

"당신은 정말로 내가 좋아서 어쩔 줄 모르지?"

갓 빗어 복슬복슬해진 꼬리가 이리저리 휘둘렸다.

두 사람의 이런 대화는 10년 전이나 지금이나 변함없어 보이지만, 로렌스도 그사이 조금은 성장했다.

그래서 즐거워 보이는 호로의 어깨를 안으며 로렌스는 이렇게 말했다.

"…그럼 토네부르크 숲 일은 눈감아 줄 거지?"

에이브의 꿍꿍이에 편승하여 계획을 진행시킨다는 것은 곧 마티어스를 설득하러 간다는 사실을 의미했으며, 이는 숲 개척을 진행시킨다는 뜻도 된다. 그것은 호로를 위해 숲을 지키는 일을 로렌스가 포기한다는 말과도 같았다.

호로는 콜과 뮤리를 생각하면 그럴 수밖에 없다는 사실을 이해했다. 그리고 로렌스가 이 이상 무리하기를 원치 않는 호로는 도망칠 길을 마련해 줄 것이다.

"알았어. 아무리 풍요로운 숲이라 해도 혼자 걷는 건 재미없으니까."

호로의 그 말에 로렌스는 대상인이 되는 길조차 포기했다.

미소를 지은 호로가 송곳니를 살짝 드러내더니, 로렌스의 어깨에 얼굴을 묻었다.

"게다가 그 숲의 남자들도 숲을 진지하게 걱정하고 있었어. 전부 다 지켜 낼 수는 없다 해도 최선을 다해 발버둥 치겠지. 그것이 무익하다거나, 무의미하다고… 나는 도저히 말할 수 없을 거야."

고개를 든 호로의 표정은 쓸쓸한 듯하면서도, 어딘가 모르게 후련한 듯한 미소였다.

호로와 로렌스가 살아가는 시간은 크게 다르다. 로렌스는 결코 호로를 영원히 행복하게 해 줄 수 없다. 그 행복의 샘은 반드시 언젠가는 말라붙고 만다.

하지만 그 샘에서 목을 축이는 일이 아무 의미도 없다고는 할 수 없고, 조금이라도 그 시간을 연장시키려 노력하는 것이 실수라고도 생각하지 않는다.

만일 그렇다면 호로와는 이미 레노스에서 헤어졌을 테니까.

"그래도 뭐, 그 식탐 많은 다람쥐의 궁둥이를 걷어차서 가끔은 나무 씨앗을 심게 하는 것 정도는 해 줄 수 있을지 모르지."

철광석을 지나치게 많이 캐낸 나머지 민둥산이 되고 만 산을 멋지게 부활시켰던 다람쥐의 화신 타냐.

자기가 좋아하는 열매가 열리는 나무만을 심어 대는 것이 옥에 티이긴 하지만, 열매를 맺는 나무는 대체로 넓은 잎사귀를 떨어뜨린다. 그 숲이 휑뎅그렁한 침엽수투성이가 되는 일만은 어느 정도 막아 주리라.

"쇠뿔도 단김에 빼랬다고, 그럼 바로 마티어스를 설득하러 가자."

"으읍."

"그럼 에이브한테 파발마를 준비해 달라고 할 테니까, 너는 잠깐 여기서… 아얏?!"

팔을 꼬집힌 로렌스가 놀라서 돌아보자 호로가 싸늘하게 노려보고 있었다.

"…아니, 급한 연락이 있다고 해 놓고 부부 둘이 나란히 나타나는 것도 좀 이상하지 않아?"

마티어스에게 불성실한 인상을 주게 되더라도 변명할 수 없다. 옛날 일을 떠올려 봐도 된다. 호로를 데리고 돈 좀 꿔 달라고 부탁하며 돌아다녔다가 지금 장난하냐는 호통을 듣고, 결국 호로와도 사이가 어색해졌던 나쁜 기억만이 되살아날 뿐이다.

호로도 그런 사실은 알고 있겠지만 지금 이 흐름에서 혼자 집이나 지키고 있어야 한다는 걸 참을 수가 없는 모양이었다. 그것은 철이 덜 든 어린 소녀의 마음이라기보다는 무리를 아끼는 늑대의 성질에서 비롯된 마음일지도 모르지, 하고 로렌스는 생각했지만 호로는 생각보다 훨씬 더 싸늘한 눈빛이었다.

“그러니까 당신은 멍청한 양이라는 거야.”

“응? 어?”

호로는 붉은 눈동자를 날카롭고 가늘게 뜨고, 어처구니없다는 감정을 담뿍 담아 말했다.

“이야기가 수상쩍은 방향으로 흘러갈지도 모른다고 실컷 말해 놓고, 당신 혼자 터덜터덜 도시 밖으로 나갔다가 무사히 돌아올 수 있을 거라고 생각해?”

로렌스는 숨을 들이켜며, 저도 모르게 나무창 밖을 내다보았다.

“누가 감시하고 있나?”

“아직은 그런 기척이 없지만, 당신이 숲에 당도한 순간 마침 활과 화살을 든 놈들도 숲에 도착할지도 모른다고 생각했을 뿐이야.”

케르베는 칼란의 계획을 저지하고 싶어 한다. 그것은 한 상회가 수입을 몽땅 잃는 규모의 이야기가 아니다. 그 정도 규모의 도시라면 더러운 일을 도맡아 하는 자들 한두 명 정도는 금세 불러올 수 있을 것이다.

손을 댔다가는 가만히 두지 않을 거라며 에이브가 무섭게 노려보고 있을 수도 있지만 그것도 언제까지 갈지 모르는 일이다. 심지어 토네부르크는 목표물로서 가장 약한 대상이고, 심지어 칼란의 계획에서 가장 중요한 부분을 차지하고 있다.

"음… 그럼, 그…."

"사실은 당신을 등에 업고 달려가고 싶지만… 당신이 말을 타고 나타나지 않는 것도 모양이 이상하니까, 당신은 말을 타고 가. 나는 조금 떨어져서 따라갈게. 그리고 교섭할 때는 숲에 있으면 되잖아? 그럼 나는 충분히 당신 목소리를 들을 수 있어."

호로와 꽤나 오래 알고 지냈는데도, 아직까지 실수로 꼬리를 밟아 버리곤 할 때가 있다.

"나 참, 당신은 빈틈없나 싶으면 금세 멍청할 정도로 단순한 일면을 보인다니까."

호로가 화가 난 것은 에이브의 손바닥 위에서 놀아나고 있는데다, 아직도 여자의 마음을 통 알아 주지 않는다는 불만 때문이리라.

대답을 기다리지 않고 침대에서 일어나, 꼬리털을 부풀리며 토네부르크로 갈 준비를 하는 호로를 보면서 로렌스는 조금 즐거워졌다.

뇨히라도 나쁘지 않지만 호로와 이런 식으로 이러쿵저러쿵 대화를 나눌 수 있는 건 역시 바깥 세계에 나와야만 할 수 있는 일이다.

"말린 고기랑 염장 고기 중 어느 쪽이 좋을까? 당신, 냄비는 그쪽 말에 좀 실어 줘."

게다가 심각한 얼굴의 호로도 결국은 이런 상태다. 결국은 에이브의 노림수대로 주어진 일을 충실하게 해내는 수밖에 없다. 로렌스도 침대에서 내려와, 파발마를 타고 달려갈 준비를 했다.

"그나저나 우리가 안 왔다면 에이브는 어쩔 생각이었을까?"

호로는 어처구니없는 상황이 발생할 것을 빈틈없이 염두에 두고 로렌스의 고삐를 잡아 주며, 설령 폭력 사태가 벌어지더라도 맞서 싸울 수 있는 힘이 있다. 하지만 토네부르크는 어떨까.

그 숲에서 로렌스와 호로 앞에 나타난 마티어스가 데려온 전력이라고는, 누가 봐도 당번제로 가죽 갑옷을 돌려 입었을 뿐인 일개 농민병사였다.

케르베가 난폭한 일을 전문으로 하는 담당자를 보낸다면 눈 깜짝할 사이 끝장나고 말리라.

"숲의 수호자는, 활쏘기 실력은 훌륭했다만."

마이어는 말에 탄 채 들토끼를 활로 쏘아 맞혔다.

"물량으로 밀어붙이면 이길 수 없겠지. 하물며 영주 곁에 늘 붙어 있는 것도 아닐 테고, 어쩌면 노사제가 표적이 될지도 몰라."

그저 넓기만 한 영지는 수비에 불리하다. 계획의 동료를 지킨다면, 마이어는 몰라도 마티어스만이라도 칼란에 묶어 놓아야 하지 않을까. 아니면 마티어스가 그것을 포로 대우로 받아들일 만큼 에이브를 의심의 눈길로 쳐다보고 있는 걸까.

"흠. 아니, 그 멍청이라면 그걸 구실로 영주인지 뭔지의 궁둥이에 불을 붙이려 했을지도 모르지."

한순간 무슨 말인지 알아듣지 못했으나 잠깐 생각해 보니 이해가 되었다. 마티어스도 멍청한 영주는 아니니 케르베가 실력 행사에 나설 경우 자신이 제일 먼저 표적이 되리라는 사실을 알고 있었으리라.

안전을 확보하려면 에이브, 그리고 칼란과 재빨리 계약을 맺는 수밖에 없다.

물론 정말로 케르베가 마티어스를 협박하려 했다면 그것은 오히려 마티어스가 에이브의 주장을 믿을 이유도 된다. 빨리 여명의 추기경 비호 아래 들어가 아군을 늘려야만 한다는 생각이 마티어스의 등을 떠밀어 주리라.

"그래도 위험한 도박이긴 했네."

괴한이 그렇게 적절하게 마티어스를 협박해 줄지 어떨지 모를 일이다. 대체 어떤 방법으로 마티어스에게 겁을 주어야 할지도 미지수이며, 그리 유리한 도박이라고 생각하기는 힘들다.

짐 속에 고기를 얼마나 챙겨야 할지 심각하게 고민하는 호로

옆에서 로렌스는 문득 생각했다.

"설마… 에이브가 그 일을 직접 하려는 건 아니겠지?"

예언을 반드시 적중시키기 위해서는 어떻게 하면 될까? 라는, 흔한 수수께끼다.

정답은, 스스로 예언의 내용을 실현하면 된다.

확실성을 높이기 위해, 에이브라면 망설임 없이 마티어스를 협박하지 않을까.

"에이브는 여전하잖아."

로렌스가 쓴웃음과 함께 그렇게 말하며 짐을 자루에 넣은 그 순간.

자기 자신이 자루 속으로 떨어진 감각에 사로잡혔다.

"어?"

지금, 자신은, 분명히 무언가 어마어마한 것의 그림자를 보았다. 그것은 예를 들면 상점이 줄줄이 늘어선 큰길을 가볍게 걷다가 별생각 없이 지나친 곳에 가게가 아닌 거대한 생물이 떡 버티고 앉아 있었던 듯한 느낌이다.

로렌스는 틀림없이 논리의 길을 순조롭게 걸어가고 있었다. 그런데 생각지도 못한 곳에서 앞뒤가 맞지 않는 감각이 로렌스를 덮쳤다.

다급히 기억의 길을 더듬어, 거기에 늘어서 있던 것들을 확인했다.

케르베와의 관계가 수상쩍기 때문에 호로는 로렌스를 지키기 위해 동행을 완고하게 고집한다. 특히 토네부르크는 습격당하기 쉽다. 마티어스를 지키겠다는 사람이 평상시에는 밭에서 괭이를 휘두르며 살 농부라면, 차라리 마티어스 혼자만이라도 칼란에 묶어 두는 편이 낫지 않았을까.

하지만 마티어스 본인이 에이브나 칼란과 그리 궁합이 좋지 않아, 도시에 머무르기를 권할 경우 포로 취급을 받는다고 생각할지도 모른다.

여기서, 마치 바둑판 위의 돌을 움직이기라도 하는 듯 계획을 내려다보는 에이브가 등장한다. 에이브라면 친절한 마음만으로 마티어스의 안전을 걱정해 줄 리가 없다. 차라리 누군가가 마티어스를 습격해 주는 편이, 그 애매한 태도를 확실하게 해 줄 거라 생각한다. 하지만 케르베의 괴한이 마티어스를 덮쳐 적당히 쓴맛을 보게 해 줄지 어떨지는 도박이기 때문에 직접 괴한을 보내 마티어스를 습격하는 게 훨씬 확실한 방법이다.

이런 식으로 길을 따라 간판이 늘어서 있었으나, 그 속에 분명 무언가가 빠져 있는 느낌이 자꾸 든다.

여기서 한 걸음 더 들어가서 알아차려야 할 것이 있는 것 같다고, 로렌스는 생각했다.

"…어디, 그러니까…아아, 젠장!"

로렌스는 신음하며 자신의 뺨을 짝 내리쳤다. 온천장에서 있었던 사소한 일들로 머릿속이 꽉 차 버리는 바람에 옛날 행상 시절 수없이 반복했던, 머리를 굴리고 또 굴리는 일을 할 만한 여유가 없었다. 안개 낀 머릿속을 질타하며 잡동사니를 하나하나 쌓아 올리면서 로렌스는 열심히 생각했다.

게다가, 애당초 대전제부터 생각해야 한다.

호로는 뇨히라에서 에이브의 고민 상담을 해 준 후로 꽤나 마음을 터놓게 되었다. 하지만 정말로 에이브를 그렇게까지 신용해도 될까?

그것은 에이브가 악당인지 아닌지와 상관없이, 같은 길을 걸은 적 있던 상인으로서 에이브가 얼마나 굉장한지 잘 아는 자신이기 때문에 제일 먼저 생각했어야 할 일이었다.

골치 아픈 것은, 에이브가 딱히 악의를 갖고 있는 것 같지는 않다는 점이었다.

더 구체적으로 말하자면 **아마도 그것이 진실이리라**는 점이다.

심지어 에이브가 만에 하나 로렌스와 호로를 함정에 빠뜨리려 한다면, 에이브는 콜과 뮤리와의 관계를 잃을 뿐만 아니라 호로를 적으로 돌리게 된다. 호로를 진심으로 화나게 만들면 절대 도망칠 수 없다는 사실을 에이브라면 알고 있을 것이다.

게다가 로렌스는 호로가 어이없어할 정도로 단순하기도 하여, 그야말로 에이브처럼 상인으로서 생각하자면 에이브에게 로렌스라는 존재는 속임수를 쓸 필요조차 없는 패다.

실제로 호로와 함께 머리를 굴린 끝에 내린 결론은, 에이브의 손바닥 위에서 상대가 원하는 대로 놀아나고 있지만 결국은 그럴 수밖에 없다는 것이었다.

그렇다면.

앞뒤가 맞지 않는다고 느껴지는 건 자신의 착각일까?

아니, 아무리 생각해도 기묘하다. 케르베의 방해 의사와 마티어스의 무방비함은 에이브가 놓치기에는 너무나 커다란 하자다.

그렇다면 로렌스와 호로가 아직 보지 못한 무대 뒤가 있지 않을까.

로렌스는 가만히 귀를 기울이듯 생각에 잠긴 채 방을 둘러보고, 또 나무창 밖을 내다보았다.

우리가 살로니아에서 나온 후 어떤 대화를 나누었더라.

그리고.

"당신, 어제 먹었던 남국의 향신료인지 뭔지가 필요한데 지금 사러 나가지…."

마치 숲 산책이라도 나가려는 태도였던 호로가 문득 말을 멈추었다.

로렌스가 마치 웃는 듯 입가를 일그러뜨린 채, 에이브가 여전하다는 사실을 오히려 기뻐하고 있었기 때문이었다.

"가… 갑자기 왜 그래?"

호로의 물음에 로렌스는 크게 숨을 들이마셨다가, 내쉬었다.

"아무것도 아니야. 예정대로 토네부르크로 가자. 단…."

"단?"

양손 가득 고기와 냄비를 들고 있던 호로가 의아한 듯 로렌스를 살짝 올려다보았다.

"잠깐 어디 들를 데가 있어."

못된 늑대니, 암여우라느니 하는 별명으로 불리는 에이브 볼란.

그 마녀의 손에 걸리면 굳이 나쁜 짓을 저지르지 않아도 얼마든지 별과 달을 조종할 수가 있다.

로렌스는 에이브에게 연락하여 마티어스를 설득하기 위해 일단 토네부르크로 돌아가겠다고 말했다.

에이브는 딱히 경계하지도, 물론 손뼉을 치며 기뻐하지도 않고 늘 그렇듯 빈틈없이 일을 진행하라는 반응만 보였다.

그러저러하는 사이 말이 준비되어, 로렌스는 호로와 함께 말을 타고 칼란을 떠났다. 그렇게 한동안 토네부르크를 향해 길을 나아갔으나 해가 지고 언덕 그림자가 지면에 길게 뻗을 무렵 로렌스는 일단 호로와 함께 말에서 내렸다. 그리고 적당한 잡목림을 찾아 말을 매어 놓은 후, 호로의 빠진 꼬리털 한 올을 말갈기에 묶었다. 하룻밤 정도라면 도둑의 눈에 띄지도 않을 테고 들개는 호로 냄새 때문에 절대 다가오지 못할 터였다.

「분해서 하는 말은 아닌데.」

로렌스를 등에 태운 늑대 모습의 호로는 굵은 목을 뒤로 휙 돌려, 커다란 붉은 눈동자로 로렌스를 바라보았다.

「생각이 너무 지나친 것 아닐까?」

"같은 말을, 에이브의 근황을 들은 직후의 나한테 말했다면 과연 어땠을까?"

에이브는 방탕한 삶에 젖어 도무지 신용할 수 없다. 콜의 위신을 등에 업고 몹쓸 짓을 저지르고 있다.

그렇게만 생각하던 로렌스를 보고 호로는 어이없어하면서도 현명하게도 입을 다물고 있었다. 본인을 직접 만나면 오해도 풀릴 거라 판단했기 때문이었다.

로렌스는 그것과 완전히 똑같은 구도가, 이번 이야기에도 적용된다는 사실을 알아차렸다.

"키먼에 대해, 또는 케르베에 대해, 에이브는 구체적인 이야기를 단 하나도 하지 않았어."

호로는 마치 걷기 연습이라도 하듯 가볍게 걸어 나서다가 차츰 속도를 올렸다. 아직 태양이 지평선 너머로 가려지지 않았기 때문에 누가 보고 있는 건 아닌지 일단 확인하는 중이었다.

거기에는 물론 에이브의 부하들도 포함되어 있다.

그들은 당연히 에이브에게서 호로의 정체를 들었을 테니, 미행한다 해도 상당한 거리를 두고 있으리라. 따라서 로렌스와 호로가 잠깐 어디에 들렀다 간다 해도 내일 아침까지만 원래의 길로 돌아가면 들킬 걱정은 아마도 없다.

"우리가 제일 염두에 두어야 할 건 에이브의 꿍꿍이가 아니었어. 그보다 더욱 이전의 전제야. 케르베가 정말로 칼란을 방해하고 있는지 아닌지였던 거지."

호로가 속도를 올리자 로렌스는 마치 바람의 일부가 된 감각을 느꼈다.

주위 풍경이 녹아내리고, 확실한 것은 호로의 모피가 주는 온기와 그 힘찬 숨결뿐이다.

그래도 로렌스는 개의치 않고 말을 이었다.

"에이브의 이야기는 전부 케르베가 적이라는 전제로 진행됐어. 전혀 의심할 필요도 없는, 확정된 사실처럼 말이지. 물론 케르베가 칼란의 행동을 완전히 허용한다고는 생각하기 어려우니 두 도시 사이에 모종의 실랑이가 있음은 분명해. 하지만 그렇다 해도, 그 내용이 전혀 다를 가능성도 충분히 있어."

호로의 다리는 점점 더 빨라져, 만일 여행자가 멀리서 본다 해도 그저 모래 먼지를 늑대로 착각했다고밖에 생각하지 못할 것이다.

"에이브가 케르베와 직접 교섭하지 않는 이유는 방해를 경계하거나 견제해서가 아닐지도 몰라. **케르베 또한 에이브 앞에서**

입장이 불리해지기 때문에 난감해 하고 있을 수도 있어."

케르베가 실력 행사에 나서지 않고, 마티어스가 지금도 무사한 이유는 이것밖에 없다는 느낌이 든다.

케르베에 대한 정보는 전부 전해 들은 것이다. 로렌스 스스로도 일각고래를 둘러싼 소동 때 케르베 사람들이 얼마나 이기적이고 냉철했는지 알고 있기 때문에, 에이브에게서 자세한 설명을 듣지 않아도 '사정은 대충 알겠다' 하는 식으로 생각하기 쉽다. 무엇보다 에이브가 어떤 꼴을 겪었는지는 아마도 그 도시의 누구보다 로렌스가 잘 알고 있을 테니까.

중요한 건 에이브가 그것까지 포함하여 다 알고 있다는 점이다. 심지어 그 술자리에서의 해후를 통해 로렌스가 옛날과 크게 달라진 바 없다는 사실도 알고 있다.

얼빠진 양은 마티어스에게서 이야기를 듣고 설레발을 치며 성큼성큼 큰 보폭으로 걸어왔다.

그렇다면 그 양어깨에 손을 짚고 방향을 살짝 바꿔 주기만 해도 자신이 원하는 방향으로 걷게 할 수 있으리라고 에이브는 생각했을 것이다.

「내 귀는 거짓말을 결코 놓치지 않아. 하지만….」

호로의 등에 탄 로렌스가 납작 엎드리자 목소리가 등을 통해 울리는 것이 직접 느껴졌다. 로렌스는 그 직후 위장이 서늘해지고, 부유감에 다리에서 힘이 풀릴 것만 같았다.

호로가 언덕에서 언덕으로 뛰어넘어, 쏟아지는 비보다도 빠르게 언덕길을 달려 내려갔다.

「말하지 않는 부분까지 들을 재주는 없어. 그러다 보니 당신의 지레짐작, 성급한 판단을 때로는 놓치고 마는 거지.」

그것은 비아냥거리거나 화풀이를 한다기보다는 스스로 반성하는 빛이 더욱 역력한 말이었다.

"하지만 이렇게 만회할 수 있는 것도 네 덕분이야."

에이브도 설마하니 로렌스가 멋대로 케르베에 가리라고는 생각하지 못했으리라.

케르베를 상대로 아주 미묘하고 위험한 교섭이 예상되고 있으며, 로렌스가 큰 돈벌이에 눈이 멀어 단독행동을 벌일 기미는 보이지 않는다는 것도 술자리 대화를 통해 알고 있다.

그렇다면 에이브는 저지를 수 있다.

숲 건너편에서 술렁거리는 소리의 정체가 늑대 떼라고, 양이 철석같이 믿게 만드는 일 정도는.

「하지만 당신이 함정에 빠지는 이유가 매번 나라면, 그걸 내가 구해 주는 걸 만회라고 불러도 좋을지 다소 망설여지는걸.」

본래 호로가 마이어의 숲 냄새와 벌꿀주에 낚이는 바람에 말려든 이야기였다. 그리고 호로가 낚이면 당연하다는 듯 로렌스도 따라와서는 내게 맡기라며 요란하게 호언장담하다 함정에 빠지고 만다.

"괜찮은 한 쌍인 것 같기도 해."

로렌스가 천연덕스럽게 말하자 호로의 네 다리가 지면을 박차는 것 말고 다른 진동이 로렌스에게 전달되었다.

「나도 충분히 멍청하다니까.」

이러니저러니 해도, 호로 역시 이런 나날이 즐거운 모양이다.

"그리고 혹시 케르베에 도착해 보니 에이브의 말이 전부 옳았을 수도 있으니까, 그때는 화내지 말아 줘."

「그때는 그때지.」

큰 기복도 없는데 호로가 유난히 높이 뛰어올랐다.

"그것도 다 즐거운 여행의 추억이니까?!"

호로의 등에서 로렌스가 고함치듯 말하자, 호로는 대답 대신 대지를 크게 박차며 그야말로 날듯이 달려갔다.

제 5 막

대략 10년 만에 오게 된 케르베는 당시보다 훨씬 더 번화한 도시가 되어 있었다. 특히 당시에는 쓸쓸하던 도시 북쪽 지역도 착실하게 발전했고, 덕분에 도시 남북 사이에 낀 강어귀 부근은 마치 축제가 열린 것 같았다.

강어귀를 비추는 술집의 횃불, 여기저기서 들려오는 악사들의 선율. 호로의 고삐를 풀어놓았다가는 분명 하룻밤 내내 돌아오지 않으리라.

하지만 칼란에서 힘차게 달려온 것으로 만족했는지, 꼬리털과 머리카락이 다소 흐트러진 호로는 멀건 포도주 한 잔만 원하고는 편안한 가을 바닷바람을 한껏 만끽했다.

"…아니, 이것 참."

로렌스가 그런 호로를 데리고 케르베에 있는 로엔 상업조합의 상관을 찾아가자 나이 든 상인들과 탁자에 둘러앉아 있던 키먼이 눈을 휘둥그렇게 떴다.

"꼭 닮은 다른 사람… 은 아니겠지요?"

밤도 깊어, 성실한 상인이라면 내일을 대비하여 여관으로 돌아갈까 생각하는 시간. 그때 느닷없이 나타난 사람이 어마어마하게 먼 산속 깊은 곳에 있어야 할 지인이라면, 아무리 베테랑 상인인 키먼이라도 동요하는 수밖에 없다.

"급한 볼일이 있어서요."

로렌스가 싱긋 웃으며 말하자 키먼은 차츰 제정신이 돌아온 듯, 금세 안쪽 방으로 손님들을 안내했다.

시간이 시간인 만큼 상관 한구석에서 잠들어 있던 시동이, 잠이 덜 깬 눈으로 내온 손님 대접용 술을 받아들자마자 키먼이 말했다.

"또 여명의 추기경과 관련된 문제입니까?"

"또?"

로렌스가 되묻자 키먼이 눈을 껌벅거렸다.

"이야기 못 들으셨습니까? 바로 얼마 전 그 두 분이 여길 찾아왔어요. 정말이지 갑작스럽고도 기묘한 이야기를 가지고."

콜과 뮤리의 편지 속에서 무언가를 놓쳤던가, 하는 표정으로 로렌스가 호로를 쳐다보았으나 호로 역시 고개만 갸웃했다.

키먼은 그런 두 사람을 보고는 사정을 알겠다는 듯 고개를 끄덕였다.

"자신들의 모험 속에서는 굳이 편지로 쓸 만한 일이 아니었을지도 모르지요. 이 근방에서는 한참 이야깃거리가 됐습니다만. 여명의 추기경이 유령선을 천국으로 인도했다고 말입니다."

유령선 이야기는 확실히 뮤리가 한껏 흥분한 필치로 편지에 적은 적이 있었다.

하지만 키먼은 편지 속에 등장하지 않았고, 천국으로 인도했다는 건 또 무슨 말일까?

대체 그 둘은 편지에 적혀 있지 않은 내용 너머에서 무슨 모험을 한 걸까.

로렌스가 신음하자 키먼은 슬며시 웃으며 건배를 하고는 이야기의 흐름을 바꾸었다.

"그런데 로렌스 씨도 급한 볼일이 있어서 오셨다고요?"

"아, 실례했습니다. 네, 맞습니다. 이런 시간에 죄송합니다."

키먼은 미소를 짓고, 호로는 킁킁 술 냄새를 맡더니 에이브네 술이 더 질이 좋았다는 표정을 했다.

"일의 흐름상 칼란에서 에이브 씨의 대리를 맡게 될 것 같습니다."

마녀가 석화 마법을 걸면 사람이 이렇게 되지 않을까 싶을 정도로 키먼의 몸이 굳었다.

"…그렇군요. 급한 볼일이라는 말에 딱이네요."

겨우 말을 토한 키먼의 눈이 끔찍하다는 듯 빛났다. 하지만 입꼬리는 웃는 모양으로 끌어올려졌다.

"그 암여우가… 설마 승리를 굳히기 위해 로렌스 씨를 이용할 생각인 걸까요."

술을 마시던 호로가 이쪽을 슬쩍 쳐다보는 것을 로렌스는 알아차렸다.

정답인 모양이었다.

"케르베는 자신들의 장사를 지키기 위해 칼란의 발전을 방해하려 암약 중이다."

로렌스가 마치 음유시인의 이야기 도입부처럼 읊조리자 키먼은 가슴이 터지지 않을까 걱정될 정도로 숨을 잔뜩 들이마셨다가 거대한 한숨을 토해 냈다.

"우리가 그 문제로 얼마나 고생을 하고 있는지…."

촛불의 불빛 때문인지 키먼은 다소 야위어 보였다.

하지만 어쩌면 그것은 마음고생 때문이었는지도 모른다.

"로렌스 씨는 칼란 이야기를 어디서 들으셨습니까? 애당초 그 암여우의 편에 붙은 것 같은데, 왜 일부러 절 찾아오신 거죠?"

이 회합이 이미 에이브가 세운 작전의 일환 아니냐는 말까지는 하지 않았으나, 순수한 의문에 더해 신용해도 좋을지 망설이는 느낌이 엿보였다.

로렌스가 "좀 복잡합니다만." 하고 말을 꺼낸 뒤 뇨히라에서 나온 이유부터 이야기하자 키먼 또한 살로니아 이야기 부근에서 깜짝 놀랐다.

"그게 로렌스 씨 이야기였나요!"

축제 때문에 시끌벅적한 시기였으니 특이한 동네 이야기는 상인들의 입을 타고 여기저기 퍼졌으리라. 게다가 케르베 입장에서도 살로니아의 목재가 어떻게 될지 주시하고 있었을지도 모른다.

"저는 토네부르크의 영주님과 삼림감독관에게서 먼저 칼란

이야기를 들었습니다. 그리고 칼란과 케르베가 오랜 세월 앙금이 있는 모양이고, 아마도 토네부르크의 영주님도 이쪽 도시와 그리 좋은 관계를 쌓지는 못했던 것 같다는 인상을 받았습니다."

로렌스는 '그리'라는 단어에 배려를 담아 말했다.

키먼은 놀람이 가라앉고, 이번에는 로렌스의 이야기를 곱씹는 눈치였다.

"토네부르크의 영주 입장에서는 아마 우리가 생피를 빠는 거머리나 그 비슷한 걸로 보이겠지요."

"토네부르크의 영주님이 빌리신 돈은 전부 이쪽 도시 상회의 것이었습니까?"

허세를 부리느라 칼란에서는 빌리지 않았다고 말했을 가능성도 조금은 있다.

그리고 누가 누구에게 빚을 졌는지는 이런 국면에서 매우 중요한 사항이다.

"오랜 옛날부터의 빚이니까요. 근린이라면 여기 말고는 빌릴 곳이 없습니다. 무엇보다 그 영주가 칼란에 빚을 졌다면 칼란과 함께 숲을 개간하겠다는 결단도 하지 않았을 테고요."

로렌스가 마지막 부분을 이해하지 못하고 있는데 옆에서 호로가 비아냥거리듯 웃었다.

"그렇게 생겨 먹었어도 높으신 분은 높으신 분이라 이거지."

'높으신 분'이라는 말이 칭찬이 아니라는 사실은 바로 알 수 있었다.

"…대등한 관계가 아닌, 꿀리는 입장?"

"그런 입장에서 오는 반발심이라고 해야 할까요. 왜 내가 평민들에게 기가 죽어야만 하느냐는."

마티어스는 로렌스 앞에서 꽤나 의젓했지만, 그것은 로렌스에게 전혀 주눅 들 것이 없기 때문이었다. 대대로 빚을 지는 바람에 굴욕적인 관계를 맺게 된 상대에게는 그럴 수도 없을 것이다.

"우리와 상의했다면 빚이든 교회 관련 문제든 얼마든지 들어줬을 겁니다. 그 숲의 목재는 귀중하니까요. 하지만 그런 식으로 가격을 매기는 게 싫고, 또 입장이 대등하거나 심지어 목재를 내세우면 우위에 설 수도 있는 칼란의 계획에 편승한 거죠. 그러면 누구나가 그 영주를 중요인물로 취급해 줄 테니. 특별할 것 없는 영주에게는 참기 힘든 유혹일 겁니다."

키먼은 어깨를 으쓱했으나 로렌스는 오히려 마티어스가 오랜 세월 놓여 있었던 처지를 생각하니 마음이 아팠다. 그만큼 인상이 좋은 사람이기 때문이었고, 언제든 금화로 바꿀 수 있는 숲을 유지하는 데에는 상당한 자제심이 필요했을 테니 말이다.

"칼란이 우리에게 적개심을 품고 있는 건… 뭐, 틀린 건 아닙니다. 교역할 때 수입처에서 우리 상인단과 충돌하는 일도 있고, 근린 일대 상품의 흐름은 우리 쪽에 아무래도 유리하죠. 그쪽에서는 세금을 대폭 내림으로써 그 흐름을 바꾸려 했던 모양입니다만."

키먼의 이야기를 어디까지 곧이들어도 좋을지 알 수는 없지만, 칼란과 케르베의 관계는 그야말로 로렌스의 비유에 가까운 듯했다.

길을 잃고 가게로 잘못 들어간 소.

케르베는 실제로 칼란에 상처를 입히고 있을 수도 있지만 그 행동에 악의는 없다. 단순히 덩치가 너무 클 뿐, 가게 선반에 진열된 항아리에 원한이 있는 건 아니다.

"지역이 달라지면 매사를 보는 시점도 확 달라지는 법. 행상인인 로렌스 씨라면 아시겠죠."

하지만 불 피우는 데에도 애를 먹을 정도이니, 그런 기본적인 일조차도 잊고 있었다.

헛기침을 하고 로렌스가 말했다.

"그러니까, 저는 에이브 씨가 정말로 어떤 큰 그림을 그리고 있는지 확인하기 위해 이곳을 찾아왔습니다. 그리고 아무래도 저는 무대 뒤를 보지 못했던 모양입니다. 하지만 우리가 느낀 바로는 에이브 씨도 옛날처럼 악랄하지 않은 것 같은데, 통 이해가 되지 않는군요."

특히 이곳 케르베에 관한 문제를, 도무지 알 수가 없었다.

에이브는 어떻게 케르베의 목덜미를 잡고서 짓누르고 있을까.

로렌스의 말에 키먼은 전혀 그렇지 않다는 듯 눈을 가늘게 뜨고 입을 오므렸다.

"그 암여우의 악랄함은 전보다 더 심해졌습니다."

옆에 있던 호로가 살짝 숨을 들이켜는 것을 로렌스도 느꼈다.

"골치 아픈 게, 정공법으로 목을 조르려고 하니까요."

로렌스는 다시 한번 호로를 쳐다보았다. 이번에는 호로도 로렌스를 쳐다보지 않고, 어딘가 모르게 어두운 호기심으로 눈을 빛내며 키먼의 다음 말을 기다리고 있었다.

"그 암여우는 바늘구멍에 실을 꿰듯 아주 정밀하게 계획을 짜서 저를 괴롭히고 있습니다."

"무슨 말씀이시죠?"

키먼은 살짝 흐트러진 앞머리를 손으로 쓸어내렸다.

"양모입니다, 양모로 저희의 목을 조르려 하는 겁니다."

이야기를 잇기 전, 키먼은 자리를 바꾸자고 제안했다.

자신이 무슨 이야기를 해도 결국 에이브의 이야기와 천칭에 나란히 올라갈 테니 실제로 보는 편이 빠르다면서.

그런 연유로 로렌스와 호로는 키먼과 함께 한밤의 케르베를 걷고 있었는데, 이런 시간에도 드문드문 행인과 마주쳤으며 그 중 적잖은 수가 키먼에게 인사를 건넸고 순찰병들은 경례를 했다.

그런 키먼의 안내로 도착한 곳은 도시의 항구에 가까운 장소였다.

"여긴 어디죠?"

"양모 거래소입니다."

그럭저럭 높은 벽돌 벽이 이어지다 암흑 너머로 사라진다. 상당히 넓은 장소였고, 벽으로 둘러싸여 있는 것을 보니 상품 보관에도 이용되는 모양이었다. 키먼이 야간 경비에게 말을 걸자 나무문이 열려, 안으로 들어가니 다소 답답한 도시 안이라고는 생각하기 힘들 정도로 텅 빈 광장이 펼쳐져 있었다.

"보통은 이 시기면 여름에 깎은 양모가 줄지어 거리로 실려 들어와 마치 큰 눈이 내린 것처럼 가득 쌓이는데 말이죠."

호로는 코를 킁킁 울리며 왠지 모르게 썰렁하다는 듯 목을 움츠리더니 로렌스 곁으로 바짝 붙었다. 칼란에서 달려오면서 흘렸던 땀이 식어서인지도 모르겠다.

"그 암여우 때문에 보시다시피 이 꼴입니다."

"양모를 입수할 수가 없는 겁니까?"

"네. 그 작자는 어떤 감정사를 데리고 있는지 양모 장사에서는 타의 추종을 불허합니다. 심지어 지금은 여명의 추기경의 어용 상인이나 다름없는 입지까지 손에 넣었죠. 그래서 왕국의 양모 수출에 큰 영향을 끼치고 있어요. 우리 대륙 측 양모 상인들 사이에서는 그 인간의 비위를 거스르면 도시 사람들이 감기에 걸린다는 소리까지 돌고 있는 형편입니다."

그리고 지금 에이브가 양모의 대가로 원하는 것은 무엇인가.

"암여우는 양모가 필요하면 우리 쪽에서 수출하는 목재 가격을 낮추라고 합니다."

로렌스의 얼굴이 웃음을 띠려다 말고 일그러져 버렸다.

에이브는 칼란의 편이 되어 케르베와 대항하고 있던 게 아니었다.

케르베의 그림자를 얼핏얼핏 드리워 칼란을 부채질하는 한편, 칼란을 키울 계획을 세워 케르베를 협박하고 있는 것이었다.

"경쟁상대가 생기면 값을 내릴 수밖에 없지…."

호로가 매일같이 거만하게 구는 것도 로렌스의 관심을 이미 독점하고 있기 때문이다.

그런 로렌스는 도시 안에서는 드물게도 넓게 탁 트인 밤하늘을 올려다보며 말했다.

"하지만 그것만 두고 보면 흔한 장사 경쟁 같기도 합니다…만."

마지막에 살짝 주저한 것은, 물론 그렇지 않다는 사실을 키먼을 보면 알 수 있어서였다.

"저희가 왜 양모에 집착하는지. 아니, 나아가 레노스에서 들여온 목재를, 가격을 깎아서라도 왕국에 팔 수밖에 없는지 묻고 싶으신 거죠?"

"그렇, 군요. 목재는 아무래도 지금은 숲의 황금 같은 위상이니."

누구나가 목재를 원한다. 심지어 에이브마저도 책략을 짜낼 정도로.

"하기야 목재를 팔려고만 들면 어디다 팔아도 상관은 없죠. 하지만 로렌스 씨 말씀대로 저희에게는 사정이 있습니다."

이곳은 바다를 낀 항구도시이니 거래처 한 곳이 마음에 들지 않으면 배를 타고 다른 도시로 가서 목재를 팔면 그만이다. 내륙의 도시, 예컨대 레노스 같은 곳이 그러지 못하는 건 무거운 목재를 육지에서 질질 끌어 운반하는 게 현실적이지 못한 방식이기 때문이다.

하지만 이곳 케르베는 사들인 목재를 왕국에 팔아야만 하는 이유가 있다. 그 원인은 아마, 대가로 제공되는 양모일 것이다.

"무언가, 장사 이외의 이유로 양모를 꼭 입수해야만 할 필요가 있는 겁니까?"

역시 이 계절의 바닷가 도시는 밤바람이 차가운지 호로가 자신의 양어깨를 껴안았다. 로렌스는 웃옷을 벗어 호로에게 입혀 주었다.

"양모는 사람들의 주머니를 따뜻하게 해 주는 데 필요하죠."

로렌스의 큼직한 웃옷을 걸친 호로를 멍하니 지켜보던 키먼이 그렇게 말했다.

"케르베는 사람들의 오랜 노력, 그리고 제가 이끄는 로엔 상업조합의 활약 덕분에 실로 크게 발전했습니다. 하지만 지금은 지나치게 커진 것 같기도 합니다."

양모 거래소의 광장을 둘러보는 키먼에게서 옛날처럼 눈에 핏발이 선 상인이라는 느낌은 들지 않았다.

"도시 전체가 잘 굴러가도, 여러 이유로 곤궁에 처한 사람들은 언제나 일정 수 존재하죠. 다양한 곳에서 흘러 들어오는 사람도 있고요."

칼란과 달리 이곳은 교통의 요지다.

"양모로 그런 녀석들을 덮어서 따뜻하게 해 주는 건가?"

호로의 물음에 키먼은 다정한 미소를 지었다.

"비슷한 겁니다. 이 도시의 가난한 사람들은, 일단 이곳을 찾아와 문을 두드리면 한 아름의 양모가 주어집니다."

로렌스는 그제야 알아차렸다.

"실잣기."

키먼이 고개를 끄덕이자 호로가 의아한 표정으로 올려다보았다.

"실잣기는 보수는 적지만 누구나 할 수 있는 일입니다. 읽고 쓰기를 할 수 없어도, 심지어 말이 통하지 않아도 그날 당장 바로 시작할 수 있죠."

원모(原毛)를 작은 덩어리로 나누어, 발톱 달린 브러시 같은 것으로 긁어서 털 결을 고르게 정리한 후 손으로 비틀어서 실을 자아 나가는 작업을 말한다. 작업을 효율 좋게 진행하는 도구, 그리고 그 일의 적응도에 따라 사람마다 다르기는 하지만 양모를 빗을 브러시와 앉을 장소만 있으면 누구나 할 수 있다.

"네가 했던, 보리를 뒤섞는 일과 비슷한 거야."

로렌스의 말에 호로는 겨우 이해했다.

교역품으로 들어온 보리는 창고에 보관되지만 그냥 내버려두면 습기 때문에 곰팡이가 핀다고 한다. 그것을 방지하기 위해 보리를 한 번씩 뒤섞어 줄 필요가 있는데, 그 일은 마을 여자들이 독점하고 있었다. 힘이 없어도, 의지할 사람이 없어도, 누구나 금방 할 수 있는 일이기 때문에 곤란한 처지에 놓이기 쉬운 사람들을 위해 확보해 두는 일자리라고 한다.

"팔 때도 실로 만들어야 이율이 높아지니 모든 사람이 이득을 보는 셈이죠."

로렌스는 그 이야기에 지친 듯 어깨 힘을 뺐다.

실제로 에이브는 그저 정공법으로 공격하고 있는 데 불과하지만, 요컨대 케르베의 약점을 잡아 목재 가격 인하를 강요하고 있는 셈이었다. 양모의 대가인 목재는 칼란에서 사들이면 된다는 말을 덧붙여서.

게다가 로렌스는 한 가지 더 깨달은 게 있었다.

"혹시 이쪽 도시에서도 신앙 피난민을 받아들일 예정입니까?"

다음 주쯤에는 새 상품이 들어오나요, 라는 질문을 받은 상점 주인처럼 키먼은 미소를 지었다.

"물론이죠. 우리는 여명의 추기경 편이니까요."

에이브는 여전히 에이브 그대로였다.

하나하나는 모두 옳은 일이고, 장사의 윤리를 따르며, 콜을 위해 하는 일인데도 모든 그림을 맞춰 보면 하나같이 에이브에게 유리하게 작용한다.

"저는 지금… 장사라는 것이 얼마나 심오한지 새삼 실감했습니다."

굳이 악랄하게 굴 필요도 없다. 에이브처럼 기회를 보아 기민하게 움직일 수 있는 지혜가 있다면, 올바른 일만을 재료로 삼아도 된다.

그럼 늑대가 지나간 흔적을 우러러보고 있는 양, 즉 자신들은 도대체 어떻게 해야 할까.

로렌스는 길을 확인하듯 말했다.

"저는 에이브 씨의 계획을 진행시키기 위해, 마지막까지 주저하는 토네부르크의 영주님을 설득하려 토네부르크로 향하던 도중이었습니다. 그러다 진로를 바꿔, 몰래 이리로 찾아왔고요."

"그렇군요. 지금 당장이라도 당신을 밧줄로 꽁꽁 묶어 버리고 싶네요."

농담처럼 말하지만 어느 정도는 본심일 터.

"에이브 씨가 뒤가 구린 짓을 하고 있다면 토네부르크의 영주님을 위해 이 계획을 파기해야 할 수도 있다는 생각이 들어, 확인하러 온 건데요…."

에이브는 탐욕스럽지만 악은 아니다.

하지만 정의라 하기도 힘들기에 로렌스는 다소 망설여졌다.

"그 암여우가 돈벌이를 독점하는 것도, 저는 용서할 수가 없습니다만."

그것은 에이브를 장사 라이벌로 의식하는 키먼의 개인적 감정이라고 느껴질 수 있는 말이지만, 또 현실적인 의미도 담겨 있다.

왜냐하면 벌 수 있는 돈은 한정되어 있으며 지금 그 돈벌이의 모든 원천은 목재이기 때문이다.

그리고 그 목재를 벌채할 곳이 토네부르크의 숲이니, 숲을 지키기 위해서는 에이브의 수입을 깎아 버리는 것이 가장 빠른 방법이라 할 수 있다.

"그런데 로렌스 씨의 목적은 뭡니까? 제 눈에는… 로렌스 씨가 움직여 봐야 큰 돈벌이가 될 만한 일로 보이지는 않는데요. 여명의 추기경의 활동을 뒤에서 조용히 지원해 주고 싶다면, 관련이 되든 안 되든 결과는 같을 테고요."

어쨌거나 피난민들은 칼란이나 케르베에서 지낼 곳을 찾게 되리라. 그들을 제대로 대우해 주려면 그 도시가 각자 책임감을 갖고 지혜를 짜내야 한다.

로렌스 입장에서는 물론 호로를 위해서 토네부르크의 숲을 지키는 것이 최우선 사항이지만 그 이야기를 해 보았자 호로의 정체를 모르는 키먼에게는 와닿지 않을 것이다.

에이브의 수중에 떨어질 돈벌이를 줄이려 한다면 키먼의 협력은 필수다.

그때 로렌스는 키먼의 신뢰를 얻기 위해, 작은 잔꾀에 기대기로 했다.

"저도 몰랐는데 숲의 진가는 그 잡초에 있다더군요. 가축들을 살찌우는 먹이가 된다면서요."

키먼이 눈썹을 살짝 치켜올리고 로렌스를 쳐다보았다.

"시장에서 팔리지도 않는 교역품이라고 들었습니다. 보리밭 수확은 가축 분뇨의 양에 달려 있고, 토네부르크의 숲이 황폐해지면 놀랄 만큼 넓은 범위의 보리밭 수확에 영향이 간다는군요."

시장은 어디나 다양한 형태로 연결되어 있고, 한 시장에서 가격이 변동되면 마치 파도라도 치듯 그 여파가 퍼져 나간다. 케르베는 토네부르크의 숲에서 다소 거리가 있으니 이곳에서 의지하는 보리밭은 살로니아 주위와는 다른 지역일 것이다. 하지만 살로니아 근처의 보리밭 작황이 시원찮으면 당연히 케르베도 그 영향을 피할 수 없다.

그 사실을 전제로, 로렌스는 말했다.

“게다가 살로니아에서 있었던 이야기를 못 들으셨습니까?”

“살로니아?”

“저는 교회를 위해 목재 상인들의 관세 삭감 계획을 저지했습니다. 그 보상으로 보리밭 공납 특권을 손에 넣었죠.”

물론 그것은 고작 양팔을 벌린 넓이의 토지에 한정된, 의례적인 권리일 뿐이다.

하지만 사실은 사실이며 아마도 키먼은 그런 이야기의 편린을 이미 어딘가에서 주워들은 모양인지 깊이 고개를 끄덕였다.

키먼의 시야에는, 보리밭의 권익을 지키려 하는 로렌스의 이해관계가 보일 것이다.

“그러니 사실은 보리밭에 영향이 갈 만한 일 때문에 토네부르크의 영주님을 굳이 설득하고 싶지 않습니다. 하지만 현재 토네부르크는 빚과 이단 의혹으로 인해 영지 자체의 존속이 위태로워진 형편입니다. 이번 일은, 모든 것을 다 잃는 것보다는 낫다는 판단이셨겠지요.”

키먼은 로렌스의 설명에 어깨를 으쓱하며 납득했다.

로렌스는 여세를 몰아 말을 이었다.

“저는 에이브 씨의 계획을 대략적으로 듣고, 항구도시로서 후

발주자로 고생하던 칼란이 토네부르크의 영주님과 함께 기사회생의 계책을 세웠다고 생각했습니다. 그 파트너가 우연히 에이브 씨였던 거라고요.”

“그리고 우리 케르베는 그 이야기 속에서 악역을 맡았군요.”

로렌스는 고개를 끄덕였다.

“하지만 케르베의 나쁜 그림자는 아무래도 토네부르크의 영주님을 협박해서 결속을 얻어 내기 위한 구실이었던 모양입니다.”

‘장사 라이벌 케르베’라는 이야기에 근거가 있기는 하다는 게 중요한 점이다. 에이브는 크게 무리하지 않고 은근한 걱정거리만 이야기해도 충분히 케르베를 탐욕스러운 늑대로 묘사하여 가엾은 새끼 돼지들을 얼마든지 두려움에 떨게 만들 수 있다.

“우리 입장에서는….”

키먼은 역전의 상인답게 이야기하면서 생각하는 성격인 모양이었다.

그렇게 입을 떼고서 한참 말이 없다가, 다음 말이 이어졌다.

“그 암여우의 일방적인 요구를 어떻게 해서는 회피하고 싶습니다. 그 작자는 때는 이때라는 듯 절호의 특등석에 자리 잡고 앉아, 여기저기서 감사를 받으며 폭리를 취하려 하고 있어요.”

에이브의 계획이 성공했을 때를 상상해 보면 된다. 칼란은 장사를 확대시키고, 마티어스는 빚 변제 가능성을 손에 넣은

데다 여명의 추기경 진영의 비호를 받아 신앙 문제까지도 해결할 수 있다. 게다가 콜 입장에서도 자신들의 움직임 때문에 곤란에 직면한 사람들을, 에이브의 도움으로 구할 수 있다. 왜냐하면 에이브의 손에 들어간 목재는 그들이 새롭게 살 집이 되고, 온기를 얻을 장작이 되고, 그들을 왕국으로 데려다 줄 선박이 될 것이므로.

한편 케르베는 요구대로 목재 가격을 낮추는 일만 받아들이면 가난한 자들의 일자리를 확보함으로써 지금까지대로 양모를 무사히 입수할 수 있다.

이해관계만 따져 보면 케르베만 혼자 손해를 보는 것 같지만 칼란도 토네부르크도 실태는 그다지 변하지 않는다.

칼란은 규모를 키우고 싶어 하지만 지금은 아직 아담한 항구도시에 불과하다. 그렇게 많은 피난민들을 받아들여서 제대로 먹여 살릴 수 있을지 어떨지도 모르는데 도시가 발전할 거라는 전제로 피난민들을 받아들이려 한다. 관세를 없앤다는 무모한 짓까지 저지르면서. 토네부르크도 물론 숲이 사라질지도 모른다는 위험을 무릅쓰고 대장간과 숯 굽는 오두막까지 세울 각오로 목재 매각을 결단했다. 그들은 또 그들대로 케르베와는 다른 위험을 짊어지고 있다.

에이브 한 사람만이 중요한 것을 하나도 걸지 않고, 위험을 무릅쓰지도 않고서 자신이 갖고 있는 패인 양모를 목재와 교환하고 심지어 콜 일행을 위해 소매를 걷어붙였다는 실적까지 얻어 갈 수 있다.

물론 아무런 부정행위도 저지르지 않고.

마치 무척이나 선량한 상인인 것처럼.

"하지만 당신."

그때 호로가 로렌스의 웃옷 냄새라도 맡듯 옷자락을 그러모으며 말했다.

"그 녀석의 큰 그림을 완전히 망쳐 놓을 수 있겠어? 물론 불공평할 수는 있겠지만 그 덕분에 도움을 받는 자들도 있을 텐데? 나는 굳이 그 큰 그림을 찢어 버릴 정도의 이유는 없다고 생각해."

에이브는 누군가를 함정에 빠뜨리려 하는 게 아니다. 칼란도 토네부르크도 케르베도, 그리고 고향에 머무르지 못하게 된 난민들도 모두 이 계획에서 각자 얻어 가는 이득이 있다.

하지만 에이브가 앉아 있는 자리가 너무나 특등석이다 보니, 거기서 자꾸만 불공평하다는 느낌이 든다.

그리고 로렌스는 그 불공평한 느낌을 말로 표현할 재주를 갖고 있었다.

"장사의 대원칙."

"음?"

"버는 돈은 위험의 대가여야 해. 에이브는 그 점에서 그 어떤 참가자보다 안전한 데다, 돈도 지나치게 많이 벌어 가지. 어느 정도는 양보해야 한다고 생각해."

"저도 패배를 인정하긴 싫지만 그 암여우가 번 돈을 적절히 토해 내기만 한다면 모든 사람들이 훨씬 편해질 거라 생각합니다."

예컨대 토네부르크가 그 점에서 가장 현저한 변화를 보일 것이다. 에이브가 양모 가격을 낮춰 주면 토네부르크가 내놓아야 할 목재의 양도 줄어들고, 숲도 영향을 덜 받게 된다. 칼란은 저렴하게 사들인 양모를 통해 큰돈을 벌 수 있다면 도시로 받아들일 난민들을 위해 쓸 자금을 확보할 수 있다. 그것은 케르베도 마찬가지이며, 목재 가격의 신랄한 에누리를 회피하면 그만큼 많은 양모를 확보하여 이 텅텅 빈 양모 거래소를 꽉 채울 수 있다.

"그러므로 유일하게 에이브 씨가 질책받을 점이 있다면…."

로렌스는 케르베에 와서 상황을 직접 보고 머릿속 지도를 새롭게 고쳐 그리며 에이브가 걸어 온 길을 검토했다.

"에이브 씨가 콜 일행과 연결되어 있다는 부분이야."

그것은 에이브의 매우 강력한 무기였다. 배후에 여명의 추기경의 그림자가 얼핏 스치기만 해도 주위에서는 알아서 에이브가 원하는 방향으로 움직여 줄 테니 말이다.

하지만 그것은 세간에서 절대적인 공감을 받고 있는 여명의 추기경의, 그 청렴한 사상에 걸맞은 책임감을 짊어져야 한다는 뜻도 된다.

“지나치게 많은 돈을 벌고 있다는 사실을 지적해서 해결할 수 없을까요? 특히 케르베의 참사회라면 윈필 왕국에도 어느 정도 영향력을 갖고 있을 텐데요.”

로렌스의 말에 키먼이 난감한 표정을 지었다.

“그게 또 골치 아픈 부분입니다. 요즘 들어서는 여명의 추기경의 기세에 편승하면 이익이 저절로 따라오거든요. 아니, 애초에 지금은 왕국의 특산품을 일부러 비싼 값에 사들이는 일 자체가 드물지 않아요.”

“예?”

“여명의 추기경 편인 윈필 왕국의 상품을 구입한다는 것은 욕심 많은 교회를 혼내 주는 운동을 지지한다는 사실을 의미하죠. 일종의 기부인 겁니다. 세상에 좋은 일을 한다는 상징이 되니 사겠다는 사람이 끊이질 않아요.”

콜 일행에게는 그런 의도가 없었겠지만 세상 사람들이 얼마나 얄팍한지는 로렌스도 어느 정도 알고 있다. 애당초 상인이란 게 그런 부분에서 이익을 짜내는 자들을 의미한다.

에이브는 그런 의미에서 대중의 심리를 아주 잘 파악하고, 자신의 입장에 그것을 이용하고 있다.

“이 도시의 시정참사회도 암여우와의 대립을 원치 않습니다. 제가 아무리 그 암여우의 방식에 분개하고, 또 현실적으로 양모가 고갈된 탓에 곤궁에 처한 사람들을 도우려 노력해 봐야 시정 참사회 녀석들은 어깨만 으쓱할 뿐이죠. 심지어 일각고래를 둘러싼 소동 때 생겼던 응어리를 이참에 풀어 버리자고 하는 사람까지 나오는 상황입니다."

에이브가 설마 이렇게까지 거물이 되리라고는 아무도 예상치 못했다. 당시의 에이브는 도시 북쪽에 사는 귀족이 마음대로 굴리는 하찮은 패 중 하나에 불과했다. 하지만 옛일을 기억하는 사람들이라면 지금쯤 식은땀을 뻘뻘 흘리고 있을 것이다.

그러는 한편 로렌스는 키먼의 말 속에서 다소 뜻밖의 사실을 발견했다.

"참사회에서는 키먼 씨가 도시의 빈곤 대책을 맡고 계십니까?"

로렌스의 물음에 키먼은 누군가가 동상에 걸린 자리를 실수로 건드렸지만 허세를 부리며 꾹 참는 어린애처럼, 복잡한 미소를 지었다.

"제 나름대로 일각고래 소동을 조사해 보고 다음번에는 더 잘하겠다고 맹세했는데, 그때 걸인들이 가진 정보망의 중요성을 이해했거든요."

로렌스는 몇 박자 후에야 그 말을 이해했다.

그러니까, 콜이 방랑학생인 척하며 도시 내 걸인들에게서 중요한 정보를 수집했을 때 이야기다.

"그들과 더 두터운 연결고리를 갖고 있어야 했다고, 처음에는 이해관계를 바탕으로 생각했습니다만."

관계를 갖는 사이 그들의 사정을 이해하고 나니 도저히 내버려둘 수가 없어, 어울리지도 않게 그들을 돕게 되었다는 걸까.

에이브도 그렇지만, 영리하고 무정한 상인으로 보이고 싶어 하는 그들의 천성이 상인이라는 신분에서 한 걸음 떨어진 로렌스의 눈에는 묘하게 흐뭇해 보였다.

키먼이 에이브의 방식에 분개하는 이유도 결국 비슷한 부류이기 때문인지도 모른다.

"키먼 씨가 악이었다면, 또는 에이브 씨가 악랄한 계획을 꾸몄다는 사실이 밝혀졌다면 저도 마음이 훨씬 편했을 텐데요."

로렌스의 말에 키먼은 결국 웃음을 터뜨렸다.

"동의합니다. 하지만 그 암여우의 계획에 휘말린 사람들은 하나같이 필요한 인재가 되고 싶었을 뿐이죠. 그런 부분을 조종당해, 그자가 그린 큰 그림 속 한 조각이 되고 말았습니다."

아마 칼란이 지금까지 도시를 발전시키지 못했던 것에 대해서는, 강의 관문을 관리하는 영주들이나 길을 내고 싶은 토지 소유주들의 주장을 고려하면 이래저래 납득할 수밖에 없다는 이유가 그 근저에 깔려 있을 것이다.

"그러니… 결과적으로 그 암여우의 꿍꿍이에 넘어갈 수밖에 없었다 치고, 제가 로렌스 씨에게 부탁할 일이 있다면…."

키먼은 말을 잠시 끊었다가, 가벼운 말투로 이었다.

"콜 청년과 교섭하여, 레노스에서 들어오는 모피를 몸에 두르면 세상의 온갖 삿된 신앙으로부터 자기 몸을 지킬 수 있다는 이야기라도 퍼뜨려 달라는 것 정도일까요."

레노스에서 로에프 강을 따라, 목재와 모피가 이곳 케르베로 실려 온다.

만일 모피의 가치가 올라간다면 그 올라간 만큼, 가격 인하를 강요당한 목재 값을 메꾸기 위한 양모를 살 수 있다.

하지만 신앙을 이용한 돈벌이는 콜이 교회와 싸우는 가장 큰 이유였다.

"…그 제안은, 저희 온천장이 경영난에 빠졌을 때를 대비해서 빼돌려 놓아야겠군요."

키먼은 목젖을 울리듯 웃었다.

로렌스는 그런 키먼을 향해 말했다.

"저희의 관심사는 토네부르크의 숲입니다. 그 숲을 개간한다 해도 정말로 칼란이 계획했던 대로 장사를 번창시킬 수 있을지, 또 그것이 일시적인 현상이 아닐지 기대할 수 있을까요?"

사실 케르베가 칼란의 계획을 무너뜨리려 든다면, 이 질문에서는 제대로 된 대답을 기대할 수 없다.

하지만 케르베와 키먼의 사정을 알게 된 지금이라면 유의미한 대답을 기대할 수 있을 터였다.

"사람을 보내 수집한 정보에 따르면… 분명, 숲에 길을 내고 대장간과 숯 굽는 오두막을 지으려 한다는 이야기였던 것 같습니다만."

"예."

키먼은 상인으로서의 날카로운 눈빛으로 양모 거래소의 어둠을 바라보며 대답했다.

"목재를 베어 낸 만큼은 돈을 벌겠지요. 하지만 남쪽을 향해 길을 낸다고 대체 무슨 뾰족한 수가 생기겠습니까? 그 너머에 있는 것은 우리, 케르베의 상권입니다. 경쟁력 있는 상품이라고 해 보았자 암여우를 경유해서 입수할 수 있는 양모가 전부겠죠. 케르베와 칼란은 비슷한 도시입니다. 똑같은 빵과 빵을 교환한다고 해 봤자 배가 더 부르는 건 아닙니다."

그 직후 호로가 마치 재채기하듯 웃음을 터뜨렸다.

로렌스와 완전히 똑같은 비유를 하는 게 우스웠던 모양이다. 아마 로렌스 자신도 이 비유를 옛 둥지였던 이 상업조합 어딘가의 상관에서 동료들에게 들었을 것이다.

"결국 그렇게 되는군요."

"예, 장사의 도리죠."

그렇게 역시 어디까지나 목재 벌목에 의지할 수밖에 없다면, 타냐의 힘을 몰래 빌려서라도 토네부르크의 숲을 지속시킬 수 있을지 어떨지.

애당초 길을 내는 것 자체가 숲의 성질을 크게 바꿔 버리는 일이라고 호로는 말했다.

오두막에서 숯을 굽고, 대장간에서 그것을 연료로 사용하고, 나무를 베어 칼란을 경유해서 왕국에 내다 팔아 버는 돈은 전부 숲의 목재를 토대로 하고 있으며 개간된 길이 추가적인 이익을 가져다 주리라고는 키먼도 생각하지 않는다.

심지어 그것은 케르베가 칼란의 장사를 방해하는 수준의 문제조차 되지 않는다. 유통되는 상품이 지나치게 비슷한 탓에, 상인들은 자연스럽게 굳이 칼란을 이용할 이유가 없다고 판단할 것이다.

케르베가 사악하다면 차라리 어떻게든 문제를 해결할 수 있다. 하지만 방해조차 되지 않는다면 손쓸 도리가 없다.

"논리적으로 말하면 저희는 숲을 적당히 이용하고, 칼란은 장사를 키우고, 물론 케르베도 지금까지와 똑같이 양모를 입수할 수 있겠지요."

로렌스는 영원히 올라가는 계단 그림이라도 보는 기분으로 말했다.

"예. 악마처럼 혼자만 승리를 거머쥐려 드는 그 암여우의 수중에 떨어질 액수만 줄일 수 있다면 목재 판매도 줄여서 숲을 지킬 수 있고, 같은 이야기가 칼란과 저희 케르베에도 적용됩니다."

하지만 그 방법을 찾을 수가 없다. 에이브는 옳은 일만을 계속하고 있다.

얼마 안 되는 희망이라면 여기 모여든 패배자들끼리 손을 잡는 것 정도겠지.

"하지만 아무리 생각해 봐도 결국은 장사의 도리가 가로막는군요…."

"로렌스 씨답지 않게 약한 말씀을 다 하십니다. 살로니아에서 보여 주셨던 그 활약은 어떻게 된 거죠?"

다소 심술궂은 그 말투는 옛날의 키먼을 떠오르게 했다.

"그것은 제가 짜낸 지혜라기보다, 제가 외부인이었기 때문에 다들 조심했다는 의미가 더 클 겁니다."

고개를 끄덕이는 키먼을 보며 로렌스는 말을 이었다.

"에이브 씨가 콜 측과의 연줄을 이용하고 있다는 건 지금은 일단 무시하죠. 적극적으로 악랄하게 이용한다면 콜에게 직접 연락해서 막을 수 있지만… 간접적으로, 심지어 이용당하는 상대가 알아서 원하는 방향으로 움직이도록 교묘하게 이용하고 있으니 말입니다."

키먼이 끔찍하다는 듯 고개를 끄덕이며 말했다.

"우리 쪽에, 양모에 대항할 상품이 뭔가 있으면 좋을 텐데 말이죠."

결국 그 약점을 파고드는 것이다. 하지만 에이브가 정상적인 거래를 교묘하게 쌓아 올린 이상, 이쪽에서도 정상적으로 대항하면 에이브도 거부할 수 없다.

하지만 목재에 필적할 만한 상품이라 하면 그야말로 콜의 명성을 이용한, 영험함이 보증된 모피 정도밖에 바로 떠오르는 것이 없었다. 심지어 이것은 에이브조차 손대지 못한, 당당하게 고개를 들고 팔 만한 물건이 아니다.

"당신, 뭐 없어?"

오늘 저녁은 이게 다야? 에 가까운 말투였지만 그것은 그저 호로의 순수한 기대라고 생각하기로 했다. 하지만 로렌스는 약간의 행운이 따를 뿐인, 기본적으로는 평범한 상인이었으며 지금은 상인조차 아니다.

"여기서 바로 뭔가를 떠올릴 수 있다면 나는 눈 깜짝할 사이 거상이 될 텐데."

키먼도 분명 열심히 머리를 굴렸을 테고, 칼란, 또는 마티어스도 최선을 다했을 것이다. 여러 곳의 사람들이 생각한 그 모든 것들을 능가할 아이디어를 구상할 만큼 자신이 특별하다고, 로렌스는 생각하지 않는다.

"으으음…. 하지만 왠지 답답한걸."

호로의 마음도 이해가 된다. 잘못된 것이 하나도 없는데, 뭔가 크게 잘못된 느낌이 자꾸만 든다.

"그렇지! 우리가 생각했던 것만큼 도시끼리 사이가 나쁘지는 않았던 거잖아? 그렇다면 그 숲 가문의 빚인지 뭔지를 이 녀석의 힘으로 어떻게 해결할 수 있지 않을까? 그러면 그 숲의 나무를 팔지 않아도 되고. 그러면 목재는 이 도시에서만 사야 하니, 이곳에 양털이 다시 가득 채워지겠지. 만사해결 아닐까?"

호로가 키먼과 그 주위를 손가락으로 가리켰지만, 키먼은 어깨만 으쓱할 뿐이었다. 로렌스가 대신 말했다.

"그걸로 문제가 해결되는 건 토네부르크와 케르베뿐이고, 그러면 칼란의 문제가 덜렁 남겨져. 장사 규모를 키울 도구였던 목재를 잃고 양모도 입수할 수 없게 되니까. 뭐, 그 사람들까지 생각할 의리는 없다고 한다면 그럴 수도 있지만…."

하지만 로렌스는 소란스러웠던 술집을 떠올렸다. 그곳에는 어이없을 정도로 낙천적인 분위기가 가득했고, 그것은 한때 행상인이었던 로렌스의 가슴조차 떨리게 했다.

게다가 토네부르크가 숲을 개간하지 않으면 그 토목공사 일자리를 노리고 찾아올 피난민들도 길거리에 나앉게 된다.

"끄응~…."

호로는 금방이라도 발을 굴러댈 기세였다.

한쪽을 세우면 반대쪽이 쓰러진다. 이야기에 등장하는 칼란, 토네부르크, 케르베 중 둘을 구하면 반드시 남겨진 한 곳이 침몰하고 만다.

똑같은 자재를 가지고 기적처럼 거대한 건물을 세우는 데 성공한 에이브이기 때문에 그 지붕 위에서 한 손에 포도주를 든 채 소리 높여 웃을 수 있는 것이다.

그때 키먼이 말했다.

"상관으로 돌아갈까요? 시간이 별로 없는 모양인데, 여기보다는 머리를 굴리기가 더 쉬울 겁니다."

호로는 분노로 추위도 잊은 모양이지만 가을 밤바람에 감기에 걸릴 수도 있다.

"그 암여우에게 로렌스 씨의 행동이 들킬 때까지 어느 정도 여유가 있을까요?"

로렌스는 마티어스를 설득하러 간다는 구실로 칼란을 나와, 여기에 와 있었다.

"내일… 새벽 전에는 여길 나가야 합니다."

키먼은 고개를 끄덕이고는 앞머리를 세게 쓸어내렸다.

"예전에는 툭하면 밤을 지새우며 장사 계획을 짜곤 했죠."

누군가가 크게 악당인 것도 아닌 이 상황.

하지만 에이브가 소리 높여 웃는 소리가 울려 퍼지는 가운데, 그 손바닥 위에서 고분고분 놀아나는 것도 비위에 거슬린다.

"지난번과는 다른 조합이네요."

키먼의 말에 로렌스는 "이번에는 온건하게 가시죠." 하고 대답했다.

상인답게 짓궂은 웃음을 서로 나누는 두 남자 앞에서, 도저히 대화에 끼어들지 못한 호로 혼자 불만스러운 표정을 짓고 있었다.

말단 점원이 열심히 날라 온 것은 근린 지도와 상관 측에서 파악하고 있는 여러 장사 계약서들이었다. 자잘한 것까지 다 포함하면 방대한 수의 상품이 거래되고, 그 작은 흐름을 다발로 묶으면 큰 장사의 흐름이 생겨난다.

키먼은 에이브의 꿍꿍이 앞에서 어떻게든 발목을 잡히지 않으려 계획을 짜고 있었으나 잘 풀리지 않았다고 한다. 하지만 지금은 로렌스가 나타났고, 느긋하던 시장의 장사가 급변하는 것은 언제나 여행자가 가져오는 새로운 정보였으니, 돌파구가 없다며 포기하기는 아직 이르다.

"윈필 왕국이 반드시 필요로 하는 것을 잽싸게 준비하면 되는 거죠."

"암여우도 이번만큼은 정상적인 거래 형식을 갖추었으니까요. 목재를 내놓지 않으면 양모를 절대 팔지 않겠다는 선택지를 취하기는 어려울 겁니다."

이번에 에이브가 쥔 강점이자 약점은, 청렴결백한 여명의 추기경과 한편이라는 사실이다.

에이브가 악랄한 짓을 한다면 콜에게 호소한다는 방법이 있다.

이것은 물론 로렌스 자신이 악랄한 상인이 되겠다고 마음만 먹으면 망설임 없이 콜에게 명령을 내려 에이브의 장사를 얼마든지 방해할 수 있다는 사실도 의미하지만, 그런 짓을 할 수 있을 리가 없다.

콜은 물론 외동딸 뮤리에게서도 싸늘한 시선을 받을 거라 생각하니 상상만 해도 숨이 막히는 기분이었다.

"이미 전부 검토하셨겠지만, 모피는 안 되는 겁니까?"

케르베로는 레노스에서 강을 따라 목재와 함께 모피도 들어온다. 게다가 모피라면 살로니아에서 알게 된 라덴 주교의 마을에서도 사슴 사냥이 활발하며, 타냐가 부활시킨 산도 있으니 조달해 올 곳은 충분하다. 게다가 토네부르크의 숲에서 사슴을 잡을 수 있으면 나무 새싹을 뜯어 먹는 피해도 줄일 수 있어, 숲이 침엽수투성이가 되는 것을 막아 주는 효과도 있다. 일석이조다.

"왕국은 여명의 추기경의 본거지죠. 기호품 취급되는 경우가 많은 모피는 사실 잘 안 팔립니다."

"아아, 그렇군요…."

그러고 보니 칼란에서도 비슷한 이야기를 막 듣고 온 참이었다. 향신료를 취급하는 남쪽 상인들은 그때까지 사치와 향락에 빠져 있던 교회에 상품을 팔지 못하게 되어, 칼란 같은 작은 도시에까지 배를 보내게 되었다고 했다. 칼란은 그것을 장사의 기회로 받아들이고 흥분했는데, 아무튼 콜 일행의 활약은 여기저기에 다양한 영향을 끼치고 있는 모양이다.

"모직물이라면 그나마 가능성이 있지만요."

"모직물이라…."

아까 그 비슷한 계약서를 본 기억이 나서, 로렌스는 서류의 산을 뒤졌다.

하지만 거기 있었던 것은 원료인 양모 거래와, 기껏해야 실 거래가 전부였다. 모직물로 만들려면 거기서 더 나아가 여러 가지 공정을 거쳐야 한다.

"바다를 건너온 원모를 실로 자아서, 그것을 바로 바다 건너로 다시 파는… 건 어렵겠지요."

실잣기 정도는 어디서든 할 수 있다.

"하다못해 천을 반 정도까지 완성할 수 있다면 상품으로 삼을 수 있을 텐데요."

로렌스가 그 말을 듣고 호로를 돌아본 것은, 케르베까지 힘차게 달려온 호로가 이불을 걸친 채 꾸벅꾸벅 졸고 있었기 때문이었다.

"베틀 직인이 부족합니까?"

"어느 도시든 양모가 아닌 천으로 만들어 팔면 이익률이 훌쩍 뛴다는 사실을 알고 있기 때문에 모직물을 생산하고 싶어 하죠. 하지만 대부분이 실잣기 이상으로 나아가지 못합니다. 양모의 기름을 지우는 데 필요한 재를 충분히 마련하지 못하거나, 축융*과 염색 설비가 제대로 되어 있지 않기 때문이죠."

양모가 천이 되는 데에는 여러 가지 공정이 필요하다. 로렌스가 옛날 들었던 이야기에 따르면 양모를 깎아서 그것으로 옷을 만들고, 또 그것을 팔아 돈이 되는 데까지는 2년에서 3년 정도가 걸리는 경우도 왕왕 있다고 했다.

"가장 골치 아픈 건 물이 부족하다는 점입니다. 윈필 왕국이 양모를 가공하지 않고 바로 수출하는 데에도 같은 이유가 있죠."

염색에 물이 필요하다는 건 이해가 되었다. 하지만 축융이라는 말을 듣고서는, 한동안 머릿속 장부를 뒤적거릴 필요가 있었다.

"축융… 그렇군요, 물레방아가…."

"이 근처에는 보리밭이 많지요. 커다란 강은 배로 가득하고, 작은 시냇물은 가루 빻는 물레방아를 하나 놓으면 그걸로 끝입니다. 무엇보다 보리밭에 적합한 널따란 토지에는 애당초 기복이 없습니다. 축융 작업에서는 천을 계속해서 두들겨야 하는데, 그런 물줄기로는 역부족이죠."

로렌스가 찾아낸 서류에도 원모와 실 수출처가 내륙부의 산 방면인 경우가 많다.

"하지만 완만한 강은 거슬러 올라갈 때 크게 힘이 들지 않는다는 것을 의미하기에, 케르베까지 모피를 팔러 온 상인들은 돌아

※축융(縮絨) : 양모에 열과 압력을 가해 서로 엉키게 만들어 조직을 조밀하게 하는 모직물 가공 과정.

갈 때 실과 원모를 배에 가득 쌓고 강을 거슬러 올라가곤 합니다. 그리고 상류의 물 흐름이 센 곳에서 실을 천으로 만들어 축융을 하고, 또 겸사겸사 염색도 한 뒤 다시 강을 내려오죠."

그럴 때마다 매번 관세를 잔뜩 뜯기고 운반을 맡은 자들은 수수료를 바가지 씌우기 때문에 이익은 점점 줄어들지만, 그래도 그럴 수밖에 없는 산업상의 이유가 있다는 이야기다.

"그러니까 뭐, 토네부르크의 숲에서 황금이 나와 주기만 하면 이야기가 빠를 텐데 말이죠."

그러면 마티어스는 목재 대신 금을 칼란에 건네고, 칼란은 그걸로 양모를 사고, 목재를 소비하지 않고 경제를 돌리는 한편 칼란에서 목재를 입수할 수 없게 된 에이브는 지금까지와 마찬가지로 케르베에서 목재를 사야만 하는 처지에 놓인다.

"음냐…. 일각고래라도 잡아 오면 될 것을…."

몽롱한 얼굴로 이야기를 듣던 호로가 그런 말을 내뱉었다.

"이야기로 따지면, 그것과 비슷하긴 합니다."

느닷없이 새로운 돈벌이 방법을 찾아내는 것은 무에서 유를 창조하는 신의 능력이나 다름없다.

"으음…. 새로운 상품이 무리라면, 에이브 씨가 상상도 못 했을… 칼란과 케르베가 공동으로 무언가를 할 가능성은 없을까요? 그야말로 정치적 투쟁 같은…."

요컨대 에이브가 벌 돈을 어떻게든 깎으면 되는 것이다.

그렇게만 해도 칼란, 토네부르크, 케르베의 부담이 줄어들고, 그들은 새로운 미래를 그릴 수 있다.

"무언가 함께 싸울 방법이 있다고 칩시다. 그걸로 단결해서 암여우와 교섭을 하게 되겠지요. 그러면 이번에는 우리 쪽에서 이득을 둘러싸고 이해관계를 조정하게 될 겁니다. 칼란의 계획을 방해하는 것보다 칼란과 협력하는 게 더 어려울걸요."

대규모 항구도시 운영의 현실을 아는 키먼이 지친 얼굴로 웃었다. 규모도 역사도 다른 도시이니 대등해진다는 건 말도 안 되는 일이고, 엮인 사람의 숫자만큼 분배한다 해도 대상인 집단과 피라미 상인 집단은 아무리 머릿수가 같아 보았자 애당초 가치가 다르다.

체면이란 실로 골치 아픈 개념이다.

로렌스와 키먼은 그 후로도 새 촛불을 계속 켜면서 밤새 머리를 싸맸으나, 그럴싸한 방법을 찾아내지는 못했다. 대책 범위를 살로니아와 데바우 상회까지 넓혀 가면서까지 검토했지만 그래도 소용없었다.

피곤하기도 했고, 무엇보다 시간적 제약이 너무나 보란 듯이 두 사람을 가로막고 있었다.

밖은 아직 깜깜하고 날이 밝을 기색은 보이지 않았으나, 닭보다 먼저 기상한 성직자가 울리는 조심스러운 종소리에 호로가 눈을 떴다.

"흐아아아암… 아후. 당신."

"음."

마침 우물물로 세수하러 간 키먼이 돌아와, 이불을 개는 호로를 보고 어깨를 축 늘어뜨렸다.

"로렌스 씨에게는 한동안 토네부르크의 영주를 설득하는 척해 달라고 부탁드리는 수밖에 없겠군요."

"최선을 다해 시간을 끌어 보겠습니다."

마티어스는 결코 계획에 긍정적인 태도는 아니지만, 자신이 취할 수 있는 선택지가 얼마 안 된다는 사실을 이해할 만큼은 현명한 영주다. 로렌스의 모습을 보면 크게 저항하지 않고 계획에 찬성 의사를 표한 후 함께 칼란으로 떠나려 할 것이다. 에이브 또한 본인의 작전에 자신이 있는 터라, 로렌스가 설득에 너무 애를 먹으면 의아하게 느낄지도 모른다.

게다가 이 계획에는 단순히 에이브의 돈벌이뿐만 아니라 앞으로도 계속해서 새로운 고향을 찾아 떠나올 피난민들의 삶도 걸려 있기 때문에, 시간을 끌기만 하는 게 정의라고 말하기도 어렵다.

"로렌스 씨는 파발마로 오셨습니까?"

"에이브 씨가 보낸 감시자가 케르베에 없으리라는 보장이 없어서, 도시 밖에 묶어 뒀습니다."

키먼은 그 말에 납득해 준 모양이었다. 케르베는 큰 도시이므로 시벽 밖에 작은 거리가 펴져 있어, 마구간은 얼마든지 있다.

"하아… 아무리 성과가 없어도 옛날이라면 여기서 조금 더 버텨 봤을 텐데 말이죠."

빼근한 듯 고개를 이리저리 돌리며 키먼이 말했으나 그것은 로렌스도 마찬가지였다. 이제부터 호로의 등을 붙잡고 가야 하는데 떨어지지 않을지 진심으로 걱정이 된다.

"에이브 씨는 그 젊음의 비결이 뭘까요?"

로렌스의 물음에 진지하게 생각한 키먼은, "탐욕 아닐까요?" 라고 대답했다.

호로는 로렌스에게 집요하게 진척 상황을 캐묻지 않았고, 달리는 속도도 적당히 늦춰 주는 것이 느껴졌다.

게다가 로렌스가 꾸벅꾸벅 조는 것 같으면 그것을 바로 알 수 있는지 때때로 일부러 그러는 양 제자리걸음을 해서 로렌스를 깨워 주었다.

뭣하면 입에 물고 갈까, 하는 말까지 하는 통에 그것만은 사양하겠다고 말한 뒤 로렌스는 온 힘을 다해 졸음과 사투를 벌였다.

하지만 거기에도 한계가 있어, 동녘 하늘이 훤하게 밝아 올 무렵 생각지 못한 태양의 온기에 결국 의식이 녹아내린 로렌스는 호로의 등에서 미끄러져 떨어질 뻔했다.

호로가 계속 고개를 비틀어 상황을 확인했지만 이것만큼은 도저히 견뎌 낼 수가 없었다. 결국 호로가 포기하고 속도를 늦춰, 야트막한 언덕과 잡목림으로 가려져 가도에서 보이지 않는 장소를 찾아내자마자 로렌스를 내려 주었다.

그리고 어이가 없다는 듯 배를 깔고 엎드려서는, 로렌스를 코로 쿡쿡 찌르며 커다란 꼬리로 끌어당겨서는 자신의 모피를 침대 대용으로 쓰게 해 주었다.

멍청이, 라는 한마디도 없었다. 로렌스는 그것이 조금 쓸쓸하게 느껴졌다. 호로가 자신의 늙음을 이해했다는 사실을 알았기 때문이었다.

처음 만났을 때는, 지하도에서 정신없이 달리고 나이프로 찔렸을 때도 걸음을 멈추지 않았다.

그야말로 생명이 끊어지기 직전까지 싸울 수 있었는데 지금은 쥐어짤 기력의 재고가 바닥난 수준이 아니라, 쥐어짜는 힘 자체를 끌어낼 수가 없다.

호로의 모피와 태양의 온기 속에서 로렌스는 생각했다.

아마, 자신이 죽을 때도 이런 느낌이지 않을까.

아니, 설마 정말로 죽은 건 아니겠지. 로렌스는 저도 모르게 눈을 떴다.

그러자 새벽녘 하늘을 바라보던 호로가 그것을 알아차리고 크고 붉은 눈동자로 이쪽을 돌아보았다.

「더 자도 돼.」

여행 도중, 컨디션에 신경을 쓰는 건 언제나 로렌스의 역할이었다. 이러고 있으니 호로도 확실히 현랑 님이 맞는 모양이긴 했지만, 로렌스는 문득 생각했다.

어쩌면, 호로가 툭하면 술에 취해 인사불성이 되는 건 이 역할을 바꿔 주기 싫어서인지도 모르겠다고.

앞서서 의기양양하게 걷는 것은 로렌스이고, 호로는 손을 잡힌 채 뒤에서 따라온다.

결코 그 반대가 아니며, 더는 걷지 못하게 된 로렌스를 호로가 돌아보는 일도 없다.

"음…."

로렌스는 스스로도 잘 모를 무슨 말인가를 중얼거렸고, 호로가 의아한 듯 눈을 가늘게 떴다.

잠기운을 이기지 못하고 자꾸 내려오는 눈꺼풀을 억지로 치켜올리며 로렌스는 간신히 입을 움직였다.

"아직… 끝나지 않았…어."

뭐가, 하고 호로는 캐묻지 않았다.

거대한 송곳니를 번득이며 내보이고는 마치 쓴웃음이라도 짓듯 코 옆으로 로렌스의 어깨를 문지를 뿐이었다.

그리고 호로는 로렌스를 빤히 바라보다가 다시 먼 곳으로 시선을 돌렸다.

햇빛에 비친 대지는 그야말로 금빛 보리밭 같았다. 파슬로에 마을에서 호로는 분명 혼자 이런 아침을 수도 없이 맞이했을 것이다.

로렌스는 물론 그곳에 있었던 적도 없지만 호로와 여러 번 보리밭에서 밤을 지새운 듯한 착각에 사로잡혔다. 그 감각은 아마도 둘이서 온천마을 뇨히라를 찾아갔을 때 지금과 마찬가지로 호로의 모피로 온기를 얻으며 야영했던 경험에서 오는 듯했다.

그때의 호로는 뇨히라 온천장의 주인들이 이제는 새로운 온천을 찾지 못할 거라 비웃는 가운데 흐흥, 하고 코웃음을 치고는 마치 미리 묻어 놓았던 뼈다귀를 꺼내듯 그 장소를 찾아냈다. 그리고 산의 모양 자체가 바뀌지 않을까 조마조마해질 정도의 기세로 땅을 마구 파내자 금세 온천이 솟구쳤다.

로렌스는 그곳에 온천장을 지어서 외동딸이 태어나고, 여행 도중에 거둔 한 소년이 어엿한 청년이 될 정도의 시간을 보냈다. 그곳이 틀림없이 자신의 뼈를 묻을 장소가 되리라.

어쩌면 호로가 개처럼 뼈 냄새를 맡고 초조해 할지도 모르지만, 혹시 호로가 뼈를 먹어 준다면 그 또한 바라는 바다.

로렌스는 그런 생각을 하면서 꿈과 현실의 몽롱한 경계에서 혼자 히죽히죽 웃었다.

「당신.」

호로가 그렇게 부르며 로렌스를 깨운 것은, 그 웃음이 왠지 징그럽게 느껴져서였을까.

로렌스는 그렇게 생각했지만 눈이 부셔 실눈을 뜨고 올려다보니 태양이 완전히 모습을 드러낸 상태였다. 아무래도 생각보다 오래 잠들었던 모양이라 슬슬 출발해야 할 듯했다.

"…뜨거운 물에 몸을 담그고 싶네."

로렌스가 중얼거리자 호로는 무척이나 싫은 표정을 지었다.

나도 그 말을 하고 싶었지만 참았는데, 라는 눈치였다.

토네부르크도 땅을 파면 더운물이 나오지 않을까. 의외로 평야 지역에서도 온천수가 샘솟는 경우가 있다고 하니 황금보다는 가능성이 높을 듯하다. 살로니아에서 찾아낸 지도를 참고하며 생각해 보면 가능성은….

로렌스는 그런 생각을 하다가 또다시 잠에 빠질 뻔했다. 하지만,

"헉?!"

하고 벌떡 일어난 것은 호로가 머리를 깨물어서가 아니었다.

호로도 로렌스의 갑작스러운 행동에 눈을 둥그렇게 뜨며 고개를 쭉 뺐다.

로렌스는 주위를 둘러보고 호로와 눈을 마주쳤다. 머릿속에서 기억의 조각들이 맹렬하게 짜 맞춰져 나갔다. 로렌스는 문득 자신의 손에 보물지도가 들려 있다는 사실을 깨달은 것이다.

그리고 취기가 가신 주정뱅이가 다급히 지갑이 잘 있는지 확인하기라도 하는 듯, 호로의 앞발을 마구 더듬었다.

도달한 곳은 거대한 발바닥이었다.

처음 만났을 무렵, 로렌스는 호로가 보여 주는 그것을 보고 주저앉을 뻔했다.

이것이 더는 무섭지 않았던 게 언제부터였더라. 시간이 한참 흐른 후의 일인 것 같기도 하고, 호로와 함께 여행을 시작한 직후였던 것 같기도 하다.

"……."

발톱을 건드리니 호로가 싫은 듯 앞발을 오므리려 했다.

로렌스는 호로를 바라보았다.

"이번만큼은 늑대의 힘을 쓰는 것도 그리 싫지 않다고 했지?"

호로의 커다란 귀가 바짝 서고, 거의 바람이 느껴질 만큼 세찬 기세로 그 얼굴이 로렌스를 돌아보았다.

「꿈속에서 뭐라도 본 거야?」

로렌스는 마른침을 삼키고 살로니아에서 지냈던 나날 이후로 이곳에 이르기까지 지나온 모든 지도를 그려 나갔다. 에이브의 정공법 뒤에는 커다란 이익이 감춰져 있었다.

그리고 무언가를 감추고 있는 건, 인간뿐만이 아니다.

이 대지 또한 시간의 흐름 속에 감춘 것이 있다.

"에이브 녀석은 정공법을 동원해서 사람들의 목을 양모로 조르는 모양이야."

로렌스의 말투에서 무언가를 냄새 맡은 호로의 눈이 태양보다도 강렬하게 번득였다.

"그렇다면 우리도 사양 않고 나쁜 방법을 한번 써 볼까?"

호로는 한두 번 눈을 깜박거리더니 꼬리를 휙 휘둘렀다.

해는 이제 완전히 떠올라, 새로운 하루의 시작을 알리려 했다.

「나는 그 얼굴이 제일 좋다니까.」

자신을 거의 자빠뜨릴 기세로 뺨을 비벼 대는 호로 곁에서, 로렌스는 호로의 배 모피 속에 파묻힌 채로 계획을 세워 나갔다. 어디까지나 가능성의 이야기지만 로렌스는 상당한 확신을 갖고 호로에게 설명할 수 있었다.

살로니아에서 벌어졌던 사건을 계기로 말려들게 된 이번 이야기.

시작이 살로니아였기에, 해결의 실마리 또한 그곳에 있었다.

「당신.」

호로가 기대감으로 눈을 빛냈다.

"응."

에이브의 놀라는 얼굴이 눈앞에 떠올랐다.

남은 것은 함께 보물찾기를 할 동료를 모으는 일뿐이었다.

묶어 놓았던 말을 회수하여 토네부르크로 향했다.

오후가 되어 숲 서쪽에 접어들었을 무렵, 호로는 혼자 숲으로 들어간 뒤 늑대의 모습이 되어 로렌스에게 들은 여러 가지 것들을 조사했다.

호로와 헤어진 로렌스는 노사제가 지도를 빌려주었을 때 외워 두었던 길을 더듬어 찾아갔으나, 사람이 잘 다니지 않은 탓에 길이 완전히 황폐해졌으므로 결국 말에서 내려 걸어야 했다.

"이럴 줄 알았으면 호로랑 같이 숲에 갈 걸 그랬다."

로렌스는 말을 향해 이야기했지만 말은 호로의 이름을 듣자 왠지 싫은 내색을 하는 느낌이었다. 하룻밤 내내 말갈기에 늑대 털이 묶여 있었던 게 지긋지긋한 모양이었다. 로렌스는 저도 모르게 웃고 말았다.

그러저러하여 토네부르크의 숲을 우회할 무렵이 되자 해도 완연히 기울어 있었다.

수면 부족으로 걷기도 힘들었기 때문에 저만치에 커다란 연못이 보이자 무척이나 마음이 놓였다.

노사제의 지도에 따르면 이 호수라 불러도 될 법한 연못 기슭에 영주의 저택이 있을 터였다.

마을이라 부를 정도는 아니지만 영민들이 사는 집이 드문드문 보이고, 풍부하게 물이 채워진 수로가 이곳저곳으로 뻗어 있었으며 그 물로는 보리가 아닌 채소를 키우고 있었다. 마이어와 처음 만났던 관문에서 토네부르크로 들어올 때도 숲에 가까워짐에 따라 물이 많아졌고, 무너질 것 같은 다리가 여러 군데 걸려 있었다. 토네부르크가 숲을 지킬 수 있었던 것은 물이 많은 땅이라는, 천연의 요해처(要害處)인 덕분이었다.

이곳도 모든 밭과 길에 고저차가 있어, 연못으로 이어지는 수로로 다가가면 수면이 한참 아래로 펼쳐져 있다. 연못에는 작은 잔교가 툭 튀어나왔고 작은 배 두 척이 묶여 있었다.

습기 많은 이른 아침에 이곳을 걸으면, 자욱한 안개에 어디가 밭이고 어디가 수면인지 도무지 구분이 되지 않으리라.

로렌스는 이 땅을 보고 확신을 가졌다.

여행자는 해당 토지의 사정을 잘 모르므로 행상인은 대부분의 경우 불리한 입장에 놓이곤 하지만, 외부인이기 때문에 유리해질 수 있는 경우도 살로니아에서 그랬듯 더러 존재한다.

그리고 이것은 그야말로 그런 경우의 정수라 할 수 있었다.

로렌스가 알아차린 것은 양피지에 그려진 지도의 조합이었다. 당연히 마티어스도, 칼란의 상인들도, 에이브와 키먼조차도 지도를 수없이 들여다보며 각자 지혜를 짜냈을 것이다.

그래서 같은 것을 보고서 그들보다 앞질러 나가기는 어렵겠지만 로렌스에게는 그 점에서 유리한 부분이 있었다.

그것은 살로니아에서 일어났던 일이다.

양피지는 고가이기 때문에 한 번 쓴 글자를 나이프로 긁어내고 새로 쓰는 일이 드물지 않다. 그 경우, 바탕을 잘 들여다보면 전에 쓰여 있던 글자를 읽을 수도 있다. 로렌스가 이번 이야기에 말려드는 계기가 되었던 목재 상인들의 관세를 둘러싼 소동 때, 그야말로 그런 방식을 통해 **지도의 바탕에 그려진 것의 존재**를 알아차렸다.

그것은 현대의 상인들이 결코 볼 일이 없는 옛 토지의 기억이며, 에이브와 키먼조차도 아마 알 방법이 없는 지식이리라.

그리고 로렌스는 여기에, 호로와 자신만의 여행 기억을 덧씌워 본다.

자신과 호로는 과연 어떻게 모두가 다 불가능하다고 생각했던 새로운 온천을 찾아내, 뇨히라의 온천마을에 여관을 낼 수 있었던가.

이 두 지도를 겹쳐 보면 토네부르크의 지도는 단숨에 달라진다.

하나의 빵을 두고 다투는 형제 같은 사이였던 두 도시를 커다란 장사의 흐름 아래, 하나의 상권으로 묶는 일도 가능하다.

그것을 잇는 것이 토네부르크의 숲이며, 정확히 말하면 토네부르크 숲에 남아 있을 오래된 기억이다.

"로렌스 공인가?"

두렁길 위에서 연못과 그 너머에 우뚝 선 영주의 저택을 바라보고 있는데 문득 누군가가 이름을 불렀다.

돌아보니 종자를 거느리고 말을 탄 마티어스가 있었다.

"영주님."

로렌스가 무릎을 꿇으려 하자 마티어스가 손으로 막았다.

"칼란의 상황은 어땠지?"

마티어스는 말에서 내려 종자에게 말을 맡기고, 로렌스에게 함께 걷자며 재촉했다.

로렌스가 마티어스가 탔던 말의 발굽을 보니 온통 진흙으로 더럽혀져 있었다. 분명 숲속에 들어갔다 왔기 때문일 것이다.

이제 마지막이 될지도 모르는, 풍요로운 숲의 풍경을 눈에 아로새겨 놓기 위해.

"윈필 왕국 측의 대리, 에이브 볼란은 신용할 수 있는 인물이라 생각합니다."

마티어스는 그 보고를 의심조차 하지 않았으나, 약간은 낙담한 기색을 보였다.

칼란의 계획이 자신의 영지를 구해 줄 수 있을 거라고는 생각했지만, 그래도 계획을 퇴짜 놓을 수 있을 만큼 에이브가 악당이기를 바라는 마음도 있었던가 보다.

숲을 지키는 일과 영지 경영을 개선하는 일은 양립할 수 없지만, 그런 모순된 바람도 결국은 품게 된다.

그리고 마티어스는 영민들을 위해 영지의 경영을 개선하는 쪽에 걸었다.

“그렇군…. 고생이 많았다.”

마티어스는 로렌스의 보고를 꿀꺽 삼켜 뱃속까지 밀어 넣은 후 그렇게 말했다.

로렌스는 마티어스의 그런 모습을 보고, 살로니아에서 귀족이 되는 권리를 포기하길 잘했다고 생각했다. 지켜야 할 것이 적은 편이, 그 적은 것을 지킬 때의 갈등도 적다.

종자를 저택으로 먼저 돌려보내, 서둘러 계약에 서명하기 위한 준비를 하라고 지시하는 마티어스를 동정하는 기분으로 지켜보고 있을 때.

멀리 숲에서 까마귀 떼가 일제히 날아올랐다.

숲이 폭발하는 듯한 광경에 마티어스가 놀라 그쪽을 돌아본 직후, 몇 박자 늦게 충격 같은 소리가 고막을 때렸다. 숲 전체가 울부짖는 듯, 거대한 울음소리가 돌풍처럼 로렌스와 마티어스의 몸을 뒤흔들고 수면에 파도를 일으켰으며 모든 산 자들의 간담을 서늘케 했다.

그 거대함도 갑작스러웠지만 사라져 버리는 것 또한 갑작스러워, 방금 스쳐 지나간 모든 것이 한순간의 백일몽 같았다. 마티어스는 현실인지 아닌지 확신할 수 없다는 표정으로 넋이 나간 채 숲을 바라보았다. 그 가운데 냉정했던 것은 로렌스뿐이었다.

아니, 약간은 흥분했는지도 모른다.

애당초 그 울음소리 자체가 호로의 신호였으니 말이다.

"영주님."

로렌스가 말을 걸자 마티어스가 움찔 어깨를 움츠리며 이쪽을 돌아보았다.

"에이브 볼란은 이 숲의 풍요로움에 눈독을 들여, 큰 그림을 그렸습니다. 그것이 부당한 이익을 편취하려는 수단은 아니지만 에이브 볼란이라는 개인이 가져가는 이익이 지나치게 많은 것은 사실입니다."

마티어스는 곤혹스러운 표정으로 로렌스를 바라보고, 다시 한번 불안한 표정으로 숲을 돌아본 뒤 다시 로렌스에게 시선을 돌렸다.

"그게 대체 무슨 소리지?"

"칼란의 계획에 영주님이 참가하려 하셨던 것은 교회와의 관계, 그리고 빚 문제, 나아가 영지 사람들이 보다 나은 생활을 할 수 있게 하고 싶은 마음 때문이었으리라 생각합니다."

마티어스는 결코 단순한 사리사욕 때문에 숲을 개간하려 하지 않았다.

"하지만 그 때문에 영주님은 숲을 잃을지도 모르는 위험을 무릅쓰셨습니다. 그리고 칼란 역시 같은 처지라고 말할 수 있겠지요."

에이브가 약점을 잡아 파고들었다고 확실하게 말하지는 않았으나, 마티어스는 그렇게 받아들인 듯했다.

애초에 어렴풋이 느끼고는 있었던 모양이지만 그렇다고 세게 나갈 수도 없는 자신들의 처지를 한심하게 여겼던 모양이니 말이다.

"로렌스 공, 이제 와서 그런 사실을 지적한들 무슨 소용이란 말인가."

그래서 마티어스는 잔뜩 지친 얼굴로 그렇게 말했다.

이것이 세상의 이치이며, 그 도리를 따르는 수밖에 없다고.

하지만 로렌스는 세상의 도리를 걷어차는 데에는 일가견이 있다.

"이 숲에 비싼 값으로 팔릴 자원이 잠들어 있다고 한다면, 어떻게 하시겠습니까?"

키먼은 땅에서 황금이라도 나와 주면 좋겠다는 농담을 했다.

황금은 황당무계하지만, 보물의 위치를 가리키는 지도는 실제로 존재했다.

아무도 찾아내지 못했던 그것을 외지인이 타인의 동네에서 찾아낸 것이다.

"영주님, 제가 어디서 온 인간인지 아시지요?"

로렌스의 갑작스러운 질문과 그 상인다운 미소에 마티어스는 압도당한 듯 말문이 막혔다.

하지만 시선을 돌리지 않은 것은, 로렌스의 눈동자에 기묘한 자신감이 깃들어 있는 모습을 발견했기 때문이리라.

"그대는…."

마티어스가 마른침을 꿀꺽 삼키고 말했다.

"그대는, 그러니까, 뇨히라에서…."

"예. 온천마을에서 온천장을 경영하고 있습니다. 새로운 온천을 발견해서 말이죠."

마티어스는 여전히 곤혹스러운지 미간을 찌푸리며 입을 다물었다.

"그리고 낡은 지도가 있습니다, 영주님."

로렌스는 옆으로 펼쳐진 넓은 연못을 손가락으로 가리키며 말했다.

"이 연못이 먼 옛날 어디와 연결되어 있었는가. 그리고 지금은 어떻게 되어 있는가. 저는 그 수수께끼를 푼 공적으로 어쩌면 영주님과 어깨를 나란히 하고 걷게 되었을 수도 있었습니다."

살로니아의 평원에 드러누워 있다는 거대한 뱀 전설.

호로는 탑 위에서 보리밭을 내려다보고 그 거대한 뱀의 흔적에 깜짝 놀랐다. 지금 마티어스의 얼굴은 그때의 표정과 비슷했다.

"지하…수?"

마티어스가 중얼거리다, 손으로 입을 가렸다.

"아니, 하지만 이곳은 물이 부족한 땅이 아니야. 오히려 물 때문에 애를 먹는 경우가 많지. 물 따윈 땅을 파면 어디서든….”

“물뿐만이라면 그렇죠.”

온천과는 다르다. 용사 때문에 땅속으로 쫓겨 들어간 거대한 뱀의 흔적은 지금도 곳곳에 남아 있고, 그것이 지하수가 되어 여기저기서 새어 나온다. 하지만 그 흔적을 찾아내 봤자 바로 큰돈이 되는 건 아니다… 라고 생각하는 게 맞지만, 거기서 키먼과의 대화를 떠올려야 한다.

물이란, 존재 자체뿐만 아니라 그 흐름 또한 귀중한 자원이 될 수 있다는 것을.

“옛날에 존재했던 강의 흔적에서 솟아나는, 드문드문 끊어진 샘들을 긁어모으면 됩니다. 그 길을 따라 수로를 내서 토네부르크의 목재로 물레방아를 만드는 거죠. 다행히도 이곳은 주위 땅에 비해 기복이 심한 지형이니 물레방아를 돌리는 데 적합합니다.”

얼굴을 찌푸린 마티어스의 주름이 더욱 깊어졌다. 현실적인 문제가 차츰 실감이 났기 때문이리라.

“물레방아? 보리 제분으로 세금을 받으라고? 아니….”

혼자서 고개를 절레절레 저은 마티어스가 숲을 돌아보았다.

“…제철? 허나 그대의 말은, 물레방아를 사용할 정도로 대장간을 확대시키라는 건가? 아니, 그것도 아니야. 그대는… 그대들은 어째서인지 숲의 편이니까.”

키먼은 아마도 살로니아에서 손에 넣은 보리밭의 특권을 지키기 위해 이 숲을 지키려 한다는 로렌스의 주장을 곧이곧대로 믿고 있으리라.

하지만 마티어스는 상인이 아니라, 숲에 뿌리를 둔 인간이다.

로렌스와 호로가 이해관계와 상관없이 숲에 깊이 공감한다는 사실을 이해해 주고 있다.

"네, 숲의 편이지요. 그러니 그 용도는 제분도, 하물며 대장간의 번창을 전제로 한 제련도 아닙니다. 숲에 더 어울리는 물레방아 이용법이 있습니다."

로렌스는 자신이 입고 있던 옷을 손가락으로 집어 당겼다.

"모직물 축융입니다. 여기서 천까지 만들어서 파는 거죠. 그 주인장이 있는 대장간이 있으니 양모를 처리하는 데 쓸 재도 입수하기 쉽습니다. 양모가 모직물이 되는 데 필요한 모든 가공을 도맡아 할 수 있을 겁니다."

마티어스는 넋이 나간 얼굴이었다.

"귀중한 나무를 마구 벌채해서 억지로 숲에 길을 낼 필요는 없습니다. 양모를 실로 잣고 천으로 만들어, 축융까지 해서 상품을 완성할 수 있는 건 물이 풍부한 땅의 특권입니다. 심지어 이 이야기가 더욱 멋진 이유는…."

잠시 말을 끊었다가,

"이것이 숙적 케르베와도 손을 잡을 수 있는 방법이기 때문이죠."

케르베의 이름에 마티어스가 복잡한 표정을 지었다. 빚을 지고 있으니 아무래도 비굴해지게 되지만, 영주라는 신분이 그것을 허락하지 않아 자꾸만 완고한 태도를 보이게 되는 상대.

"케르베가…? 하지만, 그놈들은…."

"네, 그 사람들이 거만한 건 본디 사악해서가 아니라 도시가 거대하기 때문이죠. 그리고 그 어떤 장사를 하더라도 채산성을 올리기 위해서는 양(量)이 필요하며, 그 점에서 아군으로 삼기에는 매우 든든한 상대입니다."

에이브는 교묘한 솜씨로 칼란과 케르베를 대립하게 만들었다. 그것은 경제구조가 비슷하기 때문에 대립하기 쉬워서이기도 했지만, 반대로 말하면 이해가 일치하기 쉽다는 의미도 된다.

에이브는 아마도 목재를 손에 넣는 데 있어 두 도시가 힘을 합쳐 싸우는 일만은 피하게 만들어야 한다고 생각했으리라. 거기서부터 책략을 짜내서 이번 일의 큰 그림에 도달한 것이다.

"제 계획이라면 칼란과 케르베를 하나의 장사로 묶을 수가 있습니다. 심지어 그 둘을 잇는 데에는 이 숲이 반드시 필요하니, 칼란도 케르베도 영주님의 협력을 얻기 위해 무릎을 꿇을 겁니다."

그때까지 겸손한 상인의 모습을 연기하던 로렌스가 두 걸음 앞으로 나섰다.

거의 마티어스의 품에 파고들 기세로 거리를 좁혀, 마치 몹쓸 계략을 가져온 정치 상인처럼 밑에서 올려다보며 말했다.

"영주님. 부디 이 계획을 주도해 주실 수 있을까요?"

마티어스는 압도당한 얼굴로 로렌스를 바라보았지만, 역시나 현역 영주는 달랐다.

눈에 빛이 되돌아온 마티어스가 악문 잇새로 쥐어짜듯 말했다.

"원하는 보수는 뭔가?"

상인이 아무 대가도 요구하지 않고 이런 계획을 가져올 리가 없다.

그 물음은 벌써 두 번째였고, 처음에는 그들을 위해 대답했지만 이번 정도는 사리사욕을 위해 대답하더라도 괜찮을 것이다.

"두 가지 있습니다."

금액을 제시하지 않는 것을 보고 마티어스는 뜻밖이라는 표정을 지었으나, 말해 보라는 듯 금세 턱짓했다.

"우선 옷을 한 벌."

"옷?"

"칼란은 남쪽 상인들을 도시로 불러들이려는 모양입니다. 그러니 그들의 연줄을 이용해, 이 숲에서 만들어질 천으로 남쪽에서 유행하는 여성복을 한 벌 준비해 주셨으면 합니다."

마티어스는 의아한 얼굴이었으나 로렌스가 누구와 함께 여행하는지 금세 떠올린 모양이었다. 그래도 약간의 의심이 남은 채, 어쨌든 고개를 끄덕이는 동작을 취한 후 "두 번째는?" 하고 물었다.

"두 번째는, 이 계획을 영주님의 것으로 삼아 주셨으면 합니다."

"……?"

잘못 들었나, 하는 표정의 마티어스를 바라보며 로렌스는 다시 한번 말했다.

"지금부터 말씀드릴 계획은 영주님께서 떠올린 것으로 해 주십시오. 거기서 얻을 수 있는 이득도, 전부 영주님이 거두신 후 그것을 지휘해 주셨으면 합니다."

"그, 말은…."

돈을 줄 테니 이 상품을 사 줄 수 없을까.

그런 말을 들은 손님 같은 표정이었다.

"기묘하다고 생각하십니까? 하지만 영주님은 토네부르크를 다스리는 영주님이신 한편, 저는 하찮은 온천장의 주인일 뿐이지요. 저 에이브 볼란에게서 미움을 사지 않고 넘어갈 수 있다면 싸게 먹히는 일입니다."

벌어지려던 마티어스의 입이 다시 닫혔다.

"말하자면 몸값인 셈이죠."

자존심 강한 영주였다면 불경한 놈, 이라며 검자루에 손을 짚었을지도 모른다.

하지만 마티어스 입장에서는 이 정도로 소탈하게 설명해 주는 편이 훨씬 이해하기 쉬울 터였다.

"…그대는 계획을 세우기는 했으나, 실행하기에는 격이 부족하다는 말인가?"

"그림 속의 빵을 먹을 수는 없으니까요."

마티어스는 그래도 대가가 너무 부족하다는 듯, 불만스러운 얼굴이었다.

귀족은 체면을 중시하니 평민에게서 함부로 은혜를 입을 수는 없다는 생각이리라.

"그러면 한 가지 더, 부탁을 드릴 수 있을까요?"

로렌스의 말에 마티어스는 고개를 들었다.

"제 계획으로 숲을 보호하는 데 성공한다면, 영주님께서 앞으로 쭉 어린 나무 한 그루를 지켜 주셨으면 합니다."

"…그건 또 무슨 소리지?"

"제 자식, 손자, 그리고 그 손자 대까지. 제가 이 숲을 지키는 데 일조했다는 사실을 자랑할 수 있게요."

돈이 아닌 명예.

마티어스에게는 이해하기 쉬운 울림이었으리라.

금화를 이미 손에 넣은 상인이 명예를 추구하는 일은 어디서나 공통적으로 벌어지기에.

"정말로, 그거면 충분한가?"

불경한 여행자는 미소를 지으며 어깨만 으쓱했다.

숲의 영주는 눈을 감고 수염을 움켜쥐다시피 쓸어내렸다. 그 눈꺼풀 너머로 보이는 광경은, 숲 개간 계획을 진행시키던 저 화려한 의상 차림의 에이브가 아닐까.

그 빈틈없는 수완 앞에서 마티어스는 공포마저 느낀 채 숲으로 도망쳐 돌아왔다.

하지만 돈 계산에는 어두워도 명예 이야기라면 자신의 영역이다.

마치 그렇게 말하기라도 하는 듯 등을 곧게 편 마티어스는 오랜 세월 단련된 사냥개 같은 눈빛으로 로렌스를 응시했다.

"늑대를 두려워하는 자가 어찌 숲에서 살 수 있으리."

로렌스가 조금 더 경박했다면 냉큼 장단이라도 맞췄을 타이밍이다.

"그래서, 뭘 어떻게 하면 되는 거지? 마이어는 필요한가?"

보물찾기에 동료가 늘었다.

로렌스는 에이브의 거대한 건물을 무너뜨릴 계획을 마티어스에게 설명했다.

마티어스 설득을 끝낸 뒤, 로렌스는 바로 케르베에 연락을 취할 필요가 있었다.

하지만 자기 다리로 직접 가기는 너무나 지쳤고 호로에게 부탁하기는 다소 복잡하다.

그래서 마티어스의 저택에서 편지를 쓴 후, 마티어스의 하인에게 심부름을 맡기기로 했다.

마티어스는 그 후 당연한 듯 연회를 준비하려 했으나 로렌스가 거절했다. 겉으로는 칼란으로 바로 돌아가 사전교섭을 해야 한다는 이유를 댔지만, 사실은 호로와 합류하기 위해서였다. 토네부르크의 숲으로 이어지는, 옛 강의 흔적을 조사하러 간 호로를 숲에 남겨 놓은 채 혼자서만 진수성찬을 먹고 비단 침대에서 잤다가는 나중에 무슨 꼴을 겪을지 모르니 말이다.

그런 연유로 해도 저무는 시각, 로렌스는 졸린 눈을 비비며 출발했다. 민가에서 상당히 멀어졌을 무렵 숲속에서 무어라 형언하기 힘든 기척이 풍겨왔다.

그쪽을 흘끔 돌아보니 숲에 깔린 저녁의 어둠 속에서 붉은 눈동자가 빛나고 있었다.

"일이 잘 풀렸어."

로렌스가 그렇게 말한 순간 숲속에서 무언가 커다란 것의 기척이 사라지고 대신 옷을 대충 뭉쳐서 껴안기만 한, 홀딱 벗은 소녀가 나왔다. 아무것도 모르는 사람이 보면 숲속 샘에서 목욕이라도 하고 나온 천방지축 소녀로 여길 법한 모습이었다.

"수치심이란 걸 조금은 갖는 게 어때?"

로렌스가 어이없어하며 말했지만 호로는 가냘픈 어깨만 으쓱했다.

"그런 것보다, 당신."

재빨리 옷을 입은 호로가 로렌스에게로 성큼성큼 걸어왔다. 그리고 말에서 막 내리는 로렌스를 향해 발돋움을 하더니 뚱한 얼굴로 로렌스의 잔뜩 자란 턱수염을 움켜쥐었다.

"내게 설명할 일이 있을 텐데?!"

호로의 화난 목소리에 말이 놀라서 푸르르 떨었지만 로렌스는 그럴 것을 이미 예상했으므로 크게 놀라지 않았다. 화가 난 이유는, 어딘가에서 엿들었을 마티어스와의 대화 내용이리라.

"…저기 말이야, 네 모피만큼 튼튼하진 않아."

얼얼한 턱 왼쪽 아래를 쓸어내리며 로렌스가 말하자 호로는 말 등을 보고, 로렌스를 보고, 뚱한 얼굴로 양팔을 뻗었다.

안아서 말 위에 앉히라는 뜻인 듯했다.

늑대의 충성스러운 하인인 양은 현랑님을 말 등에 앉히고, 고삐를 당기며 걸어 나섰다.

"어디서부터 화를 내야 좋을지 모르겠어."

호로는 말 등에 앉자마자 짐 속에 손을 쑤셔 넣어 말린 고기를 끄집어내며 말했다.

"옷이 뭐 어째?"

그 한마디에는 상당히 많은 의미가 담겨 있다.

우선, 옷으로 치장해 봤자 배가 부르지는 않는다는 늑대다운 주장.

그리고 아마도 그 옷이 자기 것은 아니리라는 예상이다.

"…남쪽에서 유행하는 옷이 있다고 하면, 뮤리도 한 번쯤은 온천장으로 돌아올지 모르잖아."

입 다물고 있어 봤자 결국 호로가 나중에 할퀴어 댈 게 뻔했기에 로렌스는 얌전히 자백했다.

그러자 말 등이 굽을 정도로 호로가 요란하게 한숨을 내쉬었다.

"멍청이!"

그리움마저 느껴질 정도로 감정이 담뿍 깃든 한마디였다.

"숲에서 나는 온갖 맛있는 음식은 마이어 씨한테 부탁하면 되잖아. 분명 준비해 줄 거야."

로렌스가 자포자기해서 말하자, "꼭 당신이 부탁해 놔야 해." 하고 호로가 못을 박았다.

"그리고, 또?"

호로가 로렌스의 수염까지 잡아당기며 화낸 데에는 또 하나의 이유가 있다.

그것은 로렌스도 알고 있다.

"에이브랑 전면적인 대결을 하긴 싫잖아."

변명처럼 들리기는 하지만 사실이기도 하다.

에이브가 순전한 악이었다면 그 은신처로 쳐들어가, '다 알고 왔다!'라고 외치며 대결을 벌일 수도 있겠지만 그런 이야기가 아니다. 게다가 에이브가 많이 둥글어진 듯 보이는 만큼 완전히 사악하지 않은 에이브의 돈벌이를 정면으로 나서서 가로막는 건, 로렌스로서도 영 불편한 일이었다.

"오히려 네가 그렇게까지 연연하는 게 더 뜻밖인데."

기사회생의 아이디어를 떠올린 사람은 로렌스지만 그 공적과 이익 모두 마티어스에게 넘긴다.

이러니저러니 해도 로렌스를 높이 평가하는 호로이니, 로렌스가 정당한 평가를 받지 못하는 게 불만스러운 걸까.

로렌스 입장에서는 그것만으로도 충분히 기쁘다고, 사랑하는 아내에게 말하려는 순간.

"우리 집 양이 얼마나 똑똑한지 사방팔방 자랑할 기회였는데!"

그러고 보니 호로는 행복한 모습을 보여 주고 싶다는 밑도 끝도 없는 이유로 에이브 일행을 결혼식에 부른 전적이 있었다. 로렌스 입장에서는 어떻게 마주해야 좋을지 난감했던, 참 곤란한 일이었지만 호로답다면 호로다운 일이다.

"하지만 에이브라면 어차피 감춰 봤자 다 꿰뚫어 볼 걸."

그래도 로렌스가 필사적으로 마티어스 뒤에 숨는 모습을 보여 주면, 적대할 생각은 없거나 적어도 약간은 미안한 마음을 갖고 있다고 이해해 줄 것… 이라고 기도하는 수밖에 없다.

"에이브가 앞으로도 콜과 뮤리의 편이 되어 줬으면 하니까."

로렌스가 말하자 호로는 앞을 돌아보고 다시 한번 한숨을 내쉬었다.

"당신은 정말 멍청이야."

"응?"

"그 녀석이 화를 낼 리가 없잖아. 오히려 대단히 기뻐하면 또 몰라."

"뭐…?"

썩 유쾌하지 않아 보이는 호로의 얼굴을 보고 로렌스는 왠지 모르게 무언가를 느낀 기분이 들었다.

싸우는 재미가 있는 적으로서 존재해 주기만 한다면, 놀이 상대가 부족해 아쉬울 일이 없을 것이다.

금전이 얽히지만 않으면 그런 일도 가능하겠지, 하고 생각하지만 그것을 기대하고 전면 대결의 길을 선택하는 것은 수지가 맞지 않는 장사라는 기분이 든다.

"뭐, 당신과 그 녀석이 즐겁게 싸운다면 그건 또 그것대로 내 입장에서는 짜증이 나지만."

호로가 꼬리를 파닥파닥 흔들자 말이 불안한 듯 등에 탄 늑대를 돌아보았다.

"과대평가야."

로렌스가 쓴웃음을 지으며 말하자, 호로가 싸늘한 시선을 보냈다.

"내가 선택한 게, 그리 대단한 게 아니라고?"

현랑 옆에 설 자가 평범한 상인이라면 곤란해.

언제였던가, 그런 말을 들었던 기분이 든다.

"하지만 에이브와 정면으로 맞서 싸운다면 그건 또 질투가 난다면서?"

로렌스의 대꾸에 호로는 끄응, 하고 신음했다.

"어려운 이야기로군."

그냥 어리광을 부려, 라는 말 대신 로렌스는 이렇게 말했다.

"나는 어려운 수수께끼를 수도 없이 풀었기에 여기 있는 거야."

호로가 놀란 듯 눈을 동그랗게 뜨고 로렌스를 쳐다보다가 쿠쿠 웃었다.

"잘난 척하기는."

진심으로 즐거워 보이는 호로의 얼굴에, 로렌스도 덩달아 웃고 말았다.

"그나저나 역전을 노리는 이 계획, 그렇다고 아주 불안하지 않은 건 아냐."

"으음?"

말고삐를 당기며 터벅터벅 걸어가던 로렌스가 말했다.

"계획 속 한구석에 자타가 공인하는 에이브의 숙적이 있잖아?”

에이브가 콜에게 음모를 들켜 두 손 들거나, 로렌스가 적이 되어 맞서 싸우더라도 결국 재미있어할 거라고만 생각하게 되는 이유는 근본적으로 로렌스가 에이브와 같은 입장이 아니기 때문이다.

하지만 키먼은 에이브와 완전히 같은 현역 대상인이며, 그 때문에 왕국과 대륙의 해협을 둘러싸고 잦은 다툼을 벌이는 등 한없이 서로를 괴롭혀 대고 있다는 사실을 알 수 있었다.

그것은 반대로 생각하면 일종의 사이좋음이라고 볼 수도 있겠지만, 에이브가 만면에 미소를 띠고 커다란 빵을 막 집어 들려 하는 순간 손을 얻어맞고 빵을 떨어뜨리는 모습을 보고 키먼은 과연 웃음을 참을 수 있을까.

그 부분이 약간 불안했다.

“흐흥. 분해서 발을 동동 구르는 그 녀석의 모습도 한 번 보고 싶은 참이었으니. 뭐, 괜찮겠지.”

에이브의 용의주도한 계획에 의해 꼼짝도 하지 못하게 되었다는 사실을 알았을 때, 그야말로 호로는 발만 동동 굴렀다. 화를 내고, 이를 갈고, 기뻐하고, 여하간 바쁘기 그지없었지만 호로는 그런 감정의 변화 전부가 즐겁다고 말했던 적이 있다.

전력으로 달리는 것 자체가 즐거운, 늑대의 모습 그대로.

어쩌면 키먼과 에이브도 그럴지 모른다.

"온건하게 끝나기만을 바랄 뿐이야."

양이 지친 듯 말하자 호로가 히히 웃으며, 로렌스에게 타라는 듯 말 등을 툭툭 두드렸다.

종

막

"오랜만입니다, 에이브 씨!"

칼란에 마티어스와 함께 나타난 키먼이 참사회에 쳐들어와 에이브와 대면했을 때 제일 먼저 내뱉은 말은, 그것이었다.

"목재가 꼭 필요하시다면서요? 거참, 케르베에는 레노스에서 들여온 질 좋은 목재가 잔뜩 있는데 말이죠!"

로렌스는 키먼의 의욕 넘치는 모습에 두통을 꾹 참으며 고개를 숙였으나 호로는 실로 즐거운 듯했다.

역시 에이브라고 해야 할까, 갑작스러운 일에도 놀라움을 표정에 드러내지는 않았지만 멀리서 웅크리고 있는 로렌스를 보자마자 이게 어떻게 된 일이냐며 눈으로 묻기는 했다.

로렌스는 일생일대의 연기를 펼쳐, 의도치 않게 말려든 피해자답게 미안한 듯 목을 움츠릴 뿐이었다.

"마티어스 님께 빚 이야기를 하러 갔더니, 이게 어떻게 된 일일까요. 숲의 나무를 베는 건 죽어도 싫다며 로렌스 씨와 한바탕 실랑이를 벌이고 계신 겁니다. 물론 로렌스 씨도 살로니아에 있는 보리밭에서 이익을 봐야 하니 숲이 사라지면 매우 난감하다고 하시더군요. 도저히 그냥 내버려둘 수 없는 상황이었기에, 저희도 머리를 쥐어짰습니다!"

마치 진실처럼 나불나불 떠들어 대는 키먼 옆에서 마티어스는 입을 꾹 다물고 있었다.

일부러 수염에 기름을 발라 거꾸로 세우고, 입은 옷은 투박한 곰 모피 외투였다.

마티어스가 익숙지 않은 말투로 마구 쏘아붙이는 것보다 전혀 신용할 수 없는 에이브를 앞에 두고 분노를 꾹 참는, 완고하기 짝이 없는 영주님을 연출하는 편이 효과적일 거라는 계획이었다.

"그리고 우리가 정보를 맞춰 보니… 아니, 이런 세상에."

키먼이 손뼉을 치며 에이브를 향해 송곳니를 드러내듯 웃었다.

"에이브 씨가 아주 큰돈을 벌게 되었다는 사실을 알게 된 거죠."

로렌스 일행은 키먼의 제안으로 칼란의 참사회에 쳐들어왔지만, 칼란의 중진들에게는 사전에 알리지도 않았다.

그러는 편이 거만한 케르베의 대표와 세상물정 모르는 영주가 짠 계획이라는 인상을 주기 쉬우리라는 두 사람의 생각이었다. 하물며 한구석에 물러나 있는 전직 행상인의 제안이라고는 아무도 생각하지 않을 것이다.

물론 그런 뒷사정을 모르는 칼란의 높은 사람들은 모든 계획이 물거품으로 돌아가는 건가 싶어, 명백히 동요하고 혼란에 빠졌다.

"그래서 저, 불초 키먼이 케르베의 시정참사회 일원으로서 칼란과 장사 연계를 할 수 있지 않을까 생각했습니다."

놀라서 소리를 지른 것은 에이브가 아니라 칼란 사람들 쪽이

었다.

"저희 케르베는 이 도시보다 두 배, 세 배, 그 이상으로 큰 도시입니다만 모든 물건을 다 팔고 있는 건 아니죠. 그래서 새로운 지평을 추구하며 모험을 하고 있는 칼란 측에서 딱 맞는 상품을 취급해 주셨으면 하는 마음에, 이렇게 찾아뵙게 되었습니다."

마지막 문장은 에이브가 아닌 칼란 참사회 사람들을 향해, 그야말로 연극조의 말투로 던진 것이었다. 실로 수상쩍기 그지없지만 키먼이 품에서 꺼낸 서한을 칼란 사람들이 거부할 수 있을 리가 없었다.

참사회원 중에서도 가장 상석을 차지하고 있는 듯한, 뚱뚱한 체격의 상인이 주위에서 시선을 받고는 내키지 않는 태도로 사람들을 대표하여 서한을 받아 들었다.

"…모직물을 대상으로 하는, 장기 거래 신청서?"

참사회 사람이 읽은 문장을 듣고 에이브가 처음으로 미간에 주름을 잡았다.

"칼란의 여러분들이 토네부르크에서 사들인 목재를 왕국에 팔고 그 대가로 양모를 수입하는 것이 아니라, 모직물을 사들여 그것을 수출하는 게 어떨까 생각한 겁니다."

칼란 참사회 사람들이 의아한 듯 서로 얼굴을 마주 본 뒤, 한 명이 말했다.

"친애하는 케르베의 키먼 공, 이 부근에는 수출할 수 있을 만큼 많은 양의 모직물을 생산할 수 있는 지역이 없습니다. 알고 계실 텐데요? 대체 어디서 사들이라는 겁니까? 당신네 도시 케르베조차 먼 곳에서 사 오고 있지 않습니까? 우리한테 그보다 더욱 고가로 사서 되팔라고요?"

키먼은 눈을 감고 그 이야기를 귀 기울여 듣는 동작을 취한 후, 고개를 끄덕였다.

"안심하십시오. 모직물을 제공할 분은 여기 계신 토네부르크의 영주님입니다."

키먼이 손으로 가리키자 전원의 시선이 마치 새 떼처럼 마티어스에게 몰려들었으나, 마티어스가 뚱한 얼굴로 꿈쩍도 하지 않았기에 금세 다시 새들처럼 다른 곳으로 옮겨 갔다.

"보, 볼란 님…."

에이브라고 부르지 못하는 데에서 입장의 차이가 엿보인다.

마티어스 못지않게 뚱한 얼굴로 입을 다물고 있던 에이브가 갑자기 말했다.

"실을 조달할 수 있다는 건 알겠어."

상인 중의 상인은, 예상치 못한 사태가 벌어져도 흐트러지지 않는다.

용병이 전장에서 그러듯 눈앞의 상황을 파악하는 데 온 힘을 쏟는다.

"베를 짤 도구도 숲의 나무가 있으면 비용을 절약하면서 만들 수 있지. 양모를 세탁할 재도, 심지어 염색에 필요한 나무껍질도 숲에서 얻을 수 있고. 산더미 같은 실을 자을 일손도 난민들로 어떻게든 해결할 수 있을 거야. 하지만…."

에이브는 양모의 대산지지만 모직물의 명산지는 아닌 왕국의 상인답게 말했다.

"문제는 통상적인 천 생산 과정에 있어. 축융에는 물레방아를 돌릴 강이, 그리고 염색에도 풍부한 물이 필요하지."

숲도 산도 많지 않은 왕국에는 둘 다 부족하다. 그래서 어설프게 실을 잣기보다는, 양모를 양모 그대로 파는 편이 이득이 된다. 실을 자아 버리면 실잣기로 사람들을 고용하던 곳에 상품을 팔 수 없으니 고객이 줄고, 쓸데없이 시간도 오래 걸린다.

하지만 그렇기 때문에 옷 한 벌을 팔아 얻을 수 있는 가격에서 왕국이 가져갈 수 있는 지분은 얼마 되지 않는다.

"물은 있다."

마티어스가 겨우 입을 열었다.

"그저 뚜껑이 닫혀 있을 뿐."

에이브가 미간을 찌푸렸다가 마치 온천이 뿜어져 나오듯 눈을 커다랗게 떴다.

인간 세상의 늑대가 재빨리 시선을 던진 곳에는 로렌스가, 그리고 호로가 있었다.

에이브의 시선을 따라간 키먼이 마침 잘되었다는 듯 입을 열었다.

“이 두 분은 뇨히라에서도 훌륭하게 새 온천을 찾아내셨다더군요. 그리고 이번에는 살로니아에서, 옛 시대에 묻혀 버린 강의 지도를 단서 삼아 수맥을 발견했다고 합니다.”

에이브는 키먼의 설명을 거의 듣지 않았지만 그것은 당연한 일이었다. 로렌스와 호로가 어떻게 지하수를 찾아내고 그 수량이 풍부한지 확인할 수 있었는지, 그리고 그 물을 어떻게 끌어와서 이용할 생각인지, 그 진정한 방법을 바로 알아차렸기 때문이다.

철저하게 말려든 척하는 로렌스 옆에서 호로는 어째서인지 의기양양하게 가슴을 폈다.

“즉 토네부르크에서 천을 생산하는 일이 가능하다는 뜻입니다. 그리고 우리 케르베는 왕국에서 양모를 사들여, 우리 도시가 자랑하는 많은 인구로 대량의 실을 잣습니다. 그리고 양모의 대가로서 레노스에서 들여온 목재를 왕국에 제공합니다. 실잣기를 마치면 우리와 칼란이 함께 베를 짜, 토네부르크에서 축융 과정을 거쳐 천으로 만들고 경우에 따라서는 염색까지 해도 좋을 겁니다. 그리고 완성된 모직물은 전부 칼란에서 수출할 수 있죠. 가능하다면 케르베가 다른 여러 도시보다 먼저 구입할 권리를 인정받았으면 합니다만.”

키먼의 말에 칼란 사람들은 그 정도쯤이야, 하는 의미의 귓속말을 소곤소곤 나누기 시작했다.

"그리고 이것을 매년 되풀이합니다. 적정한 가격으로, 참가한 모든 사람들이 손해 보지 않도록."

미리 준비한 듯 어색한 그 대사를, 키먼은 최고의 미소와 함께 읊었다.

옳은 일만을 재료로 삼아 자신이 원하는 방향으로 길을 만들어 나가던 에이브는 똑같은 방식으로 반격당한 꼴이었다.

아무도 악독한 짓을 저지르지 않았고, 아무도 폭리를 취하지 않았다.

그저 천재적인 발상을 가지고 이야기를 잘 조합하기만 하면 혼자 승리를 거머쥘 수 있다는 사실을 깨달았던 상인이, 추가로 얻을 수 있었던 커다란 벌이를 눈앞에서 놓쳐 버렸을 뿐이다.

아니, 하고 로렌스는 생각했다. 사실 에이브는 금전적 이득조차 어쩌면 최우선이 아니었을지도 모른다.

왜냐하면 의기양양한 키먼 앞에서 에이브가 웃는 표정 그대로 이를 악물고는 있으나, 그것은 금화를 둘러싸고 피와 살을 깎는 싸움을 벌인 자가 보일 표정은 아니었기 때문이다.

두 사람이 서로에게 내보이는 얼굴은 상인끼리의 음습한 감정 다툼이 아니라, 어린애들이 싸울 때 짓는 표정 그대로였다.

"윈필 왕국은 대상인 에이브의 손에서 팔려 나가는 양모의 대가로 우리 케르베에서 목재를 손에 넣고, 이 새로운 항구도시 칼란은 새로운 상품인 모직물을 취급하여 지역을 성장시키는 겁니다. 그리고 심원한 숲이 있는 토네부르크는 그 신성한 숲을 대규모로 개간할 필요도 없죠. 오오, 신의 안배하심이여! 이것이 바로 신께서 내려 주신 축복입니다!"

결코 신 따위는 믿지 않는 키먼의 뻔뻔하기까지 한 그 말은 오히려 진심처럼 들렸다. 어쨌거나 칼란 사람들은 이미 새로운 계획의 이점을 알아차렸다.

에이브의 부탁으로 신앙적 난민들을 도시에 받아들인다면 어쨌거나 도시에서는 지속적인 돈벌이가 될 일을 찾아내야 한다. 토네부르크의 숲을 개간하는 사업에는 지속성 면에서 일말의 불안이 있고, 심지어 영주 본인이 적극적으로 그러기를 원하지 않는다는 문제도 있었다.

그때 양모를 모직물로 만드는 일련의 가공 과정이 포함된 순환적 거래가 그것을 대신해 준다면 이보다 더 반가울 일은 없다.

양모가 어디서든 통하는 인기 상품이듯, 모직물 또한 그렇기 때문이다.

"그렇게 됐습니다, 볼란 상회의 주인 어르신."

키먼이 그렇게 말하며 에이브 앞으로 다가갔다.

앉아 있던 에이브는 키먼을 빤히 올려다보았으나, 적어도 서로 얼굴은 웃고 있었다.

“저 녀석을 곁에 계속 붙잡아 두지 않았던 게 패인인가?”

에이브는 그렇게 말하며 눈을 감았다가, 금세 눈을 뜨고 시선을 칼란 사람들 쪽으로 돌렸다.

“나는 왕국을 위해, 올바른 신앙을 위해, 양모의 대가로서 목재 거래를 성립시킬 수만 있다면 그걸로 족해.”

칼란 사람들은 키먼의 서한을 둘러싸고 숨을 죽인 채 토네부르크의 영주를 바라보았다.

“내 영지에서 천을 생산하려면 그대들의 지혜와 협력이 필요하며, 완성된 천을 필요한 장소로 실어 나르는 데에도 그대들의 배가 필요하지.”

그리고 마지막으로 칼란 사람들은 키먼을 돌아보았다.

“저는 케르베에서 곤궁한 사람들을 구제하는 일을 맡고 있습니다. 아시겠지요. 실을 잣는 일거리는 많으면 많을수록 도움이 됩니다.”

뿔뿔이 흩어져 이익을 뒤쫓다 모두 쓰러져 버릴 수도 있지만, 뭔가 계기 하나만 있으면 상황은 얼마든지 변하는 법이다. 에이브는 그것을 교묘하게 짜 올렸으나, 새로운 재료가 추가되면 또 다른 모양으로 짜맞출 수 있다.

칼란 사람들은 서로 얼굴을 마주 보고는 고개를 끄덕였다.

“신께서 이끄시는… 대로.”

“신께서 이끄시는 대로!”

모두가 합창하는 가운데 에이브 혼자만은 어깨를 으쓱하며 독한 술이라도 한잔 하고 싶다는 표정이었다.

칼란 사람들과 간단한 각서를 나눈 후, 키먼은 재빨리 케르베의 참사회에 보고해야겠다며 의기양양하게 파발마를 타고 출발했다. 그런 키먼을 참사회 회관 앞에서 배웅하고 나니 마티어스가 말을 걸었다.

“내 숲을 지켜 준 감사를, 선조들과 함께 표하고 싶네.”

그 대각선 뒤에서는 평상시의 농부 같은 차림보다 조금 깔끔한 옷을 입은 마이어가 금방이라도 울음을 터뜨릴 듯한 얼굴로 대기하고 있었다. 로렌스에게 처음 이 이야기를 가져왔을 때 보였던 빈틈없는 표정은 대외용 얼굴이었고, 평소에는 이만큼 소박한 사람인지도 모른다.

“당치도 않습니다. 토네부르크의 숲을 지키는 일은 곧 살로니아의 보리밭을 지키는 일이기도 하며, 나아가서는 보리 따위가 자라지도 않는 북쪽 대지에 사는 저희의 식탁을 지키는 일이기도 합니다.”

조금은 과장된 말이지만 아주 거짓말도 아니다.

게다가 로렌스 입장에서는 더욱 받고 싶은 포상이 준비되어 있었다.

"그대의 명예를 칭송하는 보답 말인데."

"예."

"숲에서 가장 위대한 나무에 그대의 이름을 새기겠어."

마티어스가 보일 수 있는 최대한의 성의겠지만, 로렌스는 이렇게 말했다.

"감사한 말씀, 대단히 영광입니다. 하지만 저는 결국 외부인일 뿐입니다. 가능하다면 조금 더 겸손한 나무에, 사소하게 이름을 새길 수 있다면 충분합니다."

기껏 지켜 낸 풍요로운 숲인데, 그 안에서 가장 위대한 나무에 상처를 내서야 본말전도다.

언젠가 다시 찾아올 호로 입장에서도 흥이 식어 버릴 일이다.

"그렇군…. 으음. 그것 참, 그대와 같은 마음가짐을 지닌 인물이 살로니아의 영주가 되었다면 나도 하루하루 의욕을 갖고 맞서며 살았을 텐데."

너무 겸손하게 구는 것도 실례가 되므로 로렌스는 미소를 지으며 고개를 숙였다.

그리고 마티어스가 그런 로렌스의 어깨를 툭툭 친 후 칼란 사람에게 불려 다시 회관 안으로 들어가자, 주인을 따라가려던 마이어가 그 짧은 틈을 타 로렌스 곁으로 다가와 귓속말을 했다.

"로렌스 님께는 숲에서 나는 최고의 은혜를 준비해 놓겠습니다. 정말… 정말, 어떻게 감사드려야 좋을지 모르겠습니다."

로렌스의 손을 꽉 쥐고, '숲에서 나는 최고의 은혜'라는 단어에 눈을 반짝이던 호로와도 악수를 한 후 마이어는 마티어스를 뒤쫓아 갔다.

"당신도 그러고 있으니 어엿한 상인님이군."

참사회 회관 안에서는 모든 사람들이 의욕에 넘쳐 바삐 오갔다. 그런 장소에 있을 때면 왠지 어색해 하는 호로가 작은 목소리로 말했다.

"그렇지?"

로렌스가 옆을 보자, 호로는 로렌스를 빤히 올려다본 후 멋쩍은 듯 목을 움츠리며 몸을 기댔다.

"어떤 사랑의 말을 나무에 새길지 벌써부터 기대가 되네."

로렌스는 웃으며 어깨를 으쓱하고는 기대하라고만 말해 놓았다.

그러고 있는데 회관 안쪽 회의장에서 사람이 나왔다. 다른 누구도 아닌 에이브였다.

호로는 장난스런 미소를 짓고 있었지만 로렌스는 약간 긴장이 되었다.

진짜 대상인답게 걸으면서 여기저기 지시를 내리는 모습이 아주 그럴싸해 보여, 조금 부럽기도 했다.

그리고 로렌스와 호로 따위는 신경도 쓰이지 않는다는 듯 스쳐 지나가려다, 갑자기 걸음을 멈추고는 날카롭게 말했다.

"나중에 여관으로 와."

그러고는 로렌스의 대답도 기다리지 않고 가 버렸다.

로렌스는 다소 난폭한 사태를 상상했으나, 옆에 있던 호로는 꼬리를 파닥파닥 흔들며 입술을 핥는 것이 연회에 초대받았다고 생각하는 것 같았다. 호로의 이런 반응이라면 에이브도 사실은 딱히 화가 난 게 아닌지도 모른다.

로렌스와 호로는 일단 여관으로 돌아갔다가 술집에서 가장 고급스러운 포도주를 작은 통에 담아 선물로 챙겨, 그것을 안고 에이브의 은신처로 향했다.

문을 두드리고 안으로 들어가니 중정에는 갓 구운 고기와 생선이 가득 차려져 있었다.

의자에 앉은 에이브는 여전히 뚱한 표정이었으나, 로렌스에게서 선물을 받고는 지친 표정으로 한숨을 내쉬었다.

"어디서부터 어디까지가 당신이 그린 그림인지는 묻지 않겠지만."

방금까지 반짝반짝 빛나던 파란 하늘이었는데 느닷없이 억수 같은 비가 내려 망연자실한 채 겨우 집에 도착한 듯한 기색의 에이브가 의자에 깊이 몸을 기대고 앉아 말했다.

"어디서 알아차린 거지? 계획은 완벽했는데."

그것은 로렌스와 호로를 배신자라고 몰아붙이는 게 아니라, 뜨개질로 옷을 뜨다 보니 전혀 생각지도 못한 무늬가 되었다며 한탄하는 말투에 가까웠다.

"케르베 또한 속고 있는 건 아닌가, 하는 부분을 알아차리는 게 힘들었죠."

에이브가 미간에 주름을 잡았으나 옆에서 우산을 들고 서 있던 아가씨는 미소를 지으며 장난스럽게 손을 뻗어 주인의 주름을 꾹꾹 눌러 폈다.

"저는 당신이 얼마나 무서운지 잘 압니다. 할 수 있는 일은 빈틈없이 다 했을 테니, 이것저것 열심히 생각했죠. 그때 문득 케르베가 굳이 악당일 필요가 없다는 사실을 깨달았습니다."

권력자가 어떤 지역을 다스리는 비결 중에 '분단해서 통치하라'라는 말이 있다고 한다.

영지 사람들이 결탁하지 못하도록 각각의 이해관계를 대립시켜서 교묘하게 지배하는 방법이다.

"만일 옛날 그대로의 당신이 그 자리에 앉아 있었다면 케르베가 악당인 것처럼 만들기 위해, 그 악당 역할을 당신 자신이 맡았을 겁니다. 그리고 저는 설마 케르베도 당한 입장일 줄이라고는 상상도 못 했을 테고요."

에이브는 예전처럼 치밀하기는 하지만, 아마도 사악하지는 않다.

콜과 뮤리가 잘 따르는 것도 아마 사실이리라.

그렇다면 수상쩍어 보이는 계획일수록 사실 뻥 뚫린 구멍이 있다.

"나 참…. 당신네 일족과 함께 있으면 도무지 되는 일이 없어."

에이브는 포도주가 아닌 맥주를 벌컥벌컥 마시고 볶은 콩을 입에 욱여넣었다.

마치 직접 짐을 운반하며, 위험한 장사에 몸을 맡기던 때처럼.

"결과적으로 당신네가 번쩍번쩍한 황금빛 이익을 손에 넣었다면 그나마 그쪽에 화라도 냈겠지만…."

호로가 진수성찬을 정신없이 먹어 치우는 모습을 보면 평상시 제대로 얻어먹고 다니지 못하는 모양이고, 로렌스도 딱히 득 본 기색은 없다. 늘 그렇듯 수수한 행상인 차림이다.

"하지만 당신이 그 바보한테 공적을 돌린 것만은 기억해 두겠어."

키먼에게 당한 꼴이 된 게 불만스러운 모양이다.

"보복은 키먼 씨에게 부탁드립니다. 얼마든지 맞서겠다고 하셨거든요."

에이브는 또다시 웃는 얼굴 그대로 관자놀이에 힘을 꽉 주면서 남은 맥주를 훌쩍 마셨다.

그리고 끔찍하다는 듯, 호로가 접시째 끌어다 놓고 먹던 양갈비 고기에 손을 뻗었다. 고기를 지키려는 호로의 손을 요령 좋게 피하며 손에 넣은 고기를 물어뜯으면서 이렇게 말했다.

"당신네 딸도 나와 키먼 사이에 싸움이 벌어졌다는 사실을 알고는 즐거워 보이더군. 우리 사이가 좋다고 생각하는 모양인데, 그럴 리가 있겠어?"

"네?"

로렌스가 놀라자 옆에서 호로가 웃었다.

그때 로렌스는 문득 물어야 할 일이 있다는 사실을 깨달았다.

"아, 참. 그렇지. 그 얘기입니다만."

"뭐지?"

호로와 또다시 고기를 두고 싸움을 벌이던 에이브가 로렌스를 쳐다보았다.

"콜과 뮤리가 지금 어디 있는지, 에이브 씨는 아시죠?"

호로가 어렵사리 양갈비의 뼈를 뽑아내자 기름이 가득한 부드러운 고기가 통째로 떨어져 나갔다. 에이브는 거기에 재빨리 나이프를 꽂아 자기 쪽으로 끌어당겨서는 흐흥, 하고 어린애처럼 코웃음을 쳤다.

"그 녀석들하고 만나는 건 별로 추천하지 않아."

잘못 들었나 싶었다. 워낙 지나가는 말처럼 내뱉었기 때문이었다.

"진지하게 하는 소리야."

에이브는 입가에 흐른 기름을 새끼손가락으로 닦으며 로렌스를 보았다.

"당신을 위해서라기보다는, 그 녀석들을 위해서."

단순히 얼버무리는 말로는 들리지 않았기에 로렌스는 저도 모르게 호로를 돌아보았다.

"약점이 된다는 소린가?"

연골을 와드득와드득 씹어 먹으며 호로가 그렇게 묻자 에이브는 어깨를 으쓱했다.

"그 녀석들의 일거수일투족을 주시하는 녀석들이 와글와글 있어. 그런데 깊은 산속에서 얼간이 같은 가족들이 어슬렁어슬렁 나온다고 생각해 봐. 어떻게 될지."

이용하려 드는 자들이 눈 깜짝할 사이 달려들 게 뻔하다.

"콜과 뮤리는 지금 그런 상태입니까?"

"왕국에 있을 때는, 그래도 신뢰할 수 있는 동료가 많으니까 좀 편하기는 하겠지만."

시끌벅적한 궁정에서 마음껏 어리광을 부리는 뮤리와 호화로운 도서실에서 귀중한 서적을 읽는 데 푹 빠진 콜의 모습이 한순간 떠올랐으나, 그 두 사람의 활약은 진짜인 모양이었다.

"어떤 여정을 거쳐 여기까지 왔는지는 모르겠지만 뇨히라의 산에서 내려왔다면 그 녀석들이 세간을 들썩들썩하게 만들고 있는 모습을 조금은 봤을 텐데?"

"…봤습니다. 아티프라는 항구도시에서는 벽화가 되어 있더군요."

그 말에는 에이브도 웃었다.

"북쪽 지방은 그런 상태라더군. 하지만 남쪽으로 가면 조금 더 얘기가 딱딱해져."

에이브가 마지막 말을 하면서 호로에게 시선을 돌렸기에 로렌스도 그쪽을 보자, 호로는 커다란 맥주잔을 머리에 쓰기라도 할 기세로 벌컥벌컥 들이켠 후 늑대 귀의 털을 거꾸로 세웠다.

"끄윽. 다음은 포도주로 줘."

호쾌하게 술을 마시는 호로의 모습을 생글생글 웃으며 지켜보던 우산 아가씨는, 단어 정도는 알아들을 수 있는지 고개를 끄덕이고서 호로의 잔을 받아 들고 주방 쪽으로 걸어갔다.

"호로의 귀에 놀라지 않는군요."

"우리도 양 아가씨를 고용하고 있으니까."

양모 품질 선별에 능하다던 키먼의 말이 떠올랐다.

그렇군. 장사가 잘되는 것도 당연한 일이었다.

"그 녀석들이 걱정되는 건 이해해."

에이브는 들고 있던 고기로 시선을 돌리며 어깨를 으쓱했다.

"이 에이브 언니도 걱정될 정도니까."

익살스러운 말투는, 누군가를 걱정한다는 행동 자체가 자신에게 어울리지 않는다는 생각에 조금 부끄러워서인지도 모른다.

"눈부실 정도로 정면만 바라보고, 내가 걷지 않았던 길을 전력 질주하고 있어."

이젠 평생 써도 다 쓰지 못할 금화를 쌓아 두고 있는 대상인이, 부럽다는 표정으로 그렇게 말한다.

"그 녀석들을 방해하는 놈들이 나타나면 나는 언제든 옛날로 돌아갈 생각이다."

"그게 설령 부모라 해도요?"

에이브는 대답 없이 고기만 물어뜯었다.

"당분간은 세상을 좀 돌아보는 게 어때?"

"…무슨 말씀이시죠?"

"말 그대로의 의미야. 세상을 돌아다녀 보면 그 녀석들 이야기가 싫어도 귀에 들어오겠지. 그걸 듣고도 꼭 만나러 가야겠다고 생각되면 그때 만나러 가면 돼."

에이브가 무언가를 얼버무리는 것 같다고 로렌스는 생각했다. 하지만 그런 마음이 전해졌을까.

우산을 든 아가씨가 가져다준 포도주를 받아 들며 호로가 어이없다는 눈빛으로 로렌스를 쳐다보았다.

"당신은 옛날 버릇을 하나도 못 버렸네."

"버릇?"

"눈으로 보고, 손으로 만지고, 곁에 두지 않으면 신용 못 하는 거."

테이블 반대편에서 에이브가 입꼬리를 끌어올렸다.

"음모에만 의지하곤 하는 나는 항상 거기서 패배하지만."

"모든 요리에 다 잘 어울리는 술은 없지."

적재적소.

그것을 술과 요리에 비유해서 설명해도 되는 걸까, 하고 생각했지만 로렌스는 호로가 무슨 말을 하는지 알 것 같은 기분이 들었다.

"가만히 지켜봐야 할 때도 있다는 말이야?"

"그 녀석들이 이미 둥지에서 독립했다면 더더욱 그렇지."

"윽."

옷을 지어 놓으면 뮤리가 온천장으로 돌아올지도 모른다고 생각했던 로렌스는 할 말을 잃었다.

"신변의 안전은 걱정할 필요없어."

에이브는 태평한 얼굴로 차분하게 말했다.

"그 천진난만한 아가씨는 비슷한 친구를 만드는 게 특기거든. 아군 중에 인간 아닌 자들이 바글바글해."

"그렇게나?"

에이브가 미소를 짓는 걸 보니 과장된 말이라는 건 알겠지만, 그래도 완전히 거짓말은 아닌 눈치였다.

"그 녀석들은 이제 보호자도 필요치 않고 당신들이 모르는 세계에서 즐겁게 잘 살고 있어. 그 사실을 알고, 슬슬 포기하기 위해서라도 세상을 돌아봐야 해."

심술궂은 그 미소는 키먼을 끌어들인 일의 앙갚음인지도 모른다.

하지만 결국 그 말이 진실이라는 사실을 로렌스는 알 수 있었다.

"이런 기분은 행상에 쓰던 짐마차를 내놓았을 때 이후 처음입니다."

로렌스가 나직이 중얼거리자 호로가 등을 토닥토닥 두드렸다.

입안 가득 고기를 물고 있지 않았다면 더 좋았겠지만.

"게다가 장사와 상관없이 이곳저곳 돌아다니는 건 생각보다 꽤 재미있어. 그 점에서는 내가 선배로군."

낫지 않는 상처를 부여잡고 나무 옹이구멍 속에서 신음하는, 그런 삶이 괴롭고 어리석다는 사실을 알면서도 스스로의 힘으로는 밖으로 나올 수 없는 상태.

그래서 에이브는 호로에게 등을 내밀고 떠밀어 달라고 했던 모양이다.

"나도 먹어 본 적 없는 음식이 잔뜩 있을 테고 말이야."

"일람표를 준비해 줄까?"

"멍청이. 찾는 즐거움이 사라지잖아."

늑대 두 마리가 그렇게 서로 장난치는 모습을 지켜보며 로렌스도 술을 마셨다.

에이브의 말은 옳을 테고, 먼 길 너머를 내다보는 데 호로 이상으로 날카로운 자는 없다.

콜과 뮤리를 만난다는 목적은 당분간 형태를 좀 바꿔야 할 필요가 있을지도 모르겠다.

게다가 자신들의 고향은 지금 뚜렷하게 존재하며, 필요할 경우 콜과 뮤리도 분명 그곳으로 돌아오리라. 그때를 위해 침대를 정리해 두는 것이 자신들의 역할일 수도 있다.

"하지만, 그렇다면…."

로렌스는 이렇게 말했다.

"이번 일에서 보수를 좀 두둑하게 챙겨 두는 편이 좋았을지도 모르겠네."

대식가 늑대와 만국유람이라니, 노잣돈이 아무리 많아도 부족할 것이다.

호로는 크고 붉은 눈동자를 데굴데굴 굴리고는 피가 뚝뚝 떨어지는 소 어깻살을 물어뜯으면서 말했다.

"일이 많아서 질리진 않겠군."

그런 말을 뻔뻔하게도 한다.

로렌스는 어깨를 으쓱하고는 또다시 술을 마셨다.

빈속에 술만 마시면 금방 만취할 것이다.

호로가 마음껏 먹고 마실 수 있도록 자신은 맨정신을 유지해야 한다.

"장사의 길은 영원하리니."

에이브는 웃으며 아가씨에게 눈짓하여 악기 연주를 지시했다.

시끄럽지는 않지만 조용하지도 않은, 여름 강가 같은 연회가 하룻밤 내내 이어졌다.

24권 끝

항상 신세 지고 있는 하세쿠라입니다. 오랜만의 장편입니다.

Spring Log 편은 지금까지 전부 단편, 또는 살짝 긴 중편 형식이었습니다만 지난번 23권이 제 마음속에서 완성도가 너무 높아, 단편을 쓰기에는 좀 힘든 기분… 이었기에 장편으로 가 보았습니다. 지금까지는 이제 장편이 힘드니까 단편으로, 하는 생각에 단편을 썼는데 사람 마음이란 참 잘도 변하는 모양입니다.

이번에는 숲 이야기입니다. 숲을 둘러싼 이야기는 있을 것 같으면서도 없었던 느낌이 듭니다.

이번에도 자료를 열심히 찾아보았습니다만 장작과 화톳불에 대해 한없이 이야기하는 책이 있어서, 세상에는 정말 다양한 전문가가 있다는 걸 알고 감탄했습니다. 『장작을 때다(薪を焚く)』라는 책입니다. 베스트셀러라더군요. 장작 때는 사람이 그렇게 많은 건가….

그리고 자료 하니까 매번 느끼는 건데, 원고 집필을 시작하고 나서 꼭 재미있어 보이는 책을 만난단 말이죠. 심지어 그게 신간이곤 해서, '조금만 더 빨리 출판됐다면 읽어 보고 참고할 수 있었을 텐데!' 하는 생각이 들지만 아마 지금까지 정기적으로 발간되었는데 원고를 쓰다 보니 관심사가 생겨서 눈에 띄었다고 생각하는 편이 맞을 것 같습니다.

그렇게 구입은 했지만 '이미 원고는 시작해 버렸는데' 하면서 책장의 양분이 되고 만 책이 꽤 많습니다. 참 마음 같지 않아요.

그리고 이번에는 콜과 뮤리의 모험이 한껏 영향을 끼친 이야기가 아니었나 싶습니다. 너무 많이 내보내면 『늑대와 양피지』 쪽에서 제약으로 작용하기 때문에 벌벌 떨면서 내보냈습니다. 그래도 젊은이들이 실컷 날뛴 후의 뒷수습 담당 같은 분위기를 쓸 수 있어서 즐거웠습니다.

그리고 이 후기를 쓰는 시점에서는 아직 어떻게 될지 모르지만 슬슬 권두의 지도가 복잡해지는 게 아닐까… 싶네요. 전체 지도를 포기하고 앞으로는 지역판으로 나갈 수도 있을 텐데 과연 어떻게 될지, 기대해 주세요.

사생활 쪽에는 전혀 아무런 변화도 없고, 너무 변화가 없어서 또 어디 모르는 곳에서 장기체류라도 해 볼까 싶어 일본 지도를 보고 있습니다. 임대주택 정보를 찾아볼 만큼 염두에 두고 있는 도시는 와카야마나 텐도 정도가 되겠네요. 일본 안에서도 전혀 가 본 적 없는 곳이 많으니 즐길 수 있을 때 즐겨 볼까 싶습니다.

다음 권의 후기는 과연 어디서 쓰고 있을지! 다음은 아마 『늑대와 양피지』 신간일 겁니다.

그럼 이만 실례하겠습니다.

하세쿠라 이스나

늑대와 향신료 [24]

2026년 2월 10일 초판 발행

저자 하세쿠라 이스나 | **일러스트** 아야쿠라 쥬우 | **옮긴이** 김예진
발행인 정동훈 여영아 | **편집인** 김은실
편집 팀장 이은숙 | **편집** 노혜림
발행처 (주)학산문화사 | 서울특별시 동작구 상도로 282 학산빌딩
편집부 02.828.8838(전화) | **영업부** 02.828.8986(전화)
홈페이지 www.haksanpub.co.kr | **등록** 1995년 7월 1일 | **등록번호** 제3-632호

ISBN 979-11-411-3783-0 04830
ISBN 978-89-529-9574-2 (세트)

값 7,000원

라스트 엠브리오 8

타츠노코 타로 지음 | 모모코 일러스트

〈문제아 시리즈〉 완결 이후
언급되지 않았던 3년,
그 추상과 시동을 말하는 제8권!!

제2차 태양주권전쟁 제1회전이 열린 아틀란티스 대륙에서 격투를 뛰어넘은 '문제아들'. 세 명이 모인 평온한 시간은 실로 3년만…. 그동안 각자 보낸 파란의 나날. '호법십이천'에 들어온 의뢰에서 시작된 이자요이 일행과 화교와의 싸움. '노 네임'의 두령이 된 요우가 한 달 이상 행방불명된 사건. '노 네임'에서 독립한 아스카가 '계층지배자'로 임명되는데…?! 서로 마음을 열고 잠시 휴식을 취한 후, 모형정원 바깥세계를 무대로 한 제2회전이 막을 연다!

(주)학산문화사 발행